# 絕島之咒

本書內容純屬虛構

與原住民有關之文化元素

多有為劇情需要而改寫或創造者

並非事實或直接取自文獻

推薦序一

# 解咒、伴咒之旅

考試院委員
浦忠成 Pasuya poiconü（鄒族）

咒，原意是禱告、毒罵，或驅鬼除邪的口訣；在Nakao這部小說則是強調在某種情況下，有些人受到命定的或後天的制約、束縛而難以掙脫一種宿命，復與詛咒有關。它是由族群、血緣、寄望、因緣、際遇、憧憬、執著促成，而由某一詞語、數詞、型態、顏色予以定住，注定要讓人在其牽涉的範疇掙扎、匍匐、翻滾，身體的傷痕不計，更痛的是難以言宣、中夜獨嘗的苦楚，甚而喪命。小說中的幾個角色原本要一起去探尋、解密一樁死亡的意外，卻不期然察覺在一己所屬的古老傳說、事件中，已經在各自的身體、命運植入難以脫卸的咒體。嘗試解開某個人遭遇的咒鎖，卻逐一發現各自都有先天或自取的咒，相互糾纏、牽扯，惟其過程中又有不時出現的人性溫潤與相濡以沫，從而在探尋答案、嘗試脫困中，逐漸體悟人生、人性的真相。

場景由花蓮壽豐的志學村開始拉出，揭開序幕的是就讀東華大學研究所的阿美族馬太鞍的女生高洛洛，與布農、鄒族混血的男生阿浪到村上春宿會面，討論論文牽涉的洪水故事。不久，阿浪被發現陳屍在苗栗賽夏族祭場旁的向天湖畔。高洛洛與表妹里美、阿浪的弟弟海樹兒及賽夏族的苣，於是展開阿浪死因的調查。阿浪的意外死亡讓試圖調查真相的四人，由鄒族洪水故事中持弓遠走的maya、賽夏族與矮人、邵族追逐白鹿，繼而遷住拉魯島等傳說情節裡試圖解謎，終而未能找到任何蛛絲馬跡，卻赫然發現，調戲賽夏婦女的矮人遭設計滅族而衍生的忿怨，遠古的忿怨竟持續施展無以終止的懲罰、報復，阿浪之死只是開端。

然而由此開始，四人的關係與命運緊緊牽繫。高洛洛一直不能忘情於曾經對她很好的阿浪，於是不再鑽研巫術，而以其他四平八穩的論題獲得碩士學位；之後想以流傳東部的黃金密藏深山傳說繼續攻讀博士，於是萬榮太魯閣族的阿維帶領她入山探訪，高洛洛卻因尋路摔成嚴重腳傷，阿維辛苦將她揹回，經此一事，加上荒木教授的開示，高洛洛開始放下名字與身體的執念，打開心門，終於接納阿維。

初見即互有好感的海樹兒、里美，順理成章的成為情侶，卻在海樹兒帶著里美回家稟告父母時發現，里美竟然是父親外遇時生下的孩子。已然相愛的兩人，卻是兄妹血親，這是兩人難以掙脫的詛咒。傷心離台赴日的海樹兒，到大阪繼續深造，決心從事戲劇工作，之後認識同樣在日本求學的魯凱族人夏瑪，兩人結婚，卻因夏瑪難產去世，又讓海樹兒面對生命孤獨。里美曾有多人追求，而條件非常傑出的排灣族裔美國人Key熱烈表白，兩人並曾到蘭嶼共度假期，最後卻沒有能夠結為連理。沉穩、冷靜又體貼的苣，未及完成大學植物系的學業就離校當兵，藉著貸款以「苣」做為品牌創業，以其熟悉的植物知識設計家具、飾品、奢侈品，很快就開拓出事業的天空；事業有成後，他慷慨地幫助始終敬重他的海樹兒以及里美，甚至幫助部落的產業，但獨特的性向讓他決定一生獨身，這也算是他的生命之咒困。至於荒木教授、阿維、Key不是咒圈中人，卻都適時出現，以言詞、行動支持與轉換咒圈中人的陷溺。沉浸戲劇的海樹兒、走入平凡家庭生活的高洛洛、商界得意的芎、自我放逐於南太平洋島嶼的里美，都在生活與時間的淬鍊下，有了一番新的體悟，咒的束縛於斯解除。結尾，芎往出雲拜望已經走到生命盡頭的荒木教授，而里美也將由京都前往出雲。至於後來如何？作者只留下山吹花海的景象。

這是試圖運用原住民族神話傳說、儀式、禁忌、記憶素材重構/再創敘事情境的作品；誠如作者自言：這是一本小說，是個虛構的故事。不過，阿美族/馬太鞍/太巴塱/加里洞/壽豐/巫術、太魯閣/萬榮/賽夏族/矮人/矮靈祭/芎/向天湖/南庄/獅潭、鄒族/洪水/玉山/maya/分手之弓/日本/和社、布農族/邵族/日月潭/拉魯島等族群圖像、記憶與文化內涵，毫無滯礙的跟現在時空中的東華大學、台灣大學（植物系、戲劇所、日文系）、論文、村上春樹、《舞、舞、舞》、村上春宿（花蓮壽豐志學一旅館）、遠企、東大教授、人類學、考古學、語言學、京都、出雲寺、山吹花連結，藉著咒的線索與人物的穿梭，交織成撲朔迷離、似真卻假/如假又真的虛幻/真實、部落/都會、原/漢混融的情境。由使用的題材、敘事的結構、行文運辭與思考的脈絡以觀，作者已然超逸現階段原住民作家慣常說故事或描述情狀的手法，冀望以點睛式的傳說情節遞出原住民族文化經驗與智慧的吉光片羽，卻又隱藏不住她其實熟悉都會與勇闖學術的特質與雄心；而最令人驚嘆的是情節扭轉之聳奇，如情侶竟是兄妹、摯愛不能長守、親人有難言之隱，全然出人意表，卻也透盡人性。儘管小說中人物、牽涉極多，其中隱約似有作者Nakao的影子。坦白說，這部小說要沒有一定的先修常識還真不容易讀呢！

印象中的Nakao Eki Pacidal是聰敏而具才情、膽識的阿美族女子，偶而在某些不期而遇的場合，總會提出讓人摸不著頭緒或高難度的問題或是見解，我知道她自有一套自己的思索進路，不勞他人置喙與解答。聽聞前幾年到哈佛念了碩士回來，不久驚見書坊已經陳列她翻譯並出版的質量俱豐的學術著作。而今又在荷蘭萊登大學深造之暇，還能從容提筆「攪亂」文學一下，這就是她的高明之處！有幸首先閱讀這部精采的長篇小說，在讚賞Nakao以文學素人姿態敢於突破窠臼、忌諱，為原住民族文學另闢蹊徑之際，我很樂意寫下這粗糙的序文推薦之。

2014.7.23麥德姆颱風襲台之日書就

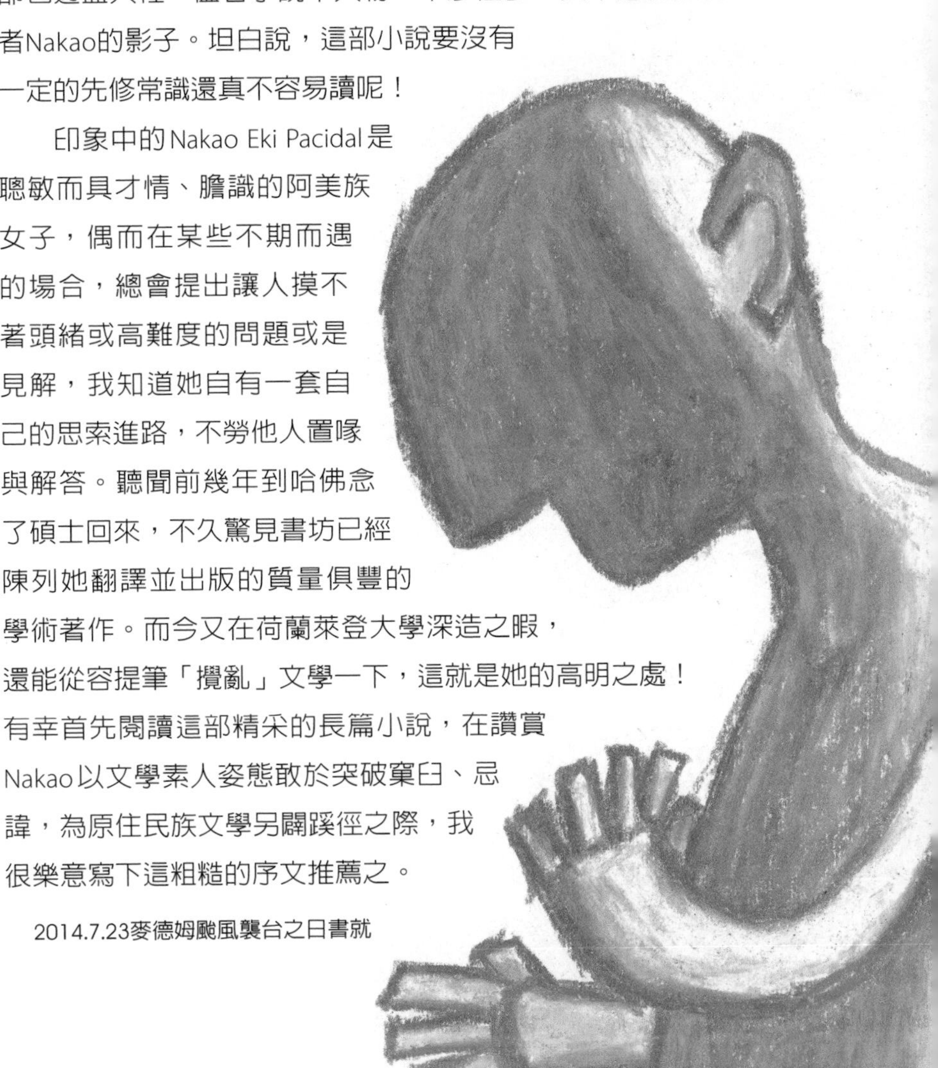

推薦序二

# 被詛咒的福爾摩莎？

康培德
國立東華大學台灣系教授

二〇一四年的台灣，我們除了目睹政府官員的「鬼島」事件餘波蕩漾，也經歷了新生代「黑島」青年（黑色島國青年陣線）的行動洗禮；如今，又來個遭詛咒的「絶島」，不禁要問，這個島國發生了什麼事？

《絶島之咒》這本小說，與「鬼島」、「黑島」一樣，在黨國復辟的背景下，於今年出版問世，呈現在大衆眼前。不同的是，《絶島之咒》是虛構的小說；不過，虛構的背後，有著對現實的反映。更不同的是，小說中有更長時期的歷史文化的結構包袱。

作者取材台灣原住民數族的口傳故事，改寫成整個故事詛咒的框架，之後故事的主角，也就是四個原住民族青年，就在這個詛咒的結構內發展他們的人生故事。

小說的四名主角，反映著一九七〇年代出生的作者，對自己身負的原住民族文化的思考。這些原住民族青年主角們，不論有無部落生活的經驗，都與他們的長輩不同，具有相當的「當代性」。他們受過高等教育、熟悉部落以外的世界，有能力與台灣主流社會打交道，甚至可以在國外生活，獲得相當的成功。這樣的小說內容，顯然來自新一代原住民族的生活經驗，這也表示一個新世代的原住民族小說書寫型態正在萌芽。

不過，這個新的原住民族世代，顯然是一個夾在傳統與現代之間，不無迷惘的世代。故事主角們遇上現代科學無法解釋的難題，每個人身上都背負著不同的詛咒，儘管他們都想在母體文化裡求得解答，但原住民族文化裡詛咒和巫術的傳統一去不返之後，這些年輕人也只能各自尋求出路。這樣的情節，正是原住民族在當代世界裡生存的寫照。

小說另一個值得注意之處，是故事裡刻畫的當代原住民族文化。小說主角分屬數個不同的語族，因探究友人死亡的謎團而彼此結為至交好友。透過小說中這幾名青年所呈現的社會關係，是年輕一代的「泛台灣原住民族」人際網絡與認同，並夾雜著日本文化元素，反映出五十年日本統治在台灣原住民族文化裡留下的痕跡。故事中不僅出現日本人荒木先生，也有取著日本名字的原住民，具有日本建物風情的原住民部落，主角之一為了躲避來自「絕島」的詛咒，甚至避走日本。

小說糅合了追蹤遠古詛咒之謎的懸疑情節，以及多數小說都難免碰觸的愛情故事。從文化的角度來看，小說裡的愛情故事，是一個亂倫的困境，內情其實比表象複雜。亂倫並非文學裡的新鮮題材，但小說花了相當篇幅，描寫兄妹間在「要」與「不要」之間掙扎的戀情，暗示著文化上的兩難抉擇。小說裡將這個文化上的兩難，透過一位旁觀的局外人、日本教授之口一語道破：「亂倫在現代的社會裡不被接受，但在遠古時代，卻是人類血脈延續的唯一手段。」這句話等於明白的告訴讀者：這對兄妹對彼此愛情的選擇，就等於是在「接受現況」和「重新開始」之間的選擇。用亂倫這麼極端的情節來表達這一點，小說想表達出台灣原住民族文化的延續和重生，所要付出的代價有多麼巨大。

其實，在「接受現況」和「重新開始」之間掙扎的，不只是台灣原住民，台灣全國人民也面對著類似的問題。或許在讀小說之餘，我們也可以想想，維繫這島嶼生存的代價到底有多大？重重困難是否有如詛咒？我們到底要如何抉擇？

推薦序三

# 咒作爲生機和愛而釋然

——童元昭
國立台灣大學人類學系教授

第一次知道 Nakao 是在一場研討會上，她清晰的表達出跳脫學科規範的獨特觀點。我又看到Nakao畫的畫。再來是寫歷史論文、會畫畫的Nakao寫小說了，還只是一系列的第一部而已。

從一開始，書中幾位主要人物的族裔背景、活動空間，便動搖了一般人所認為原住民與土地之間刻板的連結。每一個人都在路途上，或者曾經離開家，書中人物不斷的穿越空間的界線，去了加里洞、信義鄉和社、南庄、台北、京都、蘭嶼，以及復活節島。在新的環境中，不同的人遇合，甚至出現新的族裔身分，里美是阿美族母親與布農族父親所孕育的阿農族。族裔身分雖然有官方的認定，但在生活往來中、外貌上並不容易一目了然。作者塑造出了不矮的排灣族、不黑的魯凱族與不常笑的阿美族等。

即使書中主角騎著單車，或搭飛機跨越既定的領域，書中人物或傳說故事直接、間接出現包括了多數的原住民族，而非原住民的人物僅僅有日本教授、東華教授與客家餐廳老闆等少數幾人。里美與海樹兒兩人在信中以日文通心意，而她與Key則以英文溝通。小說建構了一個以原住民為主體的世界，這個全面的、嶄新的安排，帶來類似於當年台語搖滾的新穎眼光，原住民與世界直接接軌，不需要經過其他語言、人群的中介。

不只是經驗上，原住民與世界連動，文化生活也有普世的面向。書一開頭集中在矮靈的傳說，似乎很古老，但作者又從神話傳說的細節比對中跳出來，帶進當代種族屠殺的觀點，將充滿特定文化意義的傳說，與人類歷史上未曾間斷的現象連結起來。而里美與海樹兒兄妹之間的愛意，也呼應了許多創始神話中第一對夫妻的原型。

我第一次看這書時是半夜，

矮人的詛咒帶著綿延不絕的恨，令人背脊發涼，雖然作者接連又提到名字的詛咒、黃金之咒等，但當芎對植物設計的專注也被里美看做是一種咒時，咒的神祕氛圍就退散了，浮現的是可以化解的執念。芎擔負起矮人消逝的歷史，藉著植物的形式在四處引入生命；高洛洛面對了失去父母的幼年，追求簡單的家庭幸福；而受困於兄妹戀情的里美，則遠到太平洋東端的復活節島，在不見盡頭的大洋的包圍中，尋求平靜。

Nakao一直跳脫既有的範疇與規範，書中原住民人物的流動性與普世面向，以及非刻板印象的族裔刻劃等，也都不落入習慣的期待。舊有的詛咒在個人意念的轉換下，產生了新的意義，成為生機，成為愛而釋然。太平洋或許因為它的廣闊與流動顯得不受限制，提供了想像一個更好世界的源頭。那裡島嶼的居民也困於他們的詛咒，在其中也試圖掙脫。視既有為阻礙，嘗試新的可能，不斷超越不也是每一個人都有的力量？

# 目次

# 第一編

# 絶島之咒

# 1 第一回

便利商店裡擠滿了人，使馬太鞍的高洛洛感到有些不耐。她約的同學已經遲到了快十分鐘，就在這十分鐘裡，下課的大學部學生成群湧向便利商店，一下子就把這間相當大的7 ELEVEN給塞滿了，吵雜得教人受不了，她只好站到店外來等。

「喂，高洛洛！」一個人騎著單車往這棟建築物過來，一邊向她揮手。

「你真慢哪，現在裡面已經沒有位子可以坐了。」高洛洛走向她自己的單車，「我看我們去村上春宿好了。」

「沒事吃這麼好嗎？」來人停住了單車，嘻皮笑臉的說：「還是找機會喝酒？」

「村上春宿哪是喝酒的地方。」高洛洛沒好氣的說著，上了單車帶頭往校園後門騎去。村上春宿是一家規模相當大的民宿，就位在東華大學的後門口不遠處。民宿的一樓經營餐廳，裝潢得相當漂亮，還打理了漂亮的前庭和中庭，算是這一帶氣氛和食物都最好的餐廳了。

在餐廳裡坐定並且點了餐之後，高洛洛說：「其實是有事要問你的意見。」

「什麼事，到底？」

高洛洛看了一眼這個叫做阿浪的同學。他是布農族和鄒族的混血兒，長得相當啓人疑竇——既不像鄒族那麼高，也不像布農族那麼矮，膚色不像鄒族那麼白，也不像布農族那麼深。倒是輪廓很有那兩個族的風格，像是刀削出來的。

「你的論文是寫你們兩個兄弟族的口傳，有處理到洪水傳說吧？」

「根本哪！還比較了兩族各支群的版本。不過整體說來是差不多。」

「你不覺得很奇怪嗎？大洪水的時候三群人在玉山頂上避水，水退以後把一支弓箭折成三段，互相約定爲兄弟。一群人是布農族，一群人是鄒族，這你們兩族的口傳都可以互相印證，但那第三群人卻始終下落不明。」

「鄒族有提到那群人哪。鄒族說那是Maya，後來日本人來的時候，就把日本人認爲是Maya了。」

「你覺得那可信嗎？」高洛洛白了他一眼，「我們阿美族也有類似的說法。像我們隔壁那個部落，太巴塱，也很愛說大洪水故事裡被海捲走的Tiamacan是日本人，理由是故事裡的Tiamacan是身體會發光的女孩子，是在比喻皮膚白皙，所以應該是日本人。」

阿浪放聲大笑起來。「哈哈哈哈哈，你們阿美族眞的這麼白爛嗎？」

「我什麼時候沒有騙過你？」高洛洛又瞪了他一眼，「你們鄒族是有比較好咻？」

「但我們布農族就很保守呢，並沒有對那群來歷不明的人指指點點呀。」

這時服務生送上兩人點的套餐和台啤。高洛洛忍不住搖頭，「你們鄒族、你們布農族……，你這個身份眞是狡猾，哪裡有問題你就往另一邊靠。」

阿浪笑嘻嘻的拿起筷子：「阿美族，不要那麼鬱悶嘛。哪有阿美族像你這樣整天愁眉苦臉的？我看你這個巫師也不是什麼眞貨吧。」

「我確實有巫師的體質，但沒有受過巫術的訓練。」高洛洛說，「你不要沒事胡說八道，給我招來噩運。」

阿浪開了啤酒豪爽的喝起來。「我不懷疑你的巫師體質啦。連論文都要寫巫術，你老闆也眞辛苦，被你下了詛咒都不知道。」

「你的頭啦！」高洛洛又狠狠瞪了阿浪一眼，「哪天我眞的要下詛咒的話，一定不會忘記你。月亮代表我的心。」

「好啦好啦，阿美族，說眞的啦，你問我傳說的事情幹嘛？跟你的論文又沒有關係。你別撈過界呀。」

「嗯。」高洛洛拿了筷子，但並不夾菜，只是若有所思的說：「因爲我無意間在《蕃慣調查》裡看到一筆資料。日本人採錄到一個賽夏族的說法，說他們有一個家族秘藏著一段弓箭。我在想，或許那個消失的第三群人是賽夏族？」

「賽夏族？」阿浪大笑起來，「那個陰森的民族，我可不想跟他們扯上關係。」

高洛洛不理會阿浪的取笑，繼續認眞的說：「賽夏族在苗栗，傳統領域離玉山確實很遠，但這種遠古以前的事情，誰知道？我倒覺得不應該直接排除這個可能性。」

「我會回去再看看《蕃慣調查》，多謝你的情報。不過我可不像你，什麼事情都要調查清楚。比較口述傳統又不是在辦案，事實不事實的，本來就不是重點啊。」

「我同意，不過……」高洛洛想了想，「怎麼說呢，我總覺得賽夏族很奇怪，神秘兮兮的。如果說他們是那個消失的人群，那你們兄弟族從此失去他們的下落，或許也就說得過去了啊。不然怎麼解釋他們藏著一段弓箭的事呢？你們兄弟族的傳說那麼出名，卻沒有賽夏族的來過問，這麼沒有好奇心，也未免太不尋常吧？」

「嘻，你這個不認識半個賽夏族的鄉巴佬，簡直就是種族歧視啊。下次我遇到賽夏族一定把你抖出來。」

高洛洛擺擺手。「吃飯啦，死布農族。」

「我是鄒族，哈！」阿浪說著，把手上的啤酒一飲而盡。

高洛洛還是沒有動筷子。她轉頭望向窗外整理得很漂亮的中庭。已經快要十二月了，但天氣還是異常溫暖，中午的太陽也很亮麗。花蓮已經將近兩個月沒有下雨，看來今年的東北季風也沒什麼威力。

「為什麼這樣心神不寧呢？」高洛洛暗想，「難道會發生什麼事情嗎？」

## 2 第二回

高洛洛坐在家裡前廊上的躺椅裡，手上拿著一本介紹安倍晴明的書，有一搭沒一搭的讀著。旁邊和室的紙門敞開著，她可以聽到叔叔正在看的電視新聞。音量雖然不大，但那些言不及義的新聞實在令她感到有些不耐。

「有時間看這些垃圾，還不如看看原民台的新聞吧。」高洛洛在心裡嘀咕著。

她放下手中的書本，望向大龍眼樹下花草茂盛的庭院。這些花草都是嬸嬸種的，整理得井井有條，看了令人心情放鬆。她看著這片綠地，慢慢的陷入自己的思緒裡。

自從那次村上春宿的午餐之後，她就沒有再見過阿浪了。有幾次她打阿浪的手機，但要不是沒人接電話，就是根本沒開機。她傳了好幾次簡訊，但阿浪一次也沒有回過。她去他的宿舍兩次都沒有找到人。隔壁的學長說，阿浪十二月初就離開了，行李跟往常一樣簡便，看不出來到底是回信義鄉的家，還是輕裝去什麼地方旅行。

近來論文有些卡住了，心裡又抱著別的事情，再加上好友阿浪不見人影，高洛洛在偌大的校園裡就有些待不下去，於是她跟指導教授打了招呼，說既然所上沒有別的事，她想要先回去馬太鞍家裡陪陪長輩。她的老師是個老好人，聽說她要提早一個多月自動放假回家，立刻和藹的答應。

「你做這個題目，在部落裡的時間其實應該要比在學校裡的時間多才對，你就回去多補一些田野資料吧。如果你能把馬太鞍的巫術傳統盡量釐清，就是個不小的貢獻了。」

既然老闆這麼捧場，高洛洛就老實不客氣的收拾了一下，從志學這個小站上了南向火車。慢車雖然站站都停，半個多小時後總算也到了光復火車站。下了火車，她就一個人穿過平交道，慢步走回山邊的家。

說是回家，但也可以說，那不完全是她的家。她的父母在她六歲的那一年相繼過世，雖然父母雙方都還有不少族親，但不知何故，最後竟然是一個關係比較遠的叔公將她接去同住。叔公是高洛洛已故阿公的阿媽的妹妹的女兒的獨子，在眾多長輩裡是最疼愛高洛洛的一個。原本高洛洛被父親取名叫做格琉，但叔公接她去住以後，就給她改名叫做高洛洛。叔公說在她出生的時候夢見自己童年時代知名的巫師高洛洛，因此一直覺得這孩子應該以此命名，只不過高洛洛的父母並沒有理會長輩的夢占。

由鰥居的叔公撫養長大，高洛洛一向與叔公非常親近。叔公的獨子沒有小孩，也把高洛洛當親生女兒一樣看待，只是客家嬸嬸對高洛洛略有微詞。

「總覺得那孩子的眼神不夠開朗，有時被她看一眼，心裡竟然會發毛呢。」嬸嬸常跟左鄰右舍這麼說。

「什麼眼神不夠開朗……」高洛洛每次聽見這樣的話，就在心裡暗想，客家嬸嬸眞是什麼都不懂。叔公可是說她有巫師的體質，對事情有著強烈的直覺，嬸嬸會受不了她的眼神，一定是嬸嬸自己有問題吧。

高洛洛坐在躺椅裡，想起四年前叔公過世前不久說過的話。

「馬太鞍的巫術早就失傳了，你要當巫師已經不可能，但你有這樣的體質，一定要發揮自己的天性才行，不然你的人生會非常不順利。」

就是因爲這樣，高洛洛才會在大學畢業以後決定去唸研究所，一開始就很果斷的說，要研究巫術這個在現代社會裡經常只被學者用來當裝飾、充情調的課題。

「我一定會深入巫術的中心！」這是高洛洛開始研究時就立下的志願。

不過，要研究一個幾乎煙消雲散的東西談何容易。再者馬太鞍這一帶自從日本時代起就很開放的接受外來文化，近二十年來更是相當熱衷發展觀光，大家都對外來的新鮮東西趨之若鶩，誰還在意什麼傳統的巫術。

「哎……」想到這裡，高洛洛忍不住嘆了一口氣。她從躺椅裡坐起來，伸了個懶腰，順手將關於安倍晴明的書放在茶桌上。

「Nēchan！Kawlolo nēchan！」一個女孩的聲音傳來，高洛洛光聽聲音就忍不住笑了出來。會這樣叫她的只有加里洞的表妹里美。這孩子今年剛上了光復高中，就從海岸山脈邊加里洞的家裡搬到馬太鞍的一個阿姨家來住。大概是因爲被取了一個日本名字，對日本事物特別著迷，很愛以日語來稱呼別人。

「Nēchan，你回來怎麼沒有告訴我？」里美穿著短袖T-shirt和牛仔褲，把單車靠在石頭矮牆邊，笑嘻嘻的走進院子裡。

「哎，怎麼這個天氣穿短袖呢？小心要生病了。」

「還很溫暖呀。」里美說著，在門廊上坐了下來。

「啊，nēchan，在看關於Abe no Seimei的書呀！」里美看見茶桌上的書，驚喜的叫出來，「我最近也有看陰陽師的電影呢。Nēchan現在開始研究日本的陰陽術嗎？」

「看著玩而已。」高洛洛說，「自己的研究都做不好了，還搞什麼陰陽術。」

「你就改研究晴明嘛，我來當你的研究助手。」

「你把你的功課顧好吧。光復高中實在不是什麼好學校，你爲什麼不聽阿姨的話，到花蓮去唸高中呢？」

「到花蓮去多麻煩。學校不過就是白天去坐坐的地方，等我高三的時候再用功一點去考大學就好啦。」

「唸光復高中要考大學？眞給你考上了，恐怕阿姨要借學校操場幫你請客了。」

「哈，到時候看我的吧。我自己知道該怎麼做的啦。」

高洛洛心想，這孩子眞是開朗，也難怪她討人喜歡。這樣說起來，似乎也不能怪嬸嬸嫌自己的態度陰沉。

里美抬頭看著高洛洛。「Nēchan，你看起來不太高興啊，有什麼心事嗎？」

「嗯，也還好，只是有點擔心一個同學。」

「誰呢？發生什麼事？」

「我同學阿浪。」

「啊，上次來過的那個布農族大哥嗎？他怎麼了嗎？」

「最近都找不到他。已經離開宿舍了，打電話也不回，到處都問不到他的下落。」

「你有打電話去他家嗎？」

「他家在信義鄉，我沒有他家的電話，只有他的手機。」

「大概跟你一樣提早回家了吧。你們這些研究生，動不動就離開學校，有什麼資格說我呢。」

「我真的覺得很不對勁。阿浪從來不會這樣，連簡訊都不回。」

「Nēchan，還是不要亂想比較好。萬一因為你這樣想，他真的出事怎麼辦？就當他是出去玩吧。」

「嗯……」高洛洛不置可否，又發呆起來。

里美看著高洛洛有點陰鬱的臉，不禁也有點擔心。她伸手去拉高洛洛，「nēchan，不要再想了啦。我們去加里洞好嗎？我今天跟媽媽說好了，要回去加里洞吃晚飯。你去我家住一晚吧。」

「加里洞啊……」高洛洛想了一下。也好，加里洞人煙稀少，阿姨住在廢棄的小學校舍裡，也沒有電視的干擾。乾脆就去加里洞過個安靜的晚上，跟里美聊聊天，散散步，也可以打發掉煩悶的心情。

高洛洛進屋裡去，跟叔叔嬸嬸說要跟里美去加里洞的阿姨家住，然後就在背包裡塞了一套換洗的衣服，跟里美一起去牽她的機車。

「你的單車牽到院子裡來吧，免得被人家騎走。」

「Nēchan，我要跟你借安全帽。」

「我車上有多一頂。不過你穿這樣，等下騎車吹風一下就感冒了。我可不想被阿姨罵。哪，你把這件薄外套穿上。」

「哎喲……」

「穿上啦！」

「好啦好啦，真是會管人呢，難怪阿浪大哥跑得快……」

「你在鬼扯什麼東西？晚上我給你吃蝸牛喔！」

兩個女孩子一邊嘰嘰喳喳的鬥嘴，一邊上了機車，在向晚的涼風裡呼嘯離去。

高洛洛的嬸嬸從廚房走了出來，對坐在和室裡的叔叔說：「晚餐好了，不要再看電視了，來吃飯吧。」

叔叔才剛轉了頻道到原民台，看電視上正在播布農族語新聞，就扔下搖控器，站起身來跟著妻子進了廚房。

「今天清晨在向天湖畔發現的男屍，身份已經確認。死者是南投縣信義鄉的布農族人，二十六歲，目前就讀東華大學族群研究所。當地的賽夏族人向警方表示，死者是陌生人，之前沒有見過他出現在本地……」

天漸漸黑了。不久後，烏雲開始聚集在花東縱谷這個地勢狹窄之處，門廊外淅淅瀝瀝的落起雨來。雨勢慢慢變大，被晚風一陣一陣的往東吹向海岸山脈。

## 3 第三回

晚餐過後，高洛洛和里美幫阿姨把碗盤都洗淨收拾好，一起走到廢校的國小教室前廊吹風。雨一點也沒有要停的跡象，反而越下越大。

兩人站的地方是學校的高處，面向西方，下方是寬廣的操場，再過去就是空曠的田野，最遠處是中央山脈。不過天早就黑了，望出去是黑沉沉的一片，幾乎什麼也看不到，只有兩人背後被改裝成住所的教室裡亮著燈，大概是這一帶唯一的一盞燈了。

里美說，「今年的天氣眞怪。之前老是不下雨，現在一下就像颱風似的。不過也好，這樣眞清涼，而且不會冷。」

「風是從中央山脈來的呢。眞奇怪，這個季節吹這樣的風，又下這麼大的雨。」

「我倒是很喜歡這樣啊。」里美張開雙臂，一副衷心迎接風雨的樣子。「我就是喜歡這裡這一點，任何時候都很有氣氛。」

「什麼氣氛？」

「很像懸疑小說的那種氣氛啊。」

高洛洛本來幾乎要被里美孩子氣的話逗笑了，不過轉念一想，里美說的也很有道理。加里洞這邊人口很少，連小學分校都無法維持，不要說是夜晚，即使在晴朗的白天也相當寂靜。她們現在所處的校舍被大片的香茅圍繞，平常連蚊子都沒有一隻，夜晚也沒有什麼蟲鳴，雖然位在山坡地的樹林裡，綠意盎然，卻奇怪的顯得生氣不足。這麼說來，秀川阿姨敢帶著女兒獨自一人住在這裡，也眞算是很有膽量。一般膽子小一點的人說不定連大路都不敢遠離，更不要說走進山邊的岔道，上到廢校的校舍這邊來了。像現在這樣風雨交加的夜晚，確實如里美所說的，頗有一點懸疑小說的氣氛。

高洛洛看了一眼身旁的里美。這孩子正心滿意足的享受夾著雨絲的涼風呢，一頭短髮被吹得亂七八糟也不以爲意。里美愉快的臉反而讓高洛洛又想起讓自己心煩的那些事，忍不住嘆了一口氣。

「Nēchan，又心煩了嗎？」

「嗯……」高洛洛含糊的應了一聲，暗忖著，心裡的這些事還是不要跟里美說好了。

「Nēchan，我又不是小孩子了，你有什麼心事為什麼不跟我聊聊？」

「啊？」高洛洛有點意外的看著里美。確實，里美個子雖小，但已經很有美女的樣子，雖然氣質總還是像個小男生。

「Rimi，你都沒有什麼心煩的事嗎？」

「怎麼可能會沒有呢。我連自己的爸爸是誰都不知道，這一件事就夠煩的吧。你又不是不知道人家背地裡怎麼說我媽媽。要不是那些討厭的傢伙，媽媽何必這麼辛苦的住到這裡來，還不是為了躲避那些閒言閒語。」

高洛洛點點頭。從小就沒有父母的她，倒也很能體會里美的心情。秀川阿姨早年離開部落，一去就音訊全無。十二年前她帶著四歲的里美突然回到馬太鞍，既不向任何人交待這些年的行蹤，對於里美的爸爸也絕口不提。大家在她面前雖然不說什麼，但背後不三不四的閒話總少不了，大概是因為這樣，秀川阿姨才會決定遷到這荒僻之處。阿姨沒有固定的收入，平時做一些精巧的手工藝品，賣給花蓮的一些飾品店。奇怪的是，倒也從來沒有聽說過阿姨缺錢。里美到光復唸高中，阿姨還每個月拿錢給同意讓里美寄住的親戚。但這件事竟也被人當成話柄，說不知道秀川在外面是靠什麼發了財呢，竟然這麼多年來都維持得這麼好。

「你爸爸應該是個相當英俊的人吧，我猜。」高洛洛說，

「你的輪廓比阿姨還漂亮，比一般的阿美族好看多了。」

「我猜我爸爸也是原住民，只是不知道是哪個族的。」

高洛洛仔細端詳里美的臉。確實，她的輪廓很奧妙，眼睛大但並不圓，眼角纖細又有些上挑，眉毛濃但細長，給人好像修過眉似的感覺。細細的鼻子不算很高，嘴唇很薄，在阿美族之間很少見。這樣的長相怎麼看也不像單純的阿美族，也不像跟漢人的混血，但真要說是跟哪一族的混血，卻也說不上來，只有她的膚色似乎透露一點端倪。

「你的膚色很特別……」高洛洛說，「怎麼有點像是拿鐵咖啡……？」

「可是我媽媽很白呢。」

「是啊，你爸爸的膚色應該比較深吧。這樣說來，不太可能是泰雅族，鄒族更不可能，但是膚色比較深的民族，排灣還是魯凱的話，輪廓也不可能像你這樣。會不會是布農族呢……？」

「卑南族呢？」

「卑南族？你沒有半點卑南族的特徵啊。看起來好像布農族最有可能。」

「所以我說啊，這還不夠煩惱嗎！」

「不知道爸爸是誰確實會煩惱，不過，也許你爸爸是另外有家庭吧。其實不知道也等於保留了一個想像空間，總比確切的知道父母都不在了要好啊。」

「Nēchan，怎麼又變悶了？」里美推了高洛洛一下，「如果你是巫師就好了。你可以幫我占卜，我就可以知道爸爸是誰了。」

高洛洛被她逗笑了。「你以為巫師都在做什麼？」

「不是說巫師都可以知道別人不知道的事嗎？」

「嗯，確實是有聽人說過，有問題要去見巫師，到了巫師面前，立刻就被說中來意的事。不過這跟查人家的身份好像不太一樣吧。」

「一定是我們知道的太少了啦，我不相信巫師連這種事都辦不到。」里美說著，突然想起了什麼，「啊，我們剛剛沒有講到賽夏族呢！」

「賽夏族？哪有賽夏族像你這樣，天天眉開眼笑。」

「你有賽夏族的朋友嗎？」

「其實也沒有……」

「我倒是對他們蠻好奇的呢。他們不是有矮靈祭嗎，聽起來就好稀奇。Nēchan，寒假的時候我們去賽夏族那邊玩吧。」

「開什麼玩笑，沒有認識的人，是要去哪裡玩？」

「都可以嘛，了不起就是在學校操場搭帳篷。」

「可眞有冒險精神。」

「好啦好啦，nēchan！」

「再說再說啦！」

兩人說話之間，風雨又變得更強了，一陣涼風吹過，高洛洛不禁打了個噴嚏。

里美「嗤」的笑出聲來。「說我會著涼，結果可能是你先感冒呢。」

「嗯啊，跟無敵的青少年怎麼能比？」

「Nēchan，我們進去吧，看來今晚風雨是不會停了。我們洗完澡以後去窩在床上，趁這個氣氛，你跟我講你的巫師研究好嗎？」

高洛洛聳聳肩。「研究有什麼好講？我們去洗澡吧，我覺得有點累了，今天早點休息好了，明天一早還要送你回去上課。」

兩人正要轉身進屋，只見學校入口處微微的有光靠近，一個戴著頭盔，裝束整齊的越野單車客冒著大雨向校舍這邊騎過來。

「不好意思，兩位小姐，請問你們住在這裡嗎？」那人到了門廊前停下，一邊很有禮貌的詢問，一邊除下頭盔。看來在大雨裡騎車相當辛苦，渾身都濕透了，即使戴著頭盔也滿頭滿臉的都是雨水。

「我們住在這裡。請問有什麼事？」高洛洛回答。

「我騎車旅行，本來想繼續往北，但現在雨勢太大，實在很難前進了。我看到這裡有燈光就騎上來，如果方便的話，能不能讓我在這邊避雨一個晚上？」

「過夜啊……」高洛洛遲疑了一下。來者畢竟是個陌生男子，不能不有所警覺，但這裡是個廢棄的校舍，要說不准人家在這裡避雨，實在也說不過去。正爲難間，秀川阿姨已經從裡面走了出來，很和氣的說：「這麼大的雨騎車，一定很冷吧？要不要吃點東西，喝點熱湯？啊，你先去洗個澡好了，免得淋雨生病。雖然沒有多的床，沙發應該夠你睡，今天就在這邊過夜吧。」

「眞是太感謝了，如果能先洗個澡就太好了。」對方說著，把頭盔掛在車頭，跟著秀川阿姨進了屋子。

「欸，nēchan，媽媽會不會聽到我們剛剛講的話了啊？」里美壓低了聲音問。

「有可能。那我們先在這邊再混一下好了。」

高洛洛和里美又在走廊上站了一陣子，兩人一起走進屋子的時候，單車客已經洗完澡，換上寬大的運動服，渾身輕鬆的坐在沙發上吃湯泡飯。秀川阿姨坐在一個窗邊的桌子旁，就著檯燈繼續她平日的手工。

「你冒雨騎車這麼久，媽媽給你喝這個雞酒剛好，喝了就不會冷了。」里美笑嘻嘻的對那人說，「今天晚餐我們也喝了好多雞酒呢。」

屋內燈光明亮，高洛洛總算看清了來人的長相，不由得大吃一驚。

「你、你跟我一個同學長得好像！你是信義鄉的嗎？」

「嘎？」對方愣了一下，「是啊，我是信義鄉的。你同學是誰？」

「和社的阿浪，東華族群所的。」

對方聽了哈哈大笑。「那是我哥啊！」

「難怪長得這麼像啊。」高洛洛也笑了，「怎麼這麼巧，我最近找不到阿浪，結果在家門口遇到他弟弟。」

「你也找不到我哥？」對方有點意外，「我還打算到了壽豐就去找他呢。我打他的手機都沒人接，難道他不在學校嗎？」

「宿舍的學長說他月初就離開了。這樣說來，他也沒有回家啊？」

「這個月初？那時候我有回家啊，但沒聽說他也回過家。」

「怎麼會這樣……？」高洛洛聽說，眼神又暗淡下去，對方則是一臉困惑的樣子。

「哎，nēchan，不如再打一次電話看看呢？說不定他現在就接了呢。」里美在旁插嘴。

「也是……」高洛洛說著就要拿手機，卻到處都找不到。

「看來是忘在家裡了。」高洛洛有點懊惱。

「我來打好了。」對方說著拿出手機，卻又沒有電了。

「要用我的打嗎？」里美熱心的問。

「手機沒電就不記得電話號碼了……」對方有點不好意思的說。

「我也不記得……」高洛洛說。

三個人呆了一下，高洛洛說：「我看這樣不是辦法。明天把我妹送去光復上課以後，你跟我一起回壽豐好了。再回學校去問問看。」

「啊，好的，眞多謝你。啊，不好意思，還沒有請問你的名字。」

「我叫高洛洛。你呢？」

「原來你就是高洛洛。」對方咧嘴一笑，「我哥常提到你。我叫海樹兒。」

「啊，對，阿浪有說過他弟弟叫海樹兒。」

里美笑嘻嘻的說：「你們在認親喔？不過，這位Haisul nīchan，你要不要先把手機充電？」

「啊，對，多謝你提醒。」海樹兒將手機和充電器交給里美，「麻煩你了。」

「Nīchan眞客氣呢。」

「眞能裝熟，第一次見面就叫人家nīchan。」高洛洛搖搖頭。

秀川阿姨在旁邊「噗」的笑了。「好啦，兩位小姐先去洗澡吧，讓人家先把飯吃完。」

「呀，也是，那我先去洗澡。」里美說著就到充當隔間的櫃子後面去拿衣服。大概是因爲有意外的訪客，她竟然興高采烈的吹起口哨來。

高洛洛在沙發上坐下。「我記得阿浪說你在台北唸書。」

「嗯，台大日文。」海樹兒回答。

「眞優秀呢，唸日文，這可跟Rimi談得來了。但怎麼你現在不用上課？」

「翹課囉，期末考前總要放鬆一下嘛。」海樹兒說著，露出跟阿浪一樣的笑容，「我沒有來過花東縱谷，所以這次特別繞了一大圈，坐南迴鐵路到台東，從那邊開始往北騎，預計是要到壽豐找我哥，接下來再從花蓮搭火車回台北，趕得上期末考就好了。」

「看來你們兄弟的個性也很像，一樣的隨興。」高洛洛微微一笑，「我也去洗澡，先不打擾你了，你多吃一點吧。」

這個晚上，高洛洛和里美擠在櫃子後的床上睡了，海樹兒則是睡在外面的沙發上。秀川阿姨將燈都關了，只留下牆上一盞極暗的夜燈，然後到改裝成她臥室的隔壁教室就寢。還不到午夜，四人就已經睡得很沉了，渾然不覺窗外持續增強的風雨。

## 4 第四回

新曆年前極早的清晨，冬天的和社雲霧繚繞。高洛洛沿著公路慢步走向同富國中，一邊眺望公路下方的陳友蘭溪谷。離天亮大概還有一個小時，公路上的路燈還亮著，抬頭可以看得出天空很高，但還是像昨天一樣陰霾。今天大概也不會見到太陽吧，高洛洛這樣想著，眼前又浮現昨日的場景。阿浪的喪禮上，他父母非常傷心的哭泣，弟弟海樹兒倒很沉穩，裡外忙碌，招呼前來悼喪的親友。高洛洛雖然是外人，又是第一次到阿浪家裡，但大家聽說她是阿浪在研究所裡最好的朋友，也就不見外的讓她協助海樹兒處理一切。

但是，事情怎麼會變成這樣呢？加里洞那狂風暴雨的一夜過後，次日倒是風平浪靜。高洛洛騎車載著里美去上學，然後在火車站前等海樹兒將單車騎到馬太鞍。回到家裡，她正在收拾電腦和書本，預備跟海樹兒一起搭車去壽豐的時候，海樹兒接到家裡的電話，通知他阿浪在苗栗意外身亡的噩耗。高洛洛連忙拿了自己的手機一看，赫然發現昨夜也有同學傳來簡訊，說在電視上看到阿浪死亡的消息。

因爲這樣，兩人就急忙趕往苗栗去了。驗屍的結果出人意料。阿浪雖然陳屍在向天湖畔，但他被發現時衣著整齊，完全沒有浸過水的跡象，此外身上連一處外傷都沒有。阿浪既不是溺斃，也不是中毒，解剖後確定沒有任何器官功能失常引發死亡的可能，只能說是無法判定原因的意外死亡。事情雖然離奇，但阿浪的父母希望海樹兒儘早將遺體領回，爲阿浪舉行喪禮，因此海樹兒沒有再爭執什麼。一直爲阿浪擔心的高洛洛，在確認阿浪已死之後，雖然大受打擊，但心裡反而比先前安靜了許多。她甚至有餘力觀察海樹兒，對於這個才剛滿二十歲的年輕人竟能這麼冷靜處理一切頗感驚訝。

高洛洛沿著公路走到同富國中，低頭在無人的操場上慢慢兜著圈子。她想起最後一次見到阿浪時自己開玩笑說的話。

「哪天我眞的要下詛咒的話，一定不會忘記你。月亮代表我的心。」

然後她耳畔響起里美的聲音。

「Nēchan，萬一因爲你這樣想，他眞的出事怎麼辦？」

高洛洛心裡突然升起一股異樣的感覺，不由自主的在操場中間的草地上停下腳步。阿浪死後，她隱約覺得自己可能該對阿浪的死負責，但因爲事情忙碌，她始終沒有時間細想，現在喪禮已過，這念頭開始清晰的浮現了。

「賽夏族？那個陰森的民族，我可不想跟他們扯上關係。」

他們最後一次碰面的時候，阿浪對於她提出的問題是這樣回答的。

「他去了向天湖，難道不是因爲我說了那些話……？」

高洛洛感覺寒意從腳底升起。她一抬頭，看見海樹兒正穿過操場向她走來。

「Nēchan！」海樹兒走近了，像里美一樣叫她，「你幾乎沒睡吧？」

「你怎麼知道？」高洛洛因爲剛才的念頭，面對海樹兒竟然有點心虛。

「我在隔壁聽你翻來覆去一整夜。Nēchan，這一周辛苦你了。」

「辛苦？」高洛洛有點意外，「再怎樣也沒有你辛苦，你怎麼反而跟我客氣？」

「Nēchan，你是我哥的好朋友，我不跟你客氣。其實這幾天我一直想問你，關於我哥，你是不是有什麼事沒說？」

「啊！」高洛洛大吃一驚，一時腿軟，就跌坐在草地上。

「哎，不要坐在這邊，草地上都是夜露呀。」海樹兒連忙伸手把她拉起來，「我們去那邊樓梯口坐吧。」

石階其實也不會比草地溫暖。兩人在教室旁的樓梯口坐了許久，直到天色將亮，高洛洛才勉強能夠開口，說了她跟阿浪最後的午餐，以及她提供給阿浪的「情報」。

「你的意思是說，我哥可能是因爲要查證你說的事，所以去了向天湖？」

「恐怕是吧，不然他爲何要去那邊？」

「可是，說不通啊。」海樹兒遲疑的說，「他月初就離開學校，二十二號早上在向天湖被發現，判斷死亡時間是被發現前五、六個小時，那就是二十一號的深夜。那中間這麼長的時間他去哪了？如果是因爲你說的事情去做田調，爲什麼不接電話？田調又不是什麼需要保密的事。」

「我不知道，但他死得這麼離奇又突然哪。」

「Nēchan，我爸媽認爲，我哥死得太奇怪，不希望我追究他的死因，否則可能連我都會出事。可是我不能接受哥哥死得這樣不明不白。如果你不介意的話，我想跟你去壽豐，看看他宿舍的東西裡有沒有留下什麼線索，順便也把東西整理了帶回來。」

「啊，當然好。可是你不用回去考試嗎？你幾時期末考？」

「還有一周呢。」

「不用準備嗎？」

「語言的東西有什麼好準備？平常不行的話，到考試也一樣不行。不用準備了，憑實力考就好了。」

海樹兒的話不知爲何使高洛洛感到心情輕鬆了一些，或許是因爲這樣的態度讓她想起了爽朗的里美吧。「你的態度跟里美好像，對一切都像是很有把握的樣子。」

「反正事情也不會因爲沒有把握就不發生啊。」

海樹兒站了起來。「我們走吧，既然要去，不如現在就去。」

「喪禮才剛結束就走？你不是說你爸媽叫你不要查這件事？你跟他們要怎麼說？」

「管不了那麼多了啊。趁他們還在睡，我留個字條給他們就好了。」海樹兒說著就催促起來：「走吧，等他們起床就來不及了。我去拿車鑰匙，我們開我爸的車。」海樹兒不等她回答，一把將她拉起來，拖著她就走。

「哎，好啦好啦，不要拖我……」高洛洛急步跑過教室走廊，跟著海樹兒出了學校，沿著公路向阿浪家跑去。

等兩人終於偷偷把車開走，海樹兒就在山道上急駛起來。這時天色已經亮了，但依然因爲雲層厚重而顯得陰暗。

「山路上不要開這麼快吧。」高洛洛有點擔心的說，「咦？怎麼往這邊開？我們不是要下山嗎？」

「下什麼山？不是要去花蓮嗎？當然是穿過中央山脈最快啊。」

「走中橫嗎？」高洛洛有點吃驚，「現在的路況可以嗎？」

「Daijoubu desu…」海樹兒以日語回答，「路的事就交給我了。」

高洛洛沒有再說什麼，過了一陣子還是海樹兒先打破沉默。

「Nēchan，關於賽夏族的事，你有什麼想法？」

「嗯，我猜你們洪水傳說裡的那第三群人是賽夏族，他們離開玉山以後就往北去了，後來在苗栗、新竹這邊的山區定居。不過，這地理範圍說起來好像有點遠，也許我太武斷了也不一定……」

「不，不會太遠。」海樹兒很乾脆的說，「從玉山往北，走山崚線，經過雪山諸峰，再到大霸山群，不就到賽夏的傳統領域境內了嗎？」

「咦？大霸尖山？那不是泰雅族領地？」

「賽夏的傳說不是說他們發源自大霸尖山？他們應該是

後來被泰雅族壓迫得很緊，所以才往淺山地區移動吧。但是新竹的賽夏到現在都還是跟泰雅族混居的啊。」

「五峰那一帶嗎？但阿浪沒有去那邊啊，他去了南庄。」

「嗯，賽夏族的遷徙過程好像蠻複雜的。他們好像也分成好幾群，南庄這邊應該是南部群，生活環境跟五峰這邊的高山區域又差距不小……。可惡！以前聽過一點關於賽夏的事情，緊要關頭竟然一點也想不起來。Nēchan，你有賽夏族的朋友嗎？」

「一個也沒有呢。」

「我有一個賽夏族的同學。」

「啊，那問你同學不就好了？」

「無用的都市原住民哪，連老家在哪裡可能都搞不清楚，問了恐怕也是白問吧。」

「哎，你哥好像有賽夏族的朋友？」

「有嗎？」海樹兒有點意外，「我從來沒聽他說過啊。」

「不確定是眞的假的。那時候你哥笑我說，我對賽夏族有歧視，他遇到賽夏族一定會把我抖出來。」

「也許是開玩笑？我哥就是這點麻煩，講話是認眞的還是開玩笑的都分不出來。」

「或許可以在他的宿舍找到資料。」高洛洛抱著期望說，「希望他有留下一點線索給我們。」

「Nēchan，你說賽夏族可疑，到底是指什麼？」

「其實我說不太上來。」高洛洛遲疑的說，「我只是一直覺得，他們這民族跟別人不一樣。你看，各族裡面，只有他們有矮靈祭，而且他們的矮人傳說也很古怪。」

「嗯，說起來是蠻陰森的沒錯。好像是他們把矮人滅族了，因爲被矮人詛咒，才要舉行矮靈祭來向亡靈道歉，是這樣嗎？」

「印象中好像是這樣。你不覺得這故事很恐怖嗎？」

「確實，」海樹兒明顯放慢了車速，思索了一下，「平常大家對傳說故事都不太認眞，但如果想像當時情況的話，其實是個很淒厲的場面啊。把一整個民族屠殺殆盡，這不就是genocide嗎？違反國際法吧。」

正嚴肅思考的高洛洛忍不住「嗤」的笑出來。「你還蠻幽默的嘛。違反國際法……」

「但這是genocide沒錯吧。」說了笑話的海樹兒卻一點也沒笑，「爲了什麼事情要屠殺一整個族群？」

高洛洛突然之間感到背上寒毛直豎，連忙伸手抓住海樹兒的右臂。她的動作太突然，海樹兒沒有防備，方向盤登時就歪了。

「哎哎哎……」海樹兒叫起來，連忙把方向盤打回來，總算順利的過了眼前的彎道。

「Nēchan，差點就衝出去葬身谷底啦！」海樹兒呼了一口氣，「嚇出我一身冷汗哪。還好速度不快……你是怎麼啦？」

「對、對不起……」高洛洛也被這個意外嚇了一跳，「我只是突然有一種很恐怖的感覺，好像有人在背後偷看……。」

「嗯？」海樹兒側頭看了她一眼，「你眞的有巫師的體質啊？剛才是想到什麼？」

「……」高洛洛試著捕捉剛才的念頭，過了一陣子才遲疑的說：「如果……如果賽夏族的傳說不是眞的呢？」

「什麼意思？」

「意思是說，如果矮人的故事是編造出來的呢？」

「嘎？說謊嗎？」

「傳說不一定是眞的吧？說不定是爲了隱瞞什麼事情才講了那個故事呢？」

「等等、等等！」海樹兒說，「假設眞的是這樣，那現在的賽夏族知不知道那是個假的故事？」

「這……」

「如果不知道，那就是謊話說久了，眞相自然失傳囉？但如果知道的話，未免也太陰森了吧。」

「他們是很陰森啊。」高洛洛說著，打了一個噴嚏。

「欸！」海樹兒微微一驚，連忙將車速放得更慢了，「怎麼打噴嚏？」

「可能有點冷吧，山區……」高洛洛感覺有點莫名其妙。

「你眞的有巫師的體質嗎？」海樹兒連忙說，「打噴嚏，這麼不祥的事情啊。」

「啊？」

此時車子經過一個比較寬的路段，前後無車，海樹兒就將車子靠邊停了。

「先不要走了，不然怎麼死的都不知道。」海樹兒說著，回頭拿了放在後座的外套，塞給高洛洛，「穿上吧，我們下車走走，避過風頭再上路。」說著就熄了火，拿了鑰匙下車。

高洛洛一邊穿外套，一邊跟了出去。

海樹兒沿著山壁踱步，走了一小段後回頭說：「我爸媽說的可能是眞的，這件事情眞的很不祥。我哥大概眞的是查了不該查的事，所以死得這樣離奇。」

「難道你打算不要查這件事了嗎？」

「當然要查，怎能讓哥哥死得不明不白？」海樹兒抬頭看著天空，「但一早就是這個氣氛，看來我們眞的要小心了。」

「怎麼感覺你比我還有巫師的體質？」高洛洛心裡感到有些緊張，只好這樣半開玩笑的回答。

「其實是這樣沒錯啊。」海樹兒說著，嘆了一口氣，「就是因爲這樣，我爸媽才會叫我不要查。其實，哥哥也有巫師的體質啊。」

「阿浪？」高洛洛感到相當意外，「他天不怕地不怕的，怎麼會有巫師的體質？」

海樹兒的臉色有點落寞。「他不相信他有巫師的體質。有這樣的天性卻不注意，他不就因此把命丟了嗎。」

高洛洛一時語塞，呆呆的望著海樹兒。

兩人沉默了一陣子，然後海樹兒說：「Nēchan，你的直覺比我靈，接下來如果有什麼感覺，請務必說出來。我可能比你小心一些，你說了，我好提防意外。」

「誰要害我們？」

「誰害了哥哥，誰就會害我們。」

兩人又沉默下來。過了一陣子，高洛洛抬起頭來，「我想現在應該可以走了。」

海樹兒點點頭，跟高洛洛一起向車子走去。

「你知道我們現在在哪裡嗎？」高洛洛問。

「離頂崁還有相當距離。我們要從頂崁接中橫。我看我們到埔里以後休息一下再繼續。現在這個狀況，恐怕非得慢慢開不可了。」

兩人上了車，海樹兒果然將車速放慢了許多。不久後高洛洛開始感到疲倦，不自覺的打起盹來。

「睡一下吧。你昨晚都沒睡，趁著路上沒事先休息。到了埔里我再叫你。」

「你應該也沒睡多少吧，一個人開車不會太無聊嗎？」高洛洛的眼皮很重，但還是儘量睜大了眼睛，努力要維持清醒。

「沒關係，我聽音樂就可以了。」說著海樹兒開了音響，傳出的竟然是千昌夫那東北口音的歌聲。

*Shirakaba, ao zora, minami kaze,*

*Kobushi saku ano oka kitaguni no*

*Aa, kitaguni no haru...*

白樺、青空與南風，山丘上的木蘭盛開在北國，啊，北國的春天……

「〈北國之春〉……」高洛洛半夢半醒的說，「你聽這樣的老歌啊。」

海樹兒沒有再答話，高洛洛也就閉上了眼睛，在落入沉睡之前，她隱約聽到海樹兒跟著哼歌的聲音。

*Aniki mo oyaji nide mukuchi na futari ga*

*Tamani wa sake demo nonderu darōka...*

哥哥和父親，兩人都沉默著，偶爾也會一起喝酒吧……

## 5 第五回

慢速行車的結果，到太魯閣口時竟然已經下午三點了。兩人折而向南，剛過花蓮，高洛洛就接到里美的電話。這孩子聽說他們已經從南投回到花蓮，要去東華大學收拾阿浪的遺物，竟然吵著也要去壽豐。

「不管啦，nēchan，你一定要讓我參加！」

「參加什麼呀！」

「你們一定不會收了東西就回去和社。」里美在電話另一頭嚷嚷，「你們是想在阿浪大哥的東西裡找線索吧！是不是之後又要去南庄？我要跟、我要跟啦！」

「怎麼這麼胡鬧！你要上課，跟什麼呢？再說這又不安全！」

「什麼不安全？」里美抓到話柄，又叫起來，「不安全你還自己去？我要跟啦！」

「出事怎麼辦？」高洛洛動氣了，「出了事我跟阿姨怎麼交待？」

「那你出了事難道要我跟媽媽裝死嗎？說我不知道你又跑去南庄？」里美很機伶的反擊，「不讓我跟的話，我現在就打電話跟媽媽講！然後去你家跟舅舅講！」

「你、你敢！」高洛洛氣得說不出話來，這時海樹兒從旁插嘴：「算了，nēchan，讓她來吧。她來了未必不好。」

「什麼意思？」高洛洛呆了一下，里美在電話另一頭已經聽到海樹兒的話，立刻跟著說：「對啦！就是這樣！我現在就去坐車，你們在志學車站等我！不要跑掉啊！」說著竟然掛了電話。

「Rimi！Rimi！」高洛洛氣得發暈，對著電話大叫，然後又馬上回撥，里美卻故意不接電話，高洛洛氣得對著手機罵起人來：「Aaa...Baka！Baka！Baka！！」

「哎哎，nēchan，你冷靜一點哪。」海樹兒說，「她硬要跟，不給她來的話，她自己亂跑不是更危險？她跟著我們至少有照應啊。把她看緊一點，我們不出事，她就不會出事。」

終於接到里美之後，高洛洛指點路徑，匆匆趕往阿浪的宿舍。但三人急步到了阿浪房間門口，卻不由得互望一眼，動作都慢了下來。

海樹兒把鑰匙在手中連續拋了好幾下，才深吸一口氣，把鑰匙插進鎖孔，慢慢的開了房門。

房間裡相當整齊。床鋪舖得好好的，棉被上丟著兩件長袖運動衫，看來是收拾行李時拿出來卻沒有帶走的。書桌上有一大疊書、幾枝筆和雜物，此外沒有什麼別的東西，書架上的書也都放得很整齊，看來阿浪離開的時候一切都很正常。

高洛洛走近書桌，將桌上的書一本一本拿起來看。

「《蕃族慣習調查報告書》、《蕃族調查報告書》……嗯？《賽夏學概論》？還有這種東西？《高砂族所屬系統の研究》、《台灣文化志》、《台灣蕃族圖譜》、《台灣の蕃族》、《探險台灣》、《理蕃概要》、《邵族神話與傳說》、《賽夏史話》、《賽夏族神話與傳說》、《賽夏族史》、《誰是賽夏族》、《台灣賽夏族民間故事》、《台灣原住民史邵族史篇》……哎，怎麼什麼樣的都有啊！」高洛洛拿開這些大大小小的書，發現下面還堆著學位論文和期刊論文，「怎麼這麼多啊？這是什麼？《賽夏傳說中的族群關係》、《邵族口傳文學研究》……爲什麼一直出現邵族？跟邵族有什麼關係？」

「嗯，邵族……」海樹兒點點頭，「邵族不是一直被認爲跟鄒族有關？」

「有嗎？」里美好奇的探頭過來。

「嗯，他們正名之前被認爲是鄒族。」海樹兒回答，也走到桌邊翻看這些書，喃喃自語著，「這麼多，怎麼處理好呢？」

「一本一本的讀嗎？」里美瞪大了眼睛看著攤滿桌面的書，「我們三個人分？」

「不是太沒效率？這裡有幾十本哪！」高洛洛想了一下，「我跟阿浪碰面是十一月底，他幾天內就離開學校了，幾天裡能看這麼多書？這裡面還有日文書啊。」

「我哥看書一向大而化之，」海樹兒說，「要看書的話，大概要照他的方法看。」

「那是……？」

「先大概翻一下吧。」海樹兒端詳了一陣子滿桌的書，「看來，我哥是先接受了你的說法，認為賽夏族跟鄒族和布農族有關，可能是因為想到邵族或許跟鄒族有關，所以又弄了邵族的書來看。嗯，看這些書的樣子，扣掉這些大部頭的，剩下的主要是傳說吧？哥哥是研究傳說的，他如果有什麼啓發，應該也是在這方面，比較不可能是被他不熟悉的東西觸發。」海樹兒順手翻了一下《賽夏族神話與傳說》，抬起頭來看著高洛洛和里美，「怎麼樣？我們就快速的看一下這些傳說？我哥以前說過，這些書的內容很多都大同小異。如果是這樣，說不定翻個幾本就可以有線索了？」

「現在就動手吧！」里美興致高昂的說。

「先吃飯吧，天都黑了。」海樹兒說，「沒吃飯也沒力氣花腦筋。」

高洛洛沉默了一下。「是要在便利商店買東西呢，還是要去餐廳好好的吃一餐？」

「你跟我哥最後去的那家？」海樹兒觀察了一下高洛洛的臉，「不要今晚去吧，你的臉色不太好，去那裡大概沒好處。我們就買些便當飲料什麼的，準備今晚挑燈夜戰。」

挑燈夜戰到了午夜前，海樹兒拿了一個枕頭放在牆角，窩在枕頭上繼續翻書，不過看了沒有多久就睡著了。只在車程中補了眠的高洛洛也沒有比海樹兒好多少，一點鐘還不到也倒在床上睡了，只剩里美一個人還在認眞的看書。等到清晨鳥鳴的時候，高洛洛突然驚醒，「啊」的一聲叫出來。

「怎麼啦？」海樹兒聽到叫聲，也從睡夢中驚醒，連忙翻身坐起來，一個沒看清楚，額頭重重的在牆上撞了一下。

「Haisul nīchan！」里美叫了出來，然後轉頭去看高洛洛，「nēchan，怎麼啦？」

「不知道……」高洛洛自己反而一臉困惑，「我聽到鳥叫聲，就、就驚醒了……。」

「鳥叫？」海樹兒撫著自己的額頭，本來一臉疼痛的樣子，一聽高洛洛的話，立刻變得神色緊張，也側耳細聽，確實有鳥開始叫了，但光聽那些叫聲，卻聽不出個名堂，跟平時清晨的鳥鳴並沒有什麼不同。

海樹兒噓了一口氣，然後轉向里美，「Rimi chan，整夜都沒睡嗎？」

「嗯，我看了好多書啊，有大概整理了一下，可以說給你們聽。」里美說著，把手上的一本小冊子揚了一下，看來上面寫了不少東西。

「很用功哪，有做筆記。」高洛洛有些意外，「還隨身帶小記事本？我怎麼不知道你有這個習慣？」

「我沒這個習慣哪，這是臨時在光復大街上買的。不是說做調查都要有隨身的記事本嗎？」

「是，很對。」高洛洛忍不住笑出來，「那就麻煩你做個報告。」

「賽夏族的方面……」里美看了一下手中的筆記，開始講述起來：「一般把賽夏分成南群和北群，南庄這邊的屬於南部群，分佈在南庄鄉和獅潭鄉，很多跟客家人混居。北部群居住的地區比較高，主要是在五峰，跟泰雅族混居。這兩群都說祖先發源自大霸尖山，但各別部落口傳的遷徙路線又不一樣。有人說，他們的祖先在洪水時就在大霸尖山避水，另外有一群說洪水時祖先有從大霸尖山往南移動，到達阿里山這一帶……」

「等一下！」高洛洛打斷了里美，「這說祖先到過阿里山的，現在住在哪裡？」

「說不上來。」里美回答，「這並不是北群一個說法、南群一個說法。如果要講南庄這邊，那兩種說法的都有人居住在南庄。」

「嗯。」

里美又繼續講下去：「他們對矮靈祭的說法都差不多。賽夏族說，他們的農耕技巧和祭儀是矮人教的，矮人跟他們和平共處，對他們的生活很有幫助，但是矮人會調戲賽夏族的婦女，後來他們忍無可忍，就設了陷阱讓矮人跌入深谷。倖存的矮人有三個，兩個是年輕男性，一個是年邁的祖母，他們對賽夏族下了詛咒，就往東邊離去……」

「這事情發生在哪裡？往東邊又是往哪裡去？」高洛洛又追問。

「不知道。」里美瞪大了眼睛，「這些傳說都不太精確。關於矮人被滅的事情，也有人說倖存者是兩人，但也沒有指明地點。嗯，有的說法沒有特別強調矮人下詛咒的事，而是說倖存的矮人離開前教了賽夏族人舉行矮靈祭的方法。現在的矮靈祭都是由漢姓是『朱』的家族主祭。」

「爲什麼？」

「嗯，書上說，賽夏是個氏族社會，不同的祭典是交由不同的氏族來主持。也有一個解釋說，因爲矮人教的祭儀繁瑣，只有朱家記得完整，所以就都由朱家主祭。」

里美又接著說：「那，邵族的方面，是說他們的祖先從阿里山追一隻白鹿到了日月潭，後來就在日月潭和雨社山這邊定居。他們也有關於矮人的傳說。」

「邵族也有？」高洛洛和海樹兒都吃了一驚。

「嗯，邵族說他們跟矮人是好鄰居，矮人歡迎他們經常來拜訪，但是必須事先約好。族人一直守規矩，直到某一次，不知爲什麼，沒有預約就貿然去拜訪，發現矮人竟然有尾巴，坐在樹上。矮人看到邵族人，就趕快坐到臼上，把尾巴藏入臼裡，可是有幾個因爲著急，從臼上跌下來，把尾巴跌斷了，矮人很生氣，從此以後就跟邵族不再往來。邵族說，現在已經沒有矮人了，因爲日本時代日月潭興建發電工程，水位升高以後，他們原先知道的矮人的家就被淹沒在湖裡了。」

高洛洛和海樹兒聽了，不禁面面相覷。

「這是什麼故事？聽起來好像是順口胡謅的……」高洛洛說。

「嗯，」海樹兒想了一下，「來分析一下邵族這個說法吧。細節去掉的話，就是說，他們以前跟矮人是鄰居，因爲他們冒犯了矮人，兩邊不再往來，但他們還是知道矮人的居住地，而且說矮人是在日本時代進行日月潭工程時才消失。」

海樹兒自己又想了一下。「哎，說不通，沒往來了怎麼還知道人家住哪裡？說是在日本人興建工程的時候把矮人淹在湖裡了，沒有什麼說服力。恐怕不是冒犯了對方導致斷交，而是有衝突時就把對方殺掉了吧。後來日本人來了，乾脆就嫁禍到日本人身上。但不管到底是怎麼回事，扯到日本人，時間點都太晚了。」

里美說：「問題是，其實提到矮人傳說的不是只有賽夏和邵。看來各族都有，範圍遍及全島。有些關於邵族的故事說，他們跟矮人的爭執其實來自爭奪水源，發生了戰爭，矮人戰敗逃跑了。鄒族傳說玉山北方住著矮人，身材短小但孔武有力，有時候甚至會潛進家屋把小孩裝在麻袋裡偷走，或是搶劫婦女成爲他們的妻子，生育子女。布農族說，矮人比他們還會爬樹，族人爲了與矮人戰鬥，將樹砍光了，矮人沒處躲藏，才渡海離開。泰雅族的故事說，矮人雖然矮，但身上佩了很大的刀，會埋伏族人加以殺害，所以他們也設陷阱殺了矮人。」

「怎麼到處都有矮人！」高洛洛很驚訝，「這些矮人長什麼樣子？」

「大體上就是矮吧。」里美看著手中的筆記，「矮小，力氣很大，巫術高明，看來跟各地的人都有爭執。不過，矮人跟排灣和魯凱倒沒有什麼過節。他們彼此通婚，矮人跟他們住在一起，後來就漸漸消失了。」

「嗯，不管各族的傳說怎麼樣，矮人就是在傳說中不知不覺的消失了吧。」高洛洛思索著，「被趕出領地以外，殺矮人的事也很多，但除了賽夏以外，顯然沒有一個民族發展出針對矮人的祭典，意思或許是說，其他族群跟矮人的交手情況不太劇烈。」

「那個……」海樹兒插話進來，「排灣族和魯凱族與矮人和平相處的事，不覺得很有道理嗎？」

「怎麼說？」

「他們如果眞的如傳說所講的，跟矮人通婚，慢慢混和，那他們的身高是不是就獲得解釋了？他們都是比較矮的民族哪。」

「不是沒有道理，但是……」高洛洛又遲疑了，「阿浪會同時分散注意力在這麼多事情上嗎？他只去了南庄，應該表示他只專注在賽夏族的部分吧？」

「Rimi chan，你這些其他族的矮人傳說是哪裡看來的？」

里美指著散落在腳邊的一堆書，她幾乎是坐在書堆裡。「我沒看那些嚴肅兮兮的書，就看了這些傳說故事集什麼的。你看，什麼《台灣原住民傳說故事》，又是什麼《原住民的世界》之類的就好幾本哪。」

「我倒是看到關於賽夏的矮人傳說裡比較詳細的部分。」海樹兒插進來補充，「有日本人類學家採錄到的資料說，矮人擅長耕作，教導賽夏人舉行祭典。可是後來因爲矮人冒犯他們的婦女，所以他們就把矮人回家要經過的吊橋砍斷，使矮人落入深谷。倖存的年老矮人夫婦說，他們要離開這裡，以後不會再與賽夏人相見，以後賽夏族應該隔年舉行一次矮人的祭典，如果做得不對，矮靈就會鞭打他們，讓他們暫時死去，但如果主祭的家族把芒草打結，他們就又會醒過來。故事還說，以前山棕葉長得跟芭蕉葉一樣，是矮人把山棕葉撕開的。每撕開一片，就會有不同動物來吃賽夏人的作物，蛇也會來侵擾，總之以後賽夏族就不會再有豐年了。」

「矮人對賽夏族下了詛咒！」高洛洛和里美同時說。

「顯然是這樣。但為何其他族都好像沒事人一樣？當然，跟矮人通婚融和的魯凱、排灣他們是另一回事，但那些起了衝突的怎麼都沒被詛咒？難道是衝突規模的問題嗎？」海樹兒思索著，「一般爭奪領地，跟鄰居起糾紛，同族之間也算常見，獵頭應該算是極致了吧。但像賽夏這樣規模的殺戮，似乎全島上就只有他們了？嗯，邵族也有點可疑⋯⋯。」

高洛洛說：「這些故事聽起來像是在說，南島語族遷徙到台灣以後，跟已經住在島上的矮人起了衝突。像這本⋯⋯」高洛洛指著一本《台灣原住民語言研究》，「這裡有提到，賽夏語可能是台灣原住民語言裡最古老的一種，會不會他們到得最早，所以起了最大規模的衝突？欸，不過關於台灣南島語的發展，也有不同的說法就是了，有些說泰雅、鄒、邵最早，賽夏和一些平埔族語是從他們洪雅、巴布薩等語言分化出來的，其次是排灣、卑南、魯凱，阿美族和西拉雅更晚⋯⋯哎，總之語言學家們也都各說各話。」

「最早到台灣的南島語族大概是什麼時候？」里美完全沒看什麼語言學的東西，好奇的追問。

「大約是距今六千五百年前，我是在中研院還是什麼東西的論文裡看到，也不知道可信不可信。」海樹兒說，「我覺得nēchan講得蠻有趣的是，所謂的矮人是不是就是東南亞的那些矮黑人啊？菲律賓哪、馬來西亞這些地方的叢林裡不是有矮黑人？據說是極早的民族，如果在南島語族到台灣之前，有矮黑人定居在台灣，應該不奇怪。」

「嗯，我看到的資料也是這樣。」高洛洛指著一疊影印的資料，「這裡有《紐約時報》的報導和科學期刊的論文等等，看得我眞累！」

「我們還要再看下去嗎？」看了一夜的里美還是一副精神很好的樣子。

「暫時可以先不要。」高洛洛說，「我們先來把資料整合一下，看能不能提出一些假設，重點還是要找出阿浪去南庄的理由。」

「哥哥把你說的假設當眞應該是不成問題的。他看了《蕃慣調查》，確認眞的有一個姓獅的家族藏著一段弓箭，所以認爲賽夏跟布農和鄒有關。」

「獅？」里美說，「書裡說姓獅的早就死光啦。」

「嘎？死光了？」

「嗯，賽夏族的姓氏都很奇怪，最奇怪的就是獅、血、膜這三個姓。這三個姓都已經沒有人了。」里美說著，把一本薄薄的《賽夏族的氏族與祖靈祭祀團體》遞給兩人看。「不過，這裡面也寫說，日本時代調查戶口的時候，獅是最大的姓哪。」

海樹兒接過書，翻看了一下。「唔，是這樣啊，賽夏族是以動植物等自然現象或生理現象來命名。清朝時候在南庄設了隘口，命令他們改漢姓，所以就把姓氏用音譯或意譯改成漢姓。獅……獅是叫做Saitaboraan，這是什麼意思？血叫做Katiramo，膜叫做Tabtabiras……。喔，血在賽夏語裡面是ramo，膜是biras，所以譯成血和膜的原因很清楚。但這個獅是怎麼回事？這邊解釋說，Saitaboraan是住在Tabora的人，這怎麼譯成獅？」

「Saitaboraan是指獅潭鄉嗎？獅潭就在南庄西邊而已。」里美在書架上發現了台灣地圖集，翻到苗栗那部分，側頭看著苗栗各鄉鎮的分佈。

「不對不對，」高洛洛說，「Saitaboraan不是地名，那是他們的姓。住在Tabora地方的人叫做Saitaboraan，開頭的sai是指人吧，結尾的an是指地方。」

「嗯嗯，書上是這樣寫沒錯，台灣南島語裡面也有很多類似的命名法。」海樹兒點點頭，「可是爲什麼會把這個姓譯成獅呢？」

「台灣沒有獅子……」里美說。

「廢話！」高洛洛白了她一眼。

「有沒有見到哪本書裡提到這些氏族分佈的狀況？」海樹兒問。

「就分散在各地。」里美回答，「其實他們的南、北兩群差異沒有那麼大，只是跟外人混居久了，南群多半講客家話，北群多半講泰雅語。」

「啊！我知道了！」海樹兒拍了一下手，「獅不是獅子啦。以前賽夏不是被叫做獅設族嗎？那是Saisyat的台語音譯吧。這個姓獅的家族不是叫Sai什麼的嗎？應該是因爲這樣所以譯爲獅吧。」

高洛洛和里美聽了都覺得很有道理的點頭。

「那麼，我們就假設我哥是基於什麼原因，相信已經不存在的獅姓家族在南庄，所以他去了南庄，又到了向天湖。向天湖……」說著海樹兒自己也覺得思路卡住了，不由得呆了一下，不過他又馬上振奮精神站了起來：「Nēchan，你帶Rimi chan去你宿舍洗個澡，休息一下。我在我哥這邊洗。我們都需要醒醒神，整理一下腦袋。」

「之後呢？」

「之後再在這邊會合，比對一下大家的想法。」

等高洛洛再帶著里美回到阿浪宿舍的時候，卻驚訝的看到海樹兒正裡外奔忙，在將阿浪那些書搬上車去。

「你在幹嘛？」高洛洛跟里美都瞪大了眼睛。

「準備上路啊！」海樹兒將最後一疊資料放進後座。全部的書加起來，簡直就塞滿了後座近一半的空間。然後海樹兒又上樓拿了兩個抱枕、兩件阿浪的外套，還有一個看來像是盥洗包的東西，全部都扔進後座。

海樹兒噓了一口氣：「Rimi chan，後座空間小了一點，不過還是夠坐吧！」

「難道現在要去南庄嗎？」高洛洛看他這個陣仗，有點吃驚。

「嗯，先上車再說吧。」然後海樹兒就坐進了車裡。

被書籍、抱枕和雜物包圍的里美一副神情愉快的樣子。「很刺激喔，我們要出發去冒險了。」

「Rimi chan，」海樹兒回頭看著里美，「這件事情並不好玩，一個搞不好就可能會死人，所以你不要淘氣，知道嗎？」

「喔……。」在高洛洛面前經常耍賴的里美，可能是從沒見過海樹兒這樣嚴肅的臉，被這麼一說，倒也馬上就把小孩子氣收斂了，鄭重的點頭。

海樹兒發動車子，慢慢開出東華校區，然後才開始加速。

「現在怎麼走？」高洛洛問。

「走蘇花，過蘭陽平原，接雪隧，再接一高。」

「爲什麼這麼趕？」

「我剛剛在哥哥房間裡發現一件很不對勁的事。」

「嗯？」

「他的電腦不見了。」海樹兒兩手把著方向盤，直視著前方，「怎麼會現在才發現這一點，真笨哪！」

高洛洛也「啊」了一聲，「對，我們去南庄的時候，他背包裡只有衣服，不要說電腦，連手機也沒有。」

「我以爲他留在宿舍。昨晚忙著看書，居然沒有注意到電腦的事。他一定有帶電腦，只是電腦不見了。」

「意思是說，阿浪大哥的電腦裡可能存著什麼資料，被人拿走了嗎？」里美問。

「不知道在哪裡，但我相信應該是在南庄不知道誰的手裡。」

「Haisul nīchan，你把書都帶來了，是爲了要在車上看嗎？」

海樹兒望了一眼後視鏡。「萬一要查資料比較方便。你有空的話也可以先多讀一些，說不定有幫助。」

「也給我一本吧。」高洛洛向後伸手，卻被海樹兒阻止了。「Nēchan，我沒開過蘇花，等上了蘇花，一路上的安全都要靠你了，就跟那時候在中横一樣。」

「嗯。那我想一下，想到什麼就提出來談談吧。」

高洛洛轉頭望著窗外。今日天空非常晴朗，呈現一片亮麗的藍色，雲不算很少但都很白，還不過早上八點，日光下的山脈、田野和房舍已經顯得非常明亮。不論溫度的話，幾乎要給人是夏末的錯覺。高洛洛回頭一看，一夜沒睡的里美已經把書堆當靠背，枕著一個抱枕睡著了，手裡還抱著另一個抱枕，看來睡得很安穩。

還真像是個無憂無慮的郊遊。

## 6 第六回

一行三人大費力氣，過了蘇花，到了宜蘭境內，上了國道五號，穿過漫長的雪山隧道進入新北境內，又穿過大大小小的許多隧道，才真的進了台北市區。里美吵著要休息已經很久了。「我沒有來過台北，我要在台北待一下嘛。」

於是海樹兒把兩人帶到台大附近一條巷子裡僻靜的咖啡店裡，店裡沒有多少人，相當安靜，很適合談話，只有店主人養的幾隻貓在店內走來走去，更給店裡添加了一種既輕鬆又神秘的氣氛。三人都點了飲料以後，高洛洛和海樹兒沉默的對坐著，里美卻跑到外面的巷子裡東張西望，一臉好奇的樣子。

海樹兒又再度打破了沉默。「Nēchan，查出這麼多矮人傳說，你原先假設只有賽夏族跟矮人有特殊過節的事，會不會因爲這些跨族群的傳說而站不住腳呢？」

「應該不會，因爲這並不是什麼重點。重點是賽夏族把矮人殺光了，這在別族的口傳裡幾乎沒有提過。我說幾乎，因爲邵族看起來也有點可疑。」

「這是你的直覺嗎？」

「嗯。」高洛洛說，「自從離開和社，這種感覺就越來越強烈。我相信賽夏族隱藏了什麼不爲人知的秘密。而我們正在漸漸接近這個秘密。阿浪一定是太接近了，所以才會發生不測。」

海樹兒認眞想了一下。「Nēchan，何不換個比較容易的角度想？先倒果爲因，再來看看能不能推論到那一點吧。假設賽夏人的祖先，就是當時跟布農族和鄒族一起在玉山避水的人，水退以後，取了弓箭的一段，就往北一去不返，不像鄒和布農都沒有離玉山太遠，還能保持聯絡。鄒族的傳統獵場甚至到塔塔加這邊，已經是跟布農的交界處了。」

高洛洛接著說：「這第三群人裡保留著弓箭信物的家族，後來改了漢姓獅，當然這是十八世紀中葉的事，在那之前，他們使用的姓氏是賽夏語的Saitaboraan，遷徙路徑不清楚，不過在北部群和南部群都有這個家族的成員，是在日本時代以後才絕跡的。」

海樹兒側頭想了一下，「那……如果賽夏眞的是那麼早就到台灣來的南島語族，爲什麼鄒和布農的傳說裡不乾脆指明那群人叫Saisyat？鄒族說Maya是什麼意思？布農族對這群人根本連提都沒提。」

「我不知道布農族爲何沒提。」高洛洛說。

「Nēchan，我哥顯然是去追查那姓獅的家族了。但他一定也知道這個家族已經沒有後人，他去南庄豈不是沒有意義？除非他掌握了我們不知道的線索。然後，就算眞的給他找到了姓獅的人，那又怎麼樣？改姓又不違法。」

「他們如果眞有秘密要隱藏，怕的當然是……」說到這裡高洛洛突然說不出話來，臉也瞬間變得蒼白了。

海樹兒立刻查覺了異狀。「怎麼啦，nēchan？」

她瞪大了眼睛看著海樹兒，「他們怕的當然是詛咒啊。」高洛洛用雙手抱住了頭，「啊啊！他們早就已經被詛咒了啊！」

「怎麼回事、怎麼回事？」海樹兒硬把高洛洛的雙手拉開，直視著高洛洛那驚恐的臉，「nēchan，你還可以嗎？什麼事情你說清楚呀！」

「那些把秘密隱藏起來的人，一定有他們的苦衷。恐怕一旦被發現了，他們就逃脫不了詛咒了！」

「你是說那姓獅的家族被詛咒嗎？」

「或許不止他們吧……。」

「O.K.，先不管具體上到底有誰，那是誰詛咒他們？」

「當然是被他們殺害的人。」

「那又繞回原點了。他們殺了矮人，但也正因爲這樣，所以賽夏族才兩年一小祭，十年一大祭呀。」

「海樹兒⋯⋯」高洛洛有點發抖，不由自主的抓住海樹兒的手臂，額上也沁出細小的汗珠，「海樹兒，你也很清楚鄒族的傳說，鄒族說那第三群人叫做Maya不是嗎？」

「是啊。」

「如果那群人真的叫做Maya呢？」

「嗄？」

「我的意思是說⋯⋯」高洛洛臉色蒼白，好像連要說出口都害怕似的，「我是說，如果那第三群人真的叫Maya，也是藏了那段弓箭的人，那、那Saisyat是誰？」雖然穿著不算太薄的外套，但在開著暖氣的咖啡店裡，高洛洛竟然微微的發抖，聲音也發顫了，「現在那些被稱爲賽夏族的人到底是誰啊？」

此時端莊有禮的服務生擎著托盤來送飲料。第一杯café latte是高洛洛點的，第二杯Irish coffee是海樹兒的，最後是里美的漂浮冰咖啡，因爲她吵著要在冬天吃冰淇淋。

高洛洛深深吸了一口氣，略定了神，「叫Rimi進來吧，不然的話，這冰淇淋很快就要溶掉了。」高洛洛伸頭張望還興奮的站在咖啡店門外的里美。

「嗯，我去叫她。」海樹兒說著便走到門外去叫里美。

「可是你同學還沒有來呀。」里美雖然跟著進來，但還是一直回頭看外面。

「你又不認識他，站在那裡也沒用。沒關係的，我們坐這邊，他進來一定可以看得到我。」

在他們到了台北打算略事休息時，海樹兒百般無奈，還是打了電話給他認識的唯一一個賽夏族人。

「你之前還說他是無用的都市原住民哩。」高洛洛說。

「再怎麼說也是個賽夏啊。如果我們要去南庄，就算擋箭牌不太中用，總也比完全沒有擋箭牌好吧。」

「他叫什麼族名？」里美好奇的問。

「嗯，不清楚耶，沒人叫他的族名，大家都叫他『芎』。」

「Chiung？哪個Chiung？」里美一頭霧水，「爲什麼叫這麼古怪的名字？」

「他的漢姓是芎啊。九芎的芎。不是有一種植物叫九芎嗎？」海樹兒說，「就是皮會剝落，變得滑溜溜的那種樹。你沒見過嗎？春天開很漂亮的小白花，密密麻麻開得滿樹都是，可不輸給sakura，而且非常香。」

高洛洛點點頭，「好像有在書裡看到，這個姓好像是叫Sainase還是什麼，sai想必就是人，nase大概就是那種芎樹吧。」

三人正喝咖啡說話，一個理著整齊的短髮，面無表情的人進了咖啡店，走到海樹兒背後，在他肩上拍了一下。

海樹兒仰頭向後看著來人，高興的反手在他左臂上輕敲了一下。他先介紹了高洛洛和里美：「這是我哥在東華的同學高洛洛，這是她妹妹Rimi。」然後拉著芎坐了下來：「學長，有事想問你的意見哪，除了你以外沒有人可以問了。」

這被稱爲「芎」的人在海樹兒身邊坐了下來，點了一杯什麼都沒加的黑咖啡，然後單刀直入的問：「什麼事情？說吧。十萬火急的把我從系館call出來，搞什麼？」

「你正在忙嗎？」

「我們系上哪有忙的時候？就是一堆老師製造大家的問題而已。」

「不好意思，」里美插嘴說，「請問大哥你是唸什麼系呀？」

「植物。從小住在都市，什麼植物都不懂，卻唸了植物系。人哪，沒什麼就硬是要追求什麼，是嗎？」芎看到里美那錯愕的臉，好像說了什麼得意的笑話一樣哈哈笑起來。他這一笑，高洛洛頓時感到輕鬆了許多，看來這個人並不像剛進來的時候那樣陰沉冷淡，大概她對賽夏族真的偏見太過了吧。

海樹兒和高洛洛兩人開始一邊喝咖啡，一邊向芎敘述事情的經過。在這當中芎一次也沒有打斷他們，顯然是個聚精會神的好聽眾。最後他們說明了在台北逗留一下跟芎碰面的原因。

「學長，我們當然是希望獲得你的協助，跟我們一起去南庄探明究竟。」

聽完了以後，芎用左手托著下巴，望著面前已經空了的咖啡杯，右手食指則是不斷的敲著桌面，看來正在認眞的思考。

「我說……」芎終於抬起來頭看著旁邊的海樹兒，「就算我跟你們一起去，對你們有什麼好處？我不會族語，誰都不認識，矮靈祭從來沒參加過。」

「但至少你是賽夏啊！」海樹兒說，「隨便找個理由，都市原住民回去尋根什麼的，隨便你謅嘛。說不定大家會願意幫助你。我們也可以從旁打聽一些消息。」

「拖著你們一票不相干的人去尋根？」芎語帶諷刺的說。

「欸，學長，你知道你老家在哪裡嗎？」

「 至少這個我還知道啊。在南庄。」

「我們就是要去南庄啊！」本來安安靜靜在一旁聽話的里美，現在終於忍不住興奮的叫出來。

「嘖嘖嘖！」芎搖搖頭，「再一周就期末考了，這是害我嗎？」

「學長你沒問題的啦！」海樹兒露出阿浪那嘻皮笑臉的絕招，「憑實力就可以了！你們不是都跑檯考？認得出來就認出來，認不出來就算了吧。」

「怎麼去？」

這樣就表示芎願意參加了，海樹兒大喜過望：「我有車，我有車，坐我的車去！你回去收拾一下，我把車開到校門口等你。」

「我可不保證幫得上忙。」芎說著站起身來，丟下一句話就轉身離去，頭也不回，只向後擺擺手，「你付帳。等下正門見。」

過了半天，三人總算在台大正門口等到芎出現。他的裝扮也相當輕便，只側背著一個圓形的黑色運動背包，一邊的肩上半披著一件半長不短的黑大衣，頭上戴著一頂黑色軟呢帽，顯得十分時髦。

芎，高洛洛心想，看不出來究竟是什麼樣的人呢。

「Haisul nīchan，你之前不是說他是你同學，爲什麼現在又叫他學長？」

「哈，他被當了嘛，又考回來，就跟我同年級啦。不過我還是叫他學長。」

「嗯嗯。」里美看著漸漸走近的芎，沒再說什麼。倒是芎一開後車門，立刻轉過頭去看海樹兒：「這樣後面怎麼坐呀？」

「我跟Rimi一起坐後面好了。」高洛洛說著就移到後座來。兩人雖然擠一些，但里美個子小，倒也不太困難。身材跟海樹兒相當的芎坐在前面倒蠻方便，他也好心的拿了一些書堆在前座腳下，方便後面的高洛洛兩姊妹能坐得更舒服一點。

車子一上高速公路，芎就說：「走一高幹嘛？走省道不是比較方便？」

「噢，是啊。」海樹兒心有點不在焉的回答。他瞄了一眼後座正在發呆的高洛洛，「學長，我還是跟你詳細講一下狀況好了。我很相信nēchan的直覺，她說，那群拿了第三段弓箭離開玉山的，其實就是Maya。」

「這你剛已經說過了。」

「我的意思是，原本的推測是賽夏族拿了弓箭，離開玉山到遠處定居。現在nēchan的意思是，Maya拿了弓箭，到遠處去定居。」

芎轉頭看著海樹兒，露出不甚理解的表情。

「鄒族說那群走了的人叫做Maya。但不知何故，他們後來改了名字叫做Saisyat。是這個意思。」

「換名字？」可能是車內有點溫暖，芎把軟呢帽子脫下，順手扔在腳邊的書堆上，又用力抓亂了一頭短髮，搞得好像新潮樂手似的。「好吧，就算換了名字，但現在賽夏族講的語言不是充滿了sai什麼syat什麼的嗎？難道這群Maya不但換了名字，還連語言都一起換啦？有這種事嗎？」

「如果在一起的時間很長，要精通彼此的語言，應該不是難事吧？語言之間互相轉借，不也是常有的事嗎？」里美插嘴說。

高洛洛突然無力的倒在書堆上，里美發現她神色有異，立刻伸手搖她。「Nēchan！Nēchan！你怎麼啦？」

「是不是太餓了？今天沒吃多少東西啊。」海樹兒透過後視鏡觀看高洛洛的狀況，芎則是轉身看著倒在書堆上的高洛洛。她的臉色蒼白，眼神透露著恐懼。

「海樹兒，下個交流道立刻下去。」芎果然很有學長的氣魄，立刻下了命令，「我們找個地方先過夜，跟高洛洛好好談。等談清楚了，大家都睡個好覺，明天再上路。」

「嗯。」海樹兒點點頭，抬頭看著前方路標，「就在桃園下吧。」

里美把高洛洛摟在臂彎裡，輕輕搖著她。「Nēchan，大白天不會有事的。」

高洛洛想起了阿浪。難道她就要步阿浪的後塵了嗎？她低著頭沉默不語，只是眼淚一直在打轉，可是她瞪大了眼睛，就是不讓眼淚落下來。

# 7 第七回

窩在四人房的汽車旅館裡，早就被里美逼著去洗熱水澡的高洛洛，已經換上芎借給她的大襯衫，裹著棉被縮在床頭的角落裡，被里美環抱著肩膀，顯然她的心情還沒有完全平復。芎側坐在床邊認真的看著高洛洛。他的眼睛大而且長，濃密的長睫毛卻遮掩不住他十分銳利的眼神。高洛洛的眼神一與他相對，就又馬上低下頭去。

海樹兒坐在床的一角，關切的看著沉默的高洛洛。自從離開和社以後，高洛洛還沒有這樣低落過。即使在得知阿浪死訊的那一刻，或是在阿浪喪禮的現場，她那沉穩的態度都令人印象深刻。高洛洛一向很堅定的呀，現在怎麼會是這副模樣呢。

「高洛洛，你不說話不是辦法哪。」芎終於打破了僵局，「你不打算說的話，我們還不如拆夥算了。」說著他回頭對海樹兒說：「我搭你的車回台北啊。」

「學長，」海樹兒說，「這不是開玩笑的時候。」

「誰跟你開玩笑？」芎站起來走到海樹兒面前，眼神嚴厲的瞪著他，「你哥『意外』死在向天湖，你們呢，差點就在新中橫發生了『意外』！這哪裡好笑？有話不說才叫好笑！」

「Senpai，不要那麼兇嘛⋯⋯」里美說，「nēchan 一定會說的，只是慢一點。」

已經失神相當時間的高洛洛突然嘆了一口氣，抬起頭環視眾人。「我只是不知道說的意義在哪裡，但當然我還是會說的。」

沉默又持續了一段時間。高洛洛說：「我沒有任何證據，沒辦法證明什麼。」

「你看我們有哪個唸science嗎？」芎打斷她，「那個你就不用費心了。」

「嗯。」高洛洛點點頭。

「其實，阿浪看了那些書，我相信對他沒有太大的幫助，只是讓他心裡有個底而已。如果海樹兒說的沒錯，阿浪有巫師的體質，那他一定感覺到那背後的問題了。」

「問題是？」

「問題是，鄒族和布農族的洪水故事，在關於第三群人這邊，彼此對不起來。」高洛洛抹著自己的額頭，一臉疲倦的樣子，但那顯然是心理的疲倦，而不是生理的疲倦。「我的看法⋯⋯，其實我有很強烈的直覺，認為這也是阿浪的看法。我認為那第三群人確實叫做Maya。布農族沒有提到他們，因為對布農族來說，鄒跟Maya沒有區別。」

「什麼意思⋯？」其餘三人聽了都有點摸不著頭腦。

「你們想嘛，從布農的角度來看，根本就只有兩群人在玉山頂上避水，什麼遣鳥去取火的事情，哪個提到過Maya？所以在山上的其實是兩群人。」

「那Maya是鄒族胡謅的囉？」

「不是。是眞的有Maya。」

「Nēchan，你在說什麼呀？」里美聽得一頭霧水。

高洛洛嘆了一口氣。「水退以後，大家要各自離開了，其中鄒族有一群人說，他們想往北去找新的居住地。大家都沒有意見，所以折斷的弓箭也分了他們一份。這跟布農沒有關係，對布農來說，他們反正是鄒，但對於要回去原居地的鄒來說，這些人要離家去遠方，所以就給了他們新名字叫做Maya。」

另外三個人都安靜的聽著。高洛洛又說：「阿浪一定是這樣想的，我開始感覺到他的想法了。他覺得很奇怪，爲什麼一群本來叫做Maya又拿走了信物的人，後來會自稱賽夏。他查了資料，知道保存那截弓箭的家族姓獅，所以他就去了南庄。雖然不清楚爲什麼，但我想他從一開始就認定了南庄。我的直覺是這樣。」

「你還有什麼直覺，一次講完吧。」芎很乾脆的說。

「芎，我問你一個問題。」高洛洛抬頭望著兩手插在長褲口袋裡，一副很瀟灑的芎，「如果我說，賽夏不是賽夏，那是別人的名字，你會覺得怎麼樣？」

「你無非就是說，賽夏其實是Maya，而Saisyat這名字，不知道是Maya從哪裡挪用過來的吧？」

高洛洛平靜的點頭，但摟著她的里美卻顯得有些緊張，海樹兒也一臉不很自在的樣子，房間裡的氣氛似乎有點凝重。

「我應該不會怎麼樣吧。」芎想了一下，「叫Maya，叫Saisyat，對我來說有差嗎？九芎對賽夏來說是日常生活常見的樹吧，但我卻是在植物系才接觸到九芎。如果要講歸屬感，只要有個名字就可以有歸屬感了不是嗎？」

「對於那個名字的過去也不在乎嗎？」高洛洛追問。

芎直視著高洛洛，看得她竟然有些不自在，然後他平靜的回答：「名字是自稱，也是要被人稱呼的。名字永遠是當下的名字。名字，還有過去可言嗎？」

他看高洛洛答不上話，也放軟了聲調：「既然都已經走到這裡了，明天我們還是應該照計畫去苗栗。只要能夠了解海樹兒哥哥的死因，不管查出賽夏族什麼事情來，我都不會介意，這你就不用多心了。」說著他走去拍拍海樹兒的肩膀，卻沒有再說話。

「學長……」海樹兒拉住芎的手，欲言又止，最後還是勉強開了口：「賽夏……會不會是矮人的名字？」

「殺人襲名？」芎還是一派輕鬆的攤開雙手，「如果眞是這樣，那也只好這樣了。」然後他又補充說：「而且，各位，你們還沒提到阿浪似乎也很關切的邵族呢。」

「嗯？對啊，我們一直沒講到邵族。」里美的好奇心馬上又被挑起了。

「依我看，跟鄒族有點關係的，下場都不太好的樣子。」芎挖苦著說。

「眞的欸，」海樹兒說，「很久以前邵族是鄒族的一支，他們離開了，去日月潭定居。他們的矮人故事一點說服力也沒有，但大意是說矮人都死光了，應該不會錯。那，賽夏也把矮人殺光了。如果賽夏眞的是Maya，Maya又是鄒的一支的話，那確實跟鄒有關的都有點……」

「賽夏跟邵這兩個民族現在不是語言嚴重瀕危、生存空間大受壓迫嗎？這就是矮人的詛咒吧。下了這樣的毒手，就永遠不能逃脫矮人的詛咒。」芎一副事不關己的樣子。

「是咒就一定可以解開吧！」里美不服氣的說。

「如果是安倍晴明的話。」芎說著，從背包裡拿出換洗衣服就進了浴室。水聲嘩啦嘩啦的從浴室傳來，看來洗得相當愉快。

「Nēchan，你睡不著躺著休息也好。」里美扶著高洛洛躺下，把她包在棉被裡，又安慰她說，「明天我們就會到苗栗了。」

里美又轉向海樹兒，關心的問：「Nīchan，你現在覺得怎麼樣？」

海樹兒坐在另一張床的床沿，正用左手托著下巴，不知道在想什麼。「啊？沒、沒覺得怎麼樣。」說著就露出像平常一樣平易近人的微笑。

里美微微一笑。「Nīchan，看你這樣笑，我心情就好多了呢。」

「那我就多笑笑吧。」海樹兒說著又笑了。

## 8 第八回

海樹兒已經連續開了兩天長途車，於是今天就將開車的任務交給了芎。可能是因爲昨天一場針鋒相對的談話，上路以後，車子裡靜悄悄的，沒什麼人說話。

「那個，senpai……」里美左看右看，覺得不是辦法，於是靠向前座，對坐在駕駛座上的芎說，「到了南庄，我們該怎麼辦？」

「恐怕不能直接去南庄吧？」芎連頭也沒有側一下，「至少海樹兒不能出現在南庄，不然他跟他哥長得那麼像，不是所有人都會認出他來嗎？」

海樹兒大吃一驚。「我不去南庄？那怎麼查哥哥的死因？」

「當然是別人出面了。你在獅潭找個地方待著吧，喝個客家擂茶什麼的，消磨一下時間。」

海樹兒嘆了口氣，知道芎說的沒錯，卻又心有不甘，只是一時之間不知道說什麼才好，再者他對獅潭也一點都不熟悉，哪裡有客家擂茶，或者說，客家擂茶是什麼，他其實根本搞不清楚。

「就算我一開始不宜出面，那你們三個要一起去南庄嗎？這樣不會太引人注意？那畢竟是個小地方啊。」

「我跟高洛洛去好了。」芎很乾脆的說，「她的直覺比較準，可能比較容易查覺到什麼吧。」

「那我呢？」里美急著問，「你們去南庄的時候，我不能一起去嗎？」

芎語帶調侃的說：「你就跟你Haisul nīchan一起去喝客家擂茶，吃客家小炒，不是很好嗎？」

海樹兒說：「可是獅潭也是賽夏聚居地之一，看來我還是得小心一點。」

高洛洛對他們的話都不置可否，只是叮嚀里美：「你跟海樹兒要跟緊一點，不要又貪玩跑遠了，到了苗栗境內，就眞的不是開玩笑了。」

「可是你們去南庄以後要做什麼事呢？」里美好奇的問。

「見招拆招吧，還能怎樣？」芎看了一眼坐在旁邊的海樹兒，「不是說叫我假裝去尋根，講什麼鬼話嗎？那就照這意思辦理吧！」

「我是舉例哪！這樣眞的可行嗎？」

「哎，我只好說，我好羨慕我這女朋友，從小在部落長大，什麼都懂，哪像我，除了知道自己老家在南庄以外，全部一竅不通，我有很嚴重的認同危機哪！」

「你、你這是在開玩笑嗎？」高洛洛瞪了他一眼。

「開玩笑？」芎又露出那沒什麼表情的臉，「解決不了事情，那才叫開玩笑。」

車內又沉默下來。芎繼續專心的開車，海樹兒直視著擋風玻璃外的前方，視覺似乎沒什麼焦點，高洛洛抱著一個抱枕向後靠著閉目養神，幾乎動也不動，只有里美從後側方看著海樹兒。長得很像阿浪的海樹兒修著跟芎不相上下的短髮，輪廓很深，鼻子和下巴都像刀削出來的，給人十分深刻的感覺。他的嘴唇很薄，跟里美倒是有點像。他最討喜的就是眼睛。海樹兒的眼睛很大，眼角微微上挑，好像帶著一點笑意，只要一看他的眼睛，就會令人放鬆下來。

「去喝擂茶嗎？」里美在心裡這樣想，忍不住嘆了口氣。海樹兒聽到里美嘆氣的聲音，轉過頭來看她。「怎麼了嗎？」

「沒、沒什麼。」里美隨口找話講，「只是在想什麼時候會到獅潭。」

「等你們餓了要吃客家小炒的時候，就差不多該到了。」芎似笑非笑的說。

「等等，學長，」海樹兒突然想起了什麼，「南庄的人也見過高洛洛啊！我們一起去領回哥哥的遺體的呀。她跟你一起去，不是一樣馬上會被視破？」

「哎，這個嘛，還真麻煩呢。」芎想了想，「好吧，那第一次就我一個人去吧。我就照你那爛劇本來演，說我是來尋根的，請多多指教，這樣可以吧？等我探了一點消息回來，大家再來討論。」

眾人面面相覷。看來也只好如此了。

「可惜哪，可惜……。」芎隨口哼了一個調子，也不知道他在唱些什麼。海樹兒伸手撞了他一下，芎這才住了口，但還是似笑非笑的看著海樹兒。

芎果然如昨天所言，一路沿著台三線往南，倒也一直開在速限之內，不疾不徐，不到兩個半小時就已經到了獅潭鄉境內。

「哇！」好奇的里美看著窗外的景緻，十分讚嘆。「這就是苗栗啊，這邊的山跟花蓮很不一樣呢，看起來好秀氣的樣子。」

高洛洛看著里美，眼裡終於露出笑意。離阿浪的喪禮才不過四天而已，高洛洛卻有恍如隔世的感覺，自己都想不起上次露出笑容是何時了。

芎在路上兜了幾圈，最後在一家有寬廣庭院和露天座位的客家餐廳前停了車。高洛洛、里美和海樹兒從窗口望出去，庭院裡的桌椅都是由整塊木材雕鑿，渾然天成似的，院子裡到處是細心照料的花草，甚至還有一株櫻樹，雖然還不到開花的季節，但那光亮的樹皮和樹型是怎樣也不會看錯的。

「還有櫻樹啊。」芎笑了笑，「這裡很好，你們坐裡面或外面都可以，就在這邊待著吧，我去南庄了。」

「學長，你預計什麼時候回來？」

芎看了一下手錶。「現在還不到一點。嗯，第一次去，能混兩個小時就萬幸了，就算它兩個小時吧。若是到四點我還沒回來，你就打手機給我，假裝是我系上老師，這樣比較容易脫身。」

里美「嗤」的笑出來，「senpai眞狡猾。」

芎好像想對里美說什麼，最後卻什麼也沒說，只是催著他們三人下車，然後將左手伸出車窗，很瀟灑的揮揮手，將車開走了。

芎才剛離開，三人已經開始計畫下一步了。讓芎以尋根爲由來探口風當然是辦法之一，但這樣會不會太過迂迴呢？高洛洛想了又想，最後還是提出來問海樹兒：「就算我們眞的去南庄，打聽阿浪的死因，難道眞的就沒有人願意告訴我們任何事情嗎？」

「還有電腦和手機啊，」里美說，「這兩樣東西裡一定存了不少資料吧。」

「怎麼感覺又繞回原點了？」海樹兒說。

「我們今天耐心一點，等芎回來說明狀況。如果沒有進展，明天就硬闖吧。」高洛洛看看海樹兒，又看看里美，兩人都沒有反對的意思，「那就先這樣說定了。等芎回來聽他怎麼說吧。」

但芎並沒有回來。自從四點起，海樹兒就拼命的打芎的手機，卻顯示收不到訊號。高洛洛和里美都用自己的手機試撥了同樣的電話，但得到的都是同樣的結果。

「這怎麼辦？」海樹兒臉色鐵青，「該不會連學長都出事了！我們要去把學長找回來啊！」

「現在才五點，他跟人家道別寒暄總要一點時間吧。」高洛洛說著，自己也覺得有些心虛。這家餐廳客人不少，但像他們三個坐這樣久的倒還少見。店主人有時經過，還慇懃的詢問他們是否需要別的服務。三個人悶坐了許久，天都快全黑了，店主人還特別爲他們點起了蚊香，才好不容易看到芎開著車回來。

「怎麼樣？」三個人不約而同的圍上去，只見芎一臉疲倦，把車停好以後，一邊向整理得很漂亮的咖啡座走去，一邊伸手用力抹著臉。

「南庄是有姓芎的沒錯，但是沒有人認識我的父母。我追問他們芎這個姓還有哪些家庭可能是我的親人，他們倒是帶我去拜訪了一些好像也不太相干的人。說起來倒是蠻慇懃的，但說不上對我們有什麼幫助。」

「我打你手機怎麼都不接？」海樹兒問。

「沒訊號啊。想接也沒得接。」

「你還有問其他的事情嗎？」高洛洛問，「我是說不直接跟你的身世相關的事。」

「嗯，我趁著人家帶我去向天湖邊的時候，跟他們裝死，提到前不久的那場意外。但是跟我走在一起的那幾個人，全都沒有什麼特殊的反應，只是說，好可惜啊，那麼年輕呢，之類的話。」

「Senpai，你是怎麼向他們自我介紹的呢？」里美問。

芎似笑非笑的說：「我說我是人類系的學生，因爲是都市原住民，什麼都不清楚，所以想回來南庄做田調。」

「做田調？」海樹兒說，「學長，你苦頭吃大了啊。」

「沒人規定田調不能半途而廢啊。」芎聳聳肩，「就算我跑了，他們也沒處找我，頂多當我是個不負責任的傢伙罷了。」

「今天沒什麼明確的成果，接下來該怎麼辦？」

海樹兒想了想，「不如這樣吧，學長就做他的『田調』，表面上跟我們不相干。反正要做田調，問一些氏族的來龍去脈應該也很正常吧，姓獅的事情不如就交給學長了。我們呢，反正已經被南庄的人見過了，乾脆就再去跟他們接觸好了，走一步算一步囉。」

高洛洛和芎都點了頭。「分成兩隊也好，假裝不認識，到了晚上再來整合資料。」

「那我呢？」里美看大家都分配了工作，也著急起來，「你們不能把我丟著哪。」

海樹兒和高洛洛還沒說話，芎就先搶過話頭：「Rimi跟著我吧，說是我妹妹不就好了。」

海樹兒看了看兩人。「哪裡像兄妹？一點都不像哪。只有短髮像而已。」

「學妹也可以。」

「Rimi才十六歲，哪裡像個大學生？」海樹兒繼續搖頭。

「既然是藉口，那就什麼都可以。乾脆說Rimi是我的小女朋友，以後想當我學妹，所以跟來見習。人家要是看她長得像原住民，就照實說是阿美族。反正阿美族長什麼樣子的都有，萬無一失。」

「我演senpai的女朋友？」里美瞪大了眼睛。

芎沒有答話，一副也不想再討論這個問題的樣子。他相當疲倦的說，「海樹兒，這錢拿去結帳吧，今天我們還是在獅潭找個民宿過夜好了。」芎的話聲還沒結束，高洛洛就感到背後有個陰影似的東西迅速掠過，她驚嚇得連忙轉頭，只見這院落裡到處都點上了帶有朦朧美的圓形小蠟燭，來吃晚餐的客人多了起來，人聲也比先前大了一些。

「Nēchan，你看到什麼嗎？」海樹兒關心的問。

「我不知道⋯⋯。」高洛洛餘悸猶存的說，「好像有人在看我們。」

「像在新中橫的時候那樣嗎？」

「嗯，類似，差不多是那樣吧。」

「那我們早點走吧，在這裡沒好處。」海樹兒趕著去結了帳，又跟芎拿了鑰匙，拉著高洛洛就上了車。他探頭到後座，對坐在旁邊的里美說：「Rimi chan，照顧一下你姊姊吧，我看她越來越不好了。」

海樹兒發動了車，要去附近找民宿。里美伸手環抱著高洛洛，輕輕的撫著她的肩膀，想讓她放鬆下來，只是這一路上她的視線，始終都沒有離開過後視鏡裡照映出來的海樹兒的臉，而這一車的人各懷各的心事，也都沒有逃過芎那銳利的眼光。

## 9 第九回

剩下的時間不多了，再過幾天，海樹兒和芎就非得回學校去參加期末考不可。在芎這一邊，由於理由是做田調，考完試再回來繼續工作也是常有的事，因此他的步調放得比較慢，每天就是裝出一副認真的樣子，像個好學生一般向賽夏族人學習新知，他甚至還從阿浪的書裡挑了一些比較淺顯的帶在身邊，裝作是個一臉熱心的賽夏文化入門者。里美倒也是個天生的演員，在芎身邊跟前跟後，十足像是他的小女朋友兼書僮。只不過他們跟南庄的族人還不熟悉，也不方便開口要求借宿，因此還是每天回到獅潭去過夜。為免啓人疑竇，海樹兒爸爸的車子就交給這對假情侶來開，海樹兒則是另外租了一台裝著兩個側箱的舊野狼，方便跟高洛洛一起行動。

高洛洛與海樹兒這邊簡直一籌莫展。兩人說明來意，雖然族人都表示同情，但也都說相當抱歉，實在幫不上忙，至於兩人提到的電腦和手機，他們更是完全沒有看到過。高洛洛和海樹兒甚至騎著車到處跑，每到一個有聚落的場所，市街也好、學校也好、客運站也好，都一次一次的撥阿浪的電話，只抱著電話說不定會響的希望，不過電話當然一次也沒響過。這麼長時間以來，就算電話還在，也早該沒電了。

最後高洛洛說：「海樹兒，這不是辦法，看來我們只能去向天湖看看了。」

當時兩人正坐在南庄國小的校園裡。這裡是個停車場，有一棵約百年的老漆樹，高大且枝繁葉茂，兩人就坐在樹根處，在下午的樹蔭中講話。

聽高洛洛提出要去向天湖的建議，海樹兒竟然兩肘靠在膝上，用雙手捂住了臉，顯得非常疲倦且難受。

「海樹兒？」高洛洛驚訝的看著他。自從認識以來，海樹兒一向活力十足、充滿自信，有時候談笑風生，有時候認眞嚴肅，偶爾也會見到他略顯寂寞的眼神，但高洛洛總以為那是想念阿浪的關係，卻沒有見過他像今天這樣無精打采，說元氣大失也不為過吧。

「Nēchan，」海樹兒沒有抬起頭來，還是把臉埋在手裡，「你知道我們去向天湖可能會有危險嗎？」

「向天湖離這裡也不過十多公里，野狼性能又好，路況應該是不會有什麼問題。難道你指的是別的嗎？」

「嗯，我不知道是什麼。」說著海樹兒又發呆了一陣子，然後說，「矮靈祭已經過了一個多月，族人沒事應該不會去向天湖，現在又不是假日，觀光客應該也很少。或許現在是去向天湖的好時機。」

海樹兒說著，突然打起了精神，好像又回復到之前正常的樣子。他走回機車邊，確認了行李箱有手電筒、麻繩、沒有充氣的救生衣等，相當滿意的點點頭，關上了箱子。然後他看了一下手錶。「Nēchan，現在還不到五點，我們先偷偷往向天湖那邊騎，到那一帶，找個地方先躲起來，等天黑了再動作。」

「等天黑做什麼？晚上我們要跟Rimi和芎會合呀。」

「晚點會合不會怎樣，學長也很清楚的。」

高洛洛沒有再追問，就聽任海樹兒執行他的計畫。但大出她意料之外的是，海樹兒在湖邊直等到天都全黑了，才慢慢走到阿浪陳屍處一帶，拿著手電筒四處照了一陣子，然後就將手電筒交給高洛洛。

「Nēchan，你把光對著我，不管怎樣都要一直把光對著我喔。」說著，他三兩下就脫下了厚領的絨毛外套、裡面的一件薄毛衣、襯衫、T-shirt和牛仔褲及襪子，踢掉鞋子，只穿著短褲就這樣朝著湖跑過去，跳進水裡，往水深的方向游去。

「海樹兒！海樹兒！」高洛洛大驚失色，連忙出聲喊叫，卻聽到海樹兒噓著聲音說：「不要叫，不要叫，不然會有人發現我們！」說著他就潛下水去了。

海樹兒顯然在水裡上上下下，因此高洛洛只能將手電筒一直對著海樹兒所在的地方，同時也以眼角餘光注意附近是否有人。但天黑之後，向天湖除了蟲鳴以外幾乎什麼都沒有，讓高洛洛在極度緊張之下總還略感寬心。

又過了不知多久，高洛洛隱約看到有人浮出水面，連忙將手電筒照過去，正是海樹兒。這次他沒有再潛下去了，而是很篤定的向岸邊游回來。他左手上好像抱著什麼東西，看來只有一手在划水，不過還是很快的就到了岸邊。到了水淺處，海樹兒還沒上岸，就急著將手上的東西交給高洛洛。高洛洛接過一看，竟然是阿浪的Toshiba電腦！絕對不會錯的，因爲那電腦正面外殼上還方方整整的刻著阿浪的名字：Arang Isbubukun！海樹兒從水裡爬起來，又遞過一支手機，看來正是阿浪用的Samsung沒錯。高洛洛看著全身濕漉漉的海樹兒，想起沒有多少日子之前，他們在加里洞初見面時，海樹兒也是這樣全身濕透了的。

「把電腦跟手機先收進箱子裡。」海樹兒叮嚀著，然後就拿T-shirt把身上的水大致擦一擦，然後迅速的把衣物穿上。

海樹兒把T-shirt扔進野狼另一側的箱子裡，穿好了鞋子之後就發動了機車，「nēchan，上車呀，趁著沒人我們快跑哪。」

高洛洛似乎還沒從海樹兒的瘋狂舉動裡清醒過來，聽了海樹兒的話，才急急忙忙上了車，跟著海樹兒往獅潭加速而去。兩人一路上都沒有說話，不過高洛洛可以感覺到正面迎著風的海樹兒不斷的在發抖。

在獅潭的民宿裡，海樹兒只說了一聲「交給你了，nēchan」，就立刻進浴室去洗澡。高洛洛將阿浪的電腦和手機放在桌上，簡單的說明了一下經過，然後抬頭望著芎和里美兩個人。

「哎喲，Rimi，你那Haisul nīchan差點就死在湖裡啦！」芎似笑非笑的說，「向天湖不是什麼很深的湖，但七八公尺總也有的，在冬天的夜裡潛水下去，一點裝備也沒有，還沒有照明，這小子簡直是胡鬧！亂搞啊！開什麼玩笑⋯⋯」

芎的話還沒說完，浴室裡就傳來海樹兒的聲音：「學長，解決不了問題，才眞的是開玩笑！」

芎嘆了一口氣，乾脆和衣躺倒在床上，不再言語。

「不過，」高洛洛垂下了眼睛，「海樹兒冒了這樣大的風險，把阿浪的東西找回來了，卻沒有用處啊。電腦跟手機都泡了水，不管裡面有什麼資料，都救不回來了。」

「至少這證明了一點。」芎還是躺在床上，只是將頭側過來，看著高洛洛和里美，「這表示阿浪是被害的。他雖然死因不明，但一定是被什麼人害的。不然把他的電腦和電話扔進湖中要幹嘛？當然是爲了毀滅對犯罪者不利的資訊啊。」

此時海樹兒已經洗完澡出來，似乎也恢復了一點精神。「下一步，就是找出那個加害者了。這次能把東西找到，下次一定也可以把下手的人揪出來！」

「Nīchan⋯⋯」里美猶豫著插了話，「我知道你很急，但是你不能玩命啊。如果你也出了什麼事，不但阿浪大哥的事情沒人查了，誰要去你家告訴你爸媽另一則不幸的消息呢？」

海樹兒沒想到里美會說出這樣一番體貼的話來，登時呆在當地。房間裡的人都沒有說話，過了一陣子還是芎先站起來說：「我看，明天我跟Rimi先離開這裡，就說我要期末考，等考完再來。海樹兒你們呢，我看也是先走爲妙，拿學校當理由吧。過一陣子再來。舉凡做了虧心事的人，都該先避避風頭比較好。」

「什麼虧心事……。」海樹兒咕噥了一聲。

「你這邊有什麼進展？」高洛洛問。

「沒什麼進展。」芎沒什麼表情的說，「只不過今天遇到一位姓豆的先生，神秘兮兮的跟我說，其實他們這裡根本就沒有姓芎的。之前有人帶我去見的所謂的姓芎的，都是因爲已經沒有芎姓，所以才從其他的姓刻意改過來的，不是眞的姓芎。」

「這是怎麼回事？」

「這位豆先生大概三十幾歲、四十歲……？我不太確定。他講話跟表情都蠻誠懇的，只是有點偷偷摸摸。他說……」芎說到這裡停了下來。

「他說什麼？」其他三個人急著追問。

「他說……」芎環顧三人，靜靜的說，「他說，讓矮人萬劫不復的，其實是姓芎的家族。芎曾經是個興盛的家族，只是現在幾乎已經沒有人姓芎了。」

「這……」三人面面相覷，對這急轉直下的發展，竟不知說什麼好，芎倒是比他們都輕鬆得多。「你們不用多想啦。我回去台北會好好查查資料，看這到底是什麼底細。姓獅、姓芎……，非得搞清楚不可。」

「Senpai……」好心的里美想要勸慰兩句，立刻就被芎打斷了。「不用擔心我。你Haisul nīchan被凍得不輕，你還不如泡點熱茶去關心他吧。」說著，他竟然就這樣和衣鑽進棉被裡，幾乎連臉都蓋住了一半，似乎一點心事也沒有就安然入睡了。

# 10 第十回

轉眼就到了農曆新年，四人離開南庄也已經二十幾天了。高洛洛在馬太鞍的家裡，整日心情煩悶，多虧里美經常來找她，有時她也跟著里美去加里洞過個幾天，但只要回想起那個驚風暴雨之夜，海樹兒突然出現在她們面前的樣子，卻總被一種難以形容的煩惱侵襲。

離開南庄回到馬太鞍之後，里美似乎也有些轉變。雖然還是性情開朗，但似乎多了些心事。往常她去找高洛洛，兩人坐在門廊前喝茶、閒聊或看書的時候，呱噪個沒完的總是她，但現在她也會沉默了，有時還會望著院子裡的花草出神。高洛洛觀察這個表妹，心中隱約猜想，她或許是喜歡上海樹兒了吧。想到這裡，高洛洛就放心多了。反正，哪個少女不作夢呢？海樹兒是個善良的好人，不論他本人心意如何，高洛洛都相信里美不會因此受什麼傷害的。

農曆新年雖然不是原住民的節日，但在外求學或工作的族人多半也只有這個時候才能返鄉，因此部落裡十分熱鬧。馬太鞍大街一帶倒還好，但在高洛洛所住的鐵道西邊，比較僻靜的山腳下，倒是不少人在院子裡生火，大家圍繞著火堆取暖，有的也烤肉，當然煮雞酒來禦寒的也不少。之前除了十一、二月的天氣異常的溫暖，到了一月底，總算也真的有點冬天的樣子了。東北季風毫不客氣的直擊台灣，從花蓮平原長驅直入花東縱谷，帶來不少雨水。

他們四人離開南庄時，將阿浪的書籍整理了一番。從學校圖書館借回來的書必須還回去，但屬於阿浪自己的書，他們倒是可以留下參考。細心的里美列了長長的清單，結論是一般非學術類、關於傳說故事的採錄，多半是阿浪自己的書，這些大家可以分著再繼續細讀找資料。不過芎卻說，他一本也不要拿。「反正我就住在台北，哪裡也去不了。」他一副自我調侃的樣子，「我去學校總圖或者國圖，或者原住民圖書資源中心，應該都可以找到資料，這些你們分吧，比較方便。」

不過，海樹兒拖著高洛洛姊妹趕往台北時，只拿了阿浪一部分的書，他的宿舍裡還有其他的書籍和物件，海樹兒也得一一回去收拾。因此將芎送到台北之後，他們三人又再循原路回到東華大學，這次徹底清空了阿浪的宿舍，也將鑰匙繳回了，這讓三人都彷彿鬆了一口氣，卻又使人感到有些失落。從此以後，阿浪就再也不在這個校園裡了。

「你還是走中橫回去嗎？」高洛洛問。

「是啊，也沒別的近路了。」

「可是，你的單車還在nēchan家裡呢。」里美提醒他。

「啊，是啊。」海樹兒這才想起來，「不過這輛車沒有裝備，沒辦法把單車架上，再說那樣走中橫也太不保險了。」

「那也好！」里美笑嘻嘻的說，「那麼不久後再來馬太鞍吧，搭火車來，就可以把單車帶回去了。」

海樹兒低頭踢了一下腳下的草地，抬起頭來望著兩姊妹。「車裡塞滿了東西，沒辦法載你們回家了，眞抱歉。Nēchan，你多保重，不要想太多了。Rimi chan，你這次曠課這麼多天，回去跟老師好好解釋，假期時用功一點吧。」然後他忍不住自己笑自己，「這次回去，我爸媽還不知道要怎樣罵我呢，哎！」說著他就坐進了駕駛座，向兩人搖搖手，然後就將車子開走了。

農曆年的第一天，高洛洛接到海樹兒的電話。

「Nēchan，一切都好嗎？」

「還好。」高洛洛還是像往常一樣坐在門廊上的茶桌前，只是天氣冷得多了，她不得不穿上大外套來抵擋寒風，「你怎麼樣呢？」

「我這裡沒什麼事，只是有點擔心學長。」

「芎？他怎麼啦？」

「我打電話給他，他講話聽來還正常，只是好像有點心不在焉。」

「他應該是在查資料，想查證那位豆先生說的是真是假吧。」高洛洛揣測著。

「就是啊。」海樹兒說，「學長之前雖然說過，不管查出什麼來，他都不會介意，但你想他是不是已經開始介意了呢？」

「介意芎家的人殺害了矮人嗎？」

「嗯啊，他還說，再過幾天，他就要再去南庄繼續『田調』了。」

「這樣啊。」高洛洛想了一下，「但是我們不能露面啊，不然馬上就會被視破是同一夥的了。而且以他的個性，若是我們特別提醒他什麼，應該會產生反效果吧。」

「說得完全沒錯啊，nēchan！所以我才有點擔心。」

「你還叫我不要擔心呢，結果你自己擔心那麼多。」

「也是。」海樹兒笑了笑，「你沒事就好，新年快樂啊。」

「新年快樂。」

「噢，順便幫我問候Rimi chan。」

「好的，多謝你了。」

掛了電話，高洛洛將茶桌上的書拿起來看。這次不再是關於安倍晴明那被她當娛樂的書了，而是《日月潭邵族的神話與傳說》。倒也不是她已經不再介意賽夏的事情，而是她更急著要把邵族的矮人傳說和賽夏族的矮人傳說連結在一起。

「這裡面一定有什麼問題……。」高洛洛一邊喝茶翻書，一邊還用指頭關節喀喀喀的敲著茶桌。

「依我看，跟鄒族有點關係的，下場都不太好的樣子。」

芎是這樣說的。

這樣的話聽來有點像無稽之談，但細想起來好像也沒什麼大問題。如果阿浪的推斷沒有錯，那群被稱爲Maya的鄒族人北行之後，遇到了興盛的矮人族群，兩者在相處了一段時間之後，因爲發生什麼嚴重的衝突而引發茶毒矮人的慘劇，並非不可想像之事。而邵族在日月潭一帶定居時，矮人應該也已經住在那裡了，大概也是發生了什麼激烈的事件，邵族才會將矮人屠盡了吧。說矮人是爲了堅守家園，才不顧日本人興築日月潭發電工事會導致水位大升，寧可沉入湖底，這樣的說法高洛洛怎樣都不相信。只是看來看去，實在很難在部族的口傳裡找到可以著力的疑點，最後高洛洛還是只能把書扔在茶桌上，屈著身體把自己包在大外套裡，頭靠在膝蓋上發起呆來。

「Nēchan，又在傷什麼腦筋呢？」里美的聲音又從矮牆外傳來。高洛洛抬頭一看，這次她總算穿著冬天的外套和有點厚度的長褲了。

「嗯，我是在想部族的事。可是光憑讀到的資料，怎樣也猜不出到底他們跟矮人之間發生了什麼事啊。」

「Nēchan，你靠的不是知識呀。」里美瞪大了眼睛，「你要依靠的是直覺哪！」

「怎麼跟海樹兒說的一樣。」高洛洛笑了笑，「啊，剛剛海樹兒打電話來，還要我向你問好呢。」

「是嗎？眞好。」里美聽了很開心的笑了。「不過，nēchan，我們要在這裡待到什麼時候呀？我好想繼續把事情查清楚哪。我們不能趁著假期去南庄嗎？」

「其實我不知道在南庄到底還能查到什麼。」高洛洛思索著，「直接問人關於阿浪的事情，顯然一點用也沒有。現在海樹兒拿回了電腦跟手機，但也沒有具體的幫助。」

「芎san不是說他會把芎姓家族的事情查清楚嗎？」

「芎san？」高洛洛笑出來，「怎麼這樣叫人家？」

「因爲他看起來就比較嚴肅嘛，而且常常講些讓人聽了覺得很深奧的話。」

「他要查的是芎家把矮人害死的事。」高洛洛想了想，「但除此之外，還有一個問題沒解決啊，就是那個姓獅的家族。

據說弓箭是由他們藏著的，不管這麼大的家族到底是基於什麼原因絕後了，那弓箭的下落還是得查出來啊，因爲那是賽夏族跟鄒族有關聯的重要證據哪。」

「欸呀，nēchan，就算找到那段弓箭，除了我們以外，也不會有人相信那能算做證據的吧。」

「或許吧，但至少對我來說那很重要。我不在乎別人怎麼想，我要的是查出阿浪眞正的死因。阿浪去南庄之前，一定已經知道要往哪裡去找人了，但他到底是怎麼知道的呢？」高洛洛皺眉苦思著，「資料都看了，獅家眞的已經沒人了呀。」

「也許弓箭交給別的家族保管了呢？」

「會嗎？總覺得這弓箭應該一直被獅家保密著呢。」

「那就是被藏起來了囉？」

「我不懂的是，如果他們是帶著弓箭離開玉山的Maya，後來殺害了矮人，改變了自己的名字，那麼留著那弓箭又要做什麼呢？改稱賽夏的目的，不就等於否定了自己原先的身份嗎？」說到這邊，高洛洛突然驚呼起來：「獅家保存著弓箭，就是他們本來是Maya的唯一證明，不是嗎？他們秘藏著弓箭，是日本人調查出來的。而他們到日本時代都還是最興盛的大氏族，現在卻一個都不剩了，會不會是因爲這件事被日本人曝光以後，族裡有人想要湮滅這段往事呢？」

「Nēchan！」里美大感駭然，「你該不是在說，那麼大個家族全部被他們的族人謀殺了吧？怎麼可能這麼大規模的殺人卻沒有引起注意呢？」

高洛洛用力的搖頭，好像想把自己的腦袋搖得清醒一些。「或許眞的有可能，邵族說矮人自願沉入日月潭底，如果這是眞的，不也沒引起注意嗎？日本人是多仔細的民族哪，如果他們知道矮人的存在，怎麼可能放任這種事情發生？就算不是基於人道，他們的民族學者也不會放過研究矮人的機會呀。」

「可是，nēchan，你自己也說不相信邵族說的那個故事啊。」

「也是。」高洛洛呆了一下，然後一臉放棄模樣的搖搖手，「算了算了，先不要想這些了，越想越亂。我去泡新的茶，我們聊點別的吧。」說著高洛洛就端著茶盤進屋裡去了，但不到兩分鐘，她就鐵青著臉兩手空空的走出來，對里美說：「你不是說我要靠的是直覺嗎？我現在知道了。獅家的人不是被族人謀殺的，他們是被咒死的！」

里美張大了嘴巴，睜著一雙大眼望著高洛洛，「咒死？被誰咒死？」

「矮人啊。」

「什麼？矮人早就死了啊。」

「矮人早就對他們下了詛咒不是嗎？」高洛洛的聲調變得嚴厲了，「既然有人對日本人說了不該說的話，難道他們整個血族不用負責嗎？」

「所謂不該說的話，是指透露了弓箭的存在嗎？」

「嗯，我認爲是。」高洛洛一臉很肯定的說，「既然已經屠戮了人家，搶走了人家的名字，難道不該負責到底嗎？」

「Nēchan，我聽不懂啊。」里美一臉困惑的樣子。

「意思就是說，既然做下了這樣的事情，就該永遠的承擔那個後果啊。你忘記我問芎關於名字的事情時，他是怎麼回答的嗎？」

里美呆了一下，芎那平靜的聲音掠過耳際。

「名字是自稱，也是要被人稱呼的。名字永遠是當下的名字。名字，還有過去可言嗎？」

「所以……」里美呆呆的望著高洛洛，「所以，賽夏再也不能是Maya了？是這意思嗎？凡是要把這一點曝露出來的人，都會……會死嗎？」

高洛洛一動也不動的站在門廊上，低頭看著一臉驚異的里美，兩人就僵在那裡，直到一陣冷風突然吹過，院子裡的龍眼樹葉嘩啦嘩啦的響，高洛洛突然腿軟，跪倒在門廊上。她的一頭長髮散落下來，遮住了她大半邊的臉，但她的眼淚卻無處躲藏，一滴一滴的落在門廊上。

「阿浪！」高洛洛終於哭了出來。

## 11 第十一回

「是這樣啊。因爲領悟了這些，終於能夠哭出來了嗎？」在電話的另一端，海樹兒的聲音聽起來意外的平靜。

「我眞的很擔心nēchan的狀況哪。自從那天她講了那些話以後，她就越來越少說話了，好像一直沉浸在別的世界裡。我該怎麼辦呢？」

「Rimi chan，你先不要慌亂，讓我想一想，我會再跟你聯絡的。這幾天你就多陪陪她吧，好嗎？我找到機會就會去馬太鞍找你們，我一定會去的，相信我。」

跟海樹兒通過電話之後，里美又到了高洛洛經常坐著的院落前廊。這次倒是相當意外的看到高洛洛靠在躺椅裡，全神貫注的在讀著什麼書，茶桌上還放著筆記本和幾枝筆，顯然不光是讀書，還認真的做筆記。里美躲在矮牆外，高洛洛的視野剛好會被大龍眼樹遮蔽的地方，偷偷的觀察著。但高洛洛就很正常的讀書、做筆記，有時候停下來思考，然後又回頭翻書，看來就像是平日認眞在做研究的樣子。里美看了半天，始終不得要領，最後只好裝作沒事的樣子走進院子去，像往常一樣向高洛洛打招呼。

「Nēchan，這麼早就在讀書嗎？」

確實，那時才不過七點多，高洛洛面前的茶桌上還放著一壺茶和一杯類似黑豆糊似的東西，大概是充當早餐用的。

高洛洛抬起頭來，向里美微笑了一下。「是啊，我在看關於賽夏族的書，有些有趣的資訊。」看她的態度，似乎又已經在短短的幾天裡恢復了正常。

「有什麼有趣的東西呢？」

「你之前不是說過賽夏是個氏族社會嗎？我查了一下，確實，扣掉現在已經不存在的獅、血、膜三個氏族，他們還有十五個氏族，分屬五個聯族，也就是彼此之間禁婚的氏族。」

「意思是說彼此有血緣所以禁婚囉？有哪些聯族呢？」

「現在時代變了，他們聯族禁婚的禁忌好像也不太嚴格了。不過我看到的資料裡是說，趙、豆、絲、獅這四個氏族是聯族，彼此是禁婚的。嗯，趙跟豆其實是同一個姓，只是北群跟南群的差別而已。」

「獅姓已經失傳了。但這豆家……芎san之前說他遇到的那個人不就姓豆嗎？那個人說害死矮人的是姓芎的家族。」里美說。

「而且，賽夏的祭典是分交不同氏族負責的。朱家主持矮靈祭這是大家都知道的，但趙姓和豆姓也負責很重要的祭典呢。」

「什麼祭典？」

「書上是寫什麼軍神祭啦、敵首祭啦，這些漢人胡說八道的不知道在給人家硬塞什麼名字。不過簡單的說，就是關於戰爭的祭典吧。」

「嗯，那，獅姓失傳之前，他們有負責過戰祭嗎？」

「我也有類似的疑問。」高洛洛嘆了一口氣，「眞想直接問芎，想知道他的『田調』進行得如何了，但又怕製造反效果。」

「芎san眞是個難以捉摸的人呢。」

兩人正說話間，高洛洛的手機響了，她拿起來一看，竟然是她的指導教授打來的，她接起電話還來不及問好，老師就說：「高洛洛，你在馬太鞍嗎？方便這幾日找個時間去拜訪你嗎？」

「啊？老師要來當然歡迎，只是怎麼這麼突然？」

「是這樣的，我有個老朋友從日本來，他是研究台灣原住民神話傳說的權威，我想，認識一下對你也很有幫助吧。是東大的荒木淳一教授。」

「Araki Atsuichi sensei！」高洛洛大吃一驚。

「是呀，你若方便的話，下周他來了，我就帶他過去光復找你。不過住宿的事不知道會不會引起麻煩呢？」

「不會不會。」高洛洛說，「住的地方多得是，絕對不會虧待老師們。」

「那麼就先這樣說定了。時候快到的時候，我會再跟你聯絡的。」

高洛洛放下電話，有點難以置信的對里美說：「東大的荒木教授要來訪。他可是研究台灣原住民神話傳說的權威哪。」

里美聽了很高興的說：「這是個大好機會呀！我們或許可以詢問他的意見。」

高洛洛卻低頭嘆了口氣。「我懷疑有幾個學者會把我們的話當眞。我的老師都未見得會把我的話當眞了。不是我歧視漢人或是其他的非原住民，但是，他們對很多事情眞的是……哎！」

就在荒木教授來訪的前兩天，海樹兒果然信守承諾的出現在馬太鞍了。看到海樹兒，里美心裡大鬆了一口氣，高洛洛似乎也很高興的樣子，但當他們三人坐下來談論正事的時候，卻又不知該從何講起了。

「Nēchan，其實我不知道這件事情該怎麼繼續下去。」思索了一陣子之後，海樹兒坦白的把自己的想法說出口。

高洛洛直視著他，沒有回答。

「哥哥死了，因爲他差點就要把賽夏的底細掀出來了。我不曉得他爲何選擇了去南庄，也不清楚他到底做了什麼、爲什麼就這樣死於詛咒⋯⋯。我心裡的謎團很多，也很想知道答案，但是我不想再見到你們任何一個人因爲同樣的原因而死掉。」

高洛洛說：「阿浪人都到了南庄，也去了向天湖，他絕對不是去觀光的，必然是去找什麼東西。他一定已經找到什麼東西了。」

「什麼東西呢？那段弓箭嗎？」

高洛洛搖頭。「不知道，但這並不是沒有可能。別忘了獅家的人都已經死光了，但是豆家與獅家是聯族，說不定阿浪去拜訪了豆家的人也不一定。那個跟芎透露消息的人，說不定就是當時阿浪接觸的人⋯⋯」說到這裡，高洛洛又想起另一件事，「有件事我覺得很奇怪，就是阿浪的電腦和手機。如果他是因爲太接近事情的核心，遭到詛咒而死了，那就不是活人所爲囉？那他的電腦和手機又爲什麼會在向天湖裡呢？我不相信矮靈會把他的電腦和手機扔進湖裡。」

「啊！」一直靜靜聽著兩人談話的里美突然驚呼一聲，「芎san不會有事吧？如果阿浪大哥因爲接觸了那豆先生而出事，芎san身上也可能發生意外啊！」

「這是搞什麼，到底！」海樹兒連忙拿出手機撥了電話給芎，直撥了兩次芎才接起電話。

「學長，你在哪裡？」

「南庄。」芎很簡短的回答。

「你在幹嘛？」

「訪談。」芎這樣的說話方式，似乎旁邊有人，不方便多說的樣子。

「跟你之前提過的那位豆先生做訪談嗎？」

「是啊。」

「學長，訪談的事情可以先暫緩嗎？」

「爲什麼？」

「因爲、因爲……哎，我不能在電話裡詳細解釋，但你再訪談下去，恐怕你會有危險，你不會想跟我哥一樣吧？」

「你在說什麼呀？」

「學長，我拜託你啊，先不要進行訪談好嗎？隨便找個理由，先離開南庄好嗎？」

「你……」

「學長我求你啊！」

「哎，你……好啦好啦，我知道了，你放心吧。」

「你回到台北方便說話的時候，千萬記得打電話給我啊！」

「我會再跟你聯絡的。」說著芎就乾脆的掛了電話。

「……」海樹兒瞪著手機，竟然不知道該說什麼才好。

「現在除了相信芎，也沒有別的辦法了。」高洛洛說，「我倒想談談矮人本身的事情。你想，賽夏到底爲什麼要殺光矮人呢？」

「傳說是因爲他們老是調戲賽夏的婦女。」里美說，「這在鄒族的傳說裡也有提到。」

「鄒族……」高洛洛說，「現在看來，鄒跟Maya應該是同一回事，只不過鄒族沒有大量的屠殺矮人而已。」

「我想是因爲鄒的領域比較確定，人口也比較多，但遠離玉山的Maya，卻闖入了矮人的領地，所以衝突也比較大吧。」海樹兒說。

里美補充說：「不過，光看書上描寫的矮靈祭的過程，會覺得賽夏與矮人有過良好的關係，是因故發生嫌隙，才演變成那樣的慘劇。矮靈祭的內容很豐富多樣呀。」

「也許那都是眞的，」高洛洛說，「也許他們本來交情眞的很好，屠殺事件或許是擦槍走火。又或許他們是貪圖矮人的技藝和巫術，以爲除去矮人以後就可以獨霸一切，若眞是如此，那還眞是殺雞取卵。但不論實情如何，重點是，害死矮人之後，顯然賽夏人並沒有想要完全掩蓋他們的罪行。不然把這件事情不要再提起，要不了幾代，就不會再有人記得這些事了啊。」

里美點點頭，「所以很多人說賽夏是在贖罪啊。」

「我不否認他們在贖罪。或許放棄了自己原先的名字，改稱賽夏，就是爲了讓這個被他們屠盡的民族能夠延續下去的方法。因爲最惡的罪行不是殺人，而是讓死者徹底的被遺忘。但是，贖罪能夠用奪取更多人命的方式來達成嗎？」說著她突然激動了起來：「或許阿浪是死於矮人的詛咒，但到底是誰把他的東西丟入向天湖裡？是誰想讓阿浪的死被遺忘的？誰？！」

「Nēchan！」海樹兒被高洛洛突來的情緒驚呆了，連忙抓住她的雙手，「nēchan，冷靜、冷靜啊！你不要被反噬了啊！」

「反噬……？」

海樹兒拉著高洛洛在門廊上坐了下來，握著她的手說：「Nēchan，你有巫師的體質，但那不表示你要因此成爲巫術的奴隸。你叔公不是說過，你不可能成爲巫師了嗎？那你就要把這力量發揮在對你有利的地方，而不是背負著它不斷的受苦啊。」

高洛洛望著海樹兒，只覺得淚眼模糊，看出去全部都是花花的一片。那是叔公生前沒來得及跟她說的話嗎？

坐在一旁的里美看著哭泣的高洛洛和焦急的海樹兒，突然之間心裡有了一種十分難受的感覺，只是她自己也不清楚到底是怎麼回事。她呆呆的看著海樹兒，只覺得好像因爲死去的阿浪的關係，自己似乎踏不進海樹兒與高洛洛兩人之間那個分擔著悲痛的世界。

這天夜裡是入冬以來馬太鞍最寒冷的一天，晚餐之後又開始斷斷續續的落雨，還好並沒有起大風。高洛洛的叔叔很熱心的幫三個年輕人鋪好了日式的床墊、枕頭和棉被，還給他們準備了一些餅乾和熱茶。

「你們年輕人好好聊聊吧。」這些日子以來已經知道大概情況的叔叔很和藹的說，還拍了拍海樹兒的肩膀，對他的堅強表示嘉許的意思。

不過這一夜三人都睡得十分不安穩，說的話也不多，只偶爾低聲交換幾句話。三人都難免想起初見的那個夜晚，那時候阿浪已經死了，但對此一無所知的他們，畢竟還能夠在風雨交加的加里洞睡一場好覺，但那個奇遇的夜晚已經一去不返，這是他們三人心裡都再明白不過的事了。

## 12 第十二回

高洛洛的老師帶著荒木教授來到馬太鞍前數個小時，芎竟然也意外的出現在光復車站，還打了電話叫高洛洛等人去接他。這四個人總算又湊齊了，而芎在火車站前一見到海樹兒，第一件事就是責問他當天那通十萬火急的電話究竟是怎麼回事，海樹兒只好在車站前把當日他們三人的談話說明了一遍。

「但是，那位豆先生倒並沒有跟我說什麼奇怪的事情。」芎跟著三人穿過鐵道走回高洛洛的家，回想著當日的情況，「他只說，計謀是芎家的人出的，大家也就照辦了。但盛極一時的芎家後來卻越來越沒落。」

「是因為芎家是殺害矮人的主謀，因此受到特別的詛咒嗎？」

「據他說，好像不是這樣。他說，芎家非常驕傲，自認是高人一等的家族，因此竟然不理會同姓不婚的原則，最後導致人口越來越少。現在一些姓芎的，是由其他的姓改過來的，比方說風姓之類的。」

「不理會同姓不婚的規矩，單純就是因爲自認爲很優秀？」海樹兒大感詫異，「這是在玩歐洲王室那一套嗎？」

芎聳聳肩，然後說：「不過，就算芎家的事不論好了，如果我繼續跟他談下去，談到獅家，確實也很難講會發生什麼事。」

「大概會跟我哥一樣吧。你的電腦和手機大概也會被丟入向天湖。」

「我沒帶電腦，我學Rimi，帶了一本小記事本。」芎面無表情的說。

「Senpai，」里美又從旁插口了，「事到如今，你對於追查這件事對你個人的影響，還是抱著一樣的態度嗎？」

「或許我對賽夏族的過去了解得比較多了。」芎想了一下，「不過，我畢竟不是部落裡的人，我的生活空間主要還是在都市。也許這是我開始漸漸認識賽夏族的起點，但我不確定我會不會眞的開始有你們抱有的那種歸屬感。」

「Senpai，你知道nēchan的老師今天要帶一位很知名的日本學者來拜訪嗎？是研究台灣原住民神話傳說的權威呢。」

「是嗎？」芎維持著他那似笑非笑的表情，「那麼我也有榮幸瞻仰瞻仰了。」

「若是哥哥能見到Araki sensei就太好了，他一定會高興得睡不著覺吧。」海樹兒心裡想著，只是沒有說出口來。

四個人左思右想，最後決定要在高洛洛家裡招待荒木教授。一方面這是日式房子，荒木或許感覺比較親切，再者這一帶比較安靜，白天適合談話，若是晚上想豐盛的吃一餐，還可以到馬太鞍濕地那些別開生面的餐廳去。

荒木教授是個頭髮花白的老人。他的身材中等，略有肚子，但這樣穿起高級的西裝反而顯得更加體面。他戴著細框的眼鏡，面容溫和，也非常有禮，就像是個和藹的爺爺，四個年輕人這才知道，東大教授並不都像傳聞中那樣高傲。至於高洛洛的老師，跟荒木教授卻是完全不同典型的人，年紀比荒木略小幾歲，頭髮稀疏了，穿著很隨興的休閒褲和夾克，滿臉笑容，十足就是個不會給人留下深刻印象的路人般的臉。

海樹兒和芎分別爲兩位老師拿了行李之後，四個年輕人就帶著老師們往高洛洛家去了。荒木左右張望著風景，對於這兩日被雨水沖洗後的那種清新大感驚豔。「Ko san，眞是漂亮的地方啊。」荒木說著相當標準的中文，他的日本口音已經非常淡了。

「啊，Araki sensei叫老師Ko san嗎？」高洛洛微笑著說。

「是啊，當年認識起，他就這樣叫我了，這麼多年也從來沒有叫過我名字呢。」

「是怎麼認識的呢？」

「就是在東大啊。」高老師呵呵的笑起來，「我也想進東大啊，可是我不懂禮數，就……哎，實在是很難在東大混下去啊！」

「說這些做什麼呢，Ko san？」荒木教授說，「這風景多漂亮呀！難怪當年日本人想要移民過來呢！」

高洛洛回頭向北邊某處一指，「那裡以前就叫做Kamiyamato[1]呢！」

「眞是個不得了的讚譽啊。」荒木點點頭。

到了高洛洛家裡，荒木教授更是相當驚訝。「原來還有這樣的日本屋保留著哪。眞是令人感動。」

「其實以前太巴塱那邊還有很大的神社呢。」高洛洛說。

訪客和地主之間的一般性談話進行了一段時間，然後荒木換過了話題。他親切的對高洛洛說：「聽Ko san說，你的研究題目是巫術？」

「呃……」在發生了這麼多事情之後，高洛洛對於這樣一個簡單的問題，竟然回答不出來，「我……本來是……呃……」

「怎麼了嗎？」高教授有點驚訝，「難道你改變心意，想換題目嗎？」

「我……」高洛洛不知怎麼回答才好，只能呆坐在榻榻米上。

「我來說明吧。」海樹兒突然說話了。他先向高洛洛的老師簡單的說明了自己就是之前意外身亡的阿浪的弟弟，然後大略敘述了他們追查阿浪死因的經過。

「因爲這樣，nēchan現在心情很亂，無法回答老師的問題。」海樹兒謹愼的說。

在海樹兒講話時，兩位教授雖然滿臉都是驚訝之色，但都沒有打斷他的話，直到海樹兒把話講完了，高教授才體諒的說：「高洛洛，我想最近不是談論文的時候。論文的事，

---

1　Kamiyamato，漢字為「上大和」，是日本人對當地風景的讚譽。

等你心裡康復了再說吧。」

荒木的反應則與高不同。他輪流看著這四個年輕人，仔細的端詳他們的臉，好像在思索該說什麼話，又該怎麼開口，過了一陣子才慢慢的說：「年輕人，你們可能以爲我不會相信你們的話，是嗎？不是這樣的。你們說的事情，確實沒有一件可以由科學來解釋，但是……」

「但是，我研究原住民的神話傳說一輩子了，如果我在東大或是什麼別的地方，因此而有一些知名度，或者是受到肯定的話，那並不是因爲我迷信科學的關係。」

荒木看了看這四個年輕人，又強調了一次：「科學，是不能去迷信它的。」

「至於你們現在遭遇到的問題……」荒木低頭想了想，「我不知道自己能夠幫上什麼忙，或許什麼忙也幫不上吧。不過我畢竟是快退休的人了，別的沒有，至少人生經驗還不少。如果你們有什麼想知道的，請不要客氣的來詢問吧。但不管怎麼樣，這事情的了局，畢竟還是得由你們自己來達成哪。」說著，荒木就站了起來，對高老師說：「Ko san，我們出去散步好嗎？讓這些孩子們自己好好的想想吧。」

老師們都離開了以後，四個人靜靜的坐在和室裡，紙門敞開著，可以由和室看到庭院裡繁盛的龍眼樹和高洛洛的嬸嬸細心照料的各種花草植物，錯落有致，相當漂亮。大家都各自出神，最先開口的是芎：「我想這位Araki sensei說的沒錯。我們不管怎麼查，都沒有科學的證據。如果要的是那種證據的話，那我們永遠都得不到結果。所以現在應該要問的問題是：我們到底想要知道些什麼？」

「我想知道阿浪是怎麼死的。」高洛洛斬釘截鐵的說。

「你自己不是說他是受詛咒而死的嗎？」芎維持著他那沒什麼表情的臉。

「但爲什麼是死在向天湖邊？爲什麼他的電腦和手機會被丟進湖裡？爲什麼在那之前他就故意不跟我們聯絡了？爲什麼他知道要去南庄？問題、問題很多啊！」

芎看著臉色有點漲紅的高洛洛，她的一頭長髮都有點亂掉了。「那麼，讓我這個賽夏族來回答你這些問題好嗎？」

芎這麼一說，大家都有些吃驚，因爲芎一向都把自己對原住民的無知掛在嘴上，突然講了相反的話出來，實在相當突兀。不過芎像往常一樣不理會眾人，自顧自的說了起來。

「很久很久以前，大水剛從玉山退去的時候，決定要離家遠行的那群人，被同胞取了Maya這個名字，他們拿著信物走了。他們走了很遠，最後選擇居住的地方還有別的居民，就是那些矮人，自稱爲賽夏。矮人或許是台灣最早的住民，或許就是現在還能在菲律賓和東南亞找到的那些民族，Negreto？大概就是他們吧。Maya跟矮人發生了什麼事，我不知道。也許有人會想研究祭儀歌舞，從那裡面來推測雙方當年的關係，但我沒有那個興趣，倒不是怕麻煩，而是因爲……因爲你永遠不會知道，流傳下來的東西，到底是要因爲是眞相而接受，還是要被誤以爲是眞相而接受。所以，也許矮人對Maya曾經很好，教導他們許多農耕的知識，使他們年年豐收，也有可能矮人從頭到尾就跟Maya關係不好。

總之，最後Maya把矮人都殺光了，剩下兩、三個人而已。理由是什麼呢？誰知道？說不定就眞的只是調戲婦女，說不定還有別的事情。但反正是芎家的人出了主意，讓矮人落入了萬丈深淵。」

大家還是一聲不吭，於是芎又繼續說：「矮人對Maya下了詛咒，這些詛咒在矮靈祭裡很清楚的表現出來。但是，有一樣東西卻在祭典裡找不到。那就是Maya從此以後將以賽夏之名繼續活下去的詛咒。」

「爲什麼沒有呢？」芎繼續自問自答，「因爲那件事情本來就不能被人知道。當然在祭儀裡也不可以出現。祭儀要傳給後代的，是曾經發生過的事情的梗概，但是，名字的接收卻必須是個秘密。矮人以這樣的方式繼續活著，只能以這樣的方式……」

芎說到這裡，瞄了高洛洛一眼，露出他眼中少見的體諒神情：「這些，對現在的你來說，或許太刺耳了吧？也許我不該現在說這些？」

「沒關係。」高洛洛聽了芎這一大番話，反而平靜了許多，「是我沒事去看《蕃慣調查》，又急著把那消息告訴阿浪。我沒想過事情會演變成這樣，但事情是由那筆資料而起並沒有錯……」高洛洛轉頭望著紙門外的庭院，慢慢的說：「姓獅的家族死光了。他們最後一個人死去的時候，難道會不知道那是背棄多少年血債盟約而付出的代價嗎？」

由於高洛洛十分出神，海樹兒怕一下子嚇到她，只好在她背後輕輕的叫了一聲：「Nēchan……」

「嗯？」

「如果你是獅家的最後一個人，你會怎麼處理那段弓箭呢？」

「埋起來？扔進湖裡？呃，都不對。我想，我想，我應該會把它燒掉吧。」

「嗯，換了是我也會這樣做。一旦燒燬了，就再也不會背信了。」海樹兒平靜的看著高洛洛，「所以，nēchan，忘了那弓箭吧。我相信那信物已經不存在了。」

「但我還是不了解阿浪爲什麼選擇去南庄。」高洛洛想起這件事，又固執了起來。

「因爲他有巫師的體質。哥哥只需要直覺就好了。」海樹兒說。

「那他的電腦……」

海樹兒打斷了她：「任何一個發現哥哥屍體的人，只要是賽夏族的，看到那個場景，難道會不知道那是怎麼回事嗎？他們難道是第一次見到被矮靈咒死的人嗎？如果是你，你會把電腦和手機留著，好讓別人查到資料，把整個秘密曝露出來嗎？那是不是剩下的不到五千個賽夏人都會一一因詛咒而死去呢？」

「我、我說不過你，可是……」高洛洛顯然在感情上還是非常難以接受，因此顯得情緒相當紊亂，「對了，那邵族呢？阿浪也查了邵族啊！」

「Nēchan、nēchan！」海樹兒把兩手搭在她肩上，輕聲的說：「你連邵族也要查嗎？他們只剩三百多人了。」

高洛洛低下了頭，不願意回答這個問題。

「你知道邵族的自稱嗎？」

高洛洛搖搖頭。

「他們叫自己ita Thaw。」

「每一族都自稱是人，想必ita Thaw也是人的意思吧？」

「不，那是一句話，意思是：我們是人。」

「你們可不可以告訴我這到底是怎麼回事？」里美被這凝重的氣氛壓得透不過氣來，同時也對他們講的話感到相當困惑，「誰跟我解釋一下呀，拜託！」

海樹兒轉向里美，儘量放緩了聲調對她說：「我想，ita Thaw應該是矮人講的話吧。在邵族人把他們全數淹死在日月潭之前，他們大概就是這樣叫的吧。你記得邵族人編了一個什麼矮人長著尾巴，很怕被人看見的故事嗎？」

「邵族因爲矮人有長尾巴，所以把他們當成異類殺死？然後……那是矮人溺死前的哀求嗎？我們是人、我們是人！這樣嗎？」里美的神色大變，全身都發起抖來，海樹兒見她這樣，連忙過來摟住她，協助她情緒平靜下來。

不知過了多久，荒木和高兩人一起漫步進入前庭的時候，四個年輕人正分坐在和室的四角，誰也沒有說話。和式桌上放著的茶點顯然也早都涼透了。高洛洛抬頭一看兩位老師回來了，連忙說：「眞是失禮，晚餐時間都過了呢，竟然沒有爲老師準備什麼。」

「沒關係、沒關係。」荒木擺擺手，「我們已經在大街上找了地方吃過了，雖然不清楚自己吃了什麼，畢竟也是別開生面的體驗啊。」

心情已經平復的里美說：「既然老師們已經吃過了，我再泡茶來吧。喝過茶，老師們不妨先洗澡休息。樓上還有一間和室，應該睡得慣吧？我們幾個就在這裡擠了。」

「那麼就麻煩你了。」荒木向里美點頭表示謝意。

里美一離開房間，荒木就轉向高洛洛：「孩子，有件事我一定要提醒你。」

「是，sensei請指教吧。」

「這些日子以來，你們幾人一定談了不少關於詛咒的事吧？」

「是的。」

「你或許不知道，這世界上最直接的咒，不是別的，就是名字。」

「什麼？」

「名字。名字就是咒。」荒木說，「我今天才第一次見到你，我知道的關於你的一切，都是聽Ko san講的，他對你有很高的評價。但是今天我看到你，感覺你落在一個相當極端的咒裡，而這樣強大的咒，恐怕就是被你的名字所限定的人生的意義了。你必須要從這個咒裡解脫出來。」

高洛洛有點困惑的說：「Sensei，我的名字是叔公夢到以前的巫師而取的，他說我有巫師的體質，若是不發揮本性，我的人生將會非常不順利。也是因爲這樣，我當初才會跟老師說要研究巫術。這、這怎會是一個強大的咒呢？」

荒木嘆了一口氣。「我不能給你什麼具體的建議，而我也並不是建議你改名。我只能說，你有一個強烈的執念必須放下。不然，你的人生就不只是順利不順利的問題了。」

這時里美端著新泡的茶進來了，放在和室桌上，笑瞇瞇的對兩位老師說：「Sensei，樓上的房間都準備好了。請先慢用茶，之後洗過澡就早點休息吧。」

老師們都就寢之後，四個人也分別去洗了澡，然後高洛洛和里美最先鑽進被窩。高洛洛雖然心事重重，但或許是身體和心理都太累了，不久就落入了沉睡。里美則是翻來覆去相當時間，呼吸才慢慢變得勻稱，顯示她終於睡著了。海樹兒的床就鋪在里美旁邊，里美入睡以後，他就轉身側躺，一直望著里美，偶爾也越過里美看著臉被長髮半遮著的高洛洛。床褥鋪在最外側的芎平躺在棉被裡，雙手枕在腦後，睜大眼睛望著高高的天花板，許久許久之後才閉上了眼睛。

## 13 第十三回

第二天早晨，當高洛洛和里美醒來的時候，海樹兒和芎的床鋪都已經打理得很整齊，顯然他們兩人很早就已經起床，只不知道往哪裡去了。兩位老師也很早起，大概是老人的習慣吧，已經跟高洛洛的叔叔嬸嬸一起吃了早餐，趁著天氣不算冷，正好出去晨間散步。結果只剩下高洛洛和里美兩姊妹把被褥一一整理好，收進壁櫃裡，然後兩人就像往常一樣，端著茶點到前廊去坐著。高洛洛還是跟平常一樣，窩在她的躺椅裡，里美則是坐在一塊墊子上。

「Nēchan，你有什麼打算嗎？」

「怎麼突然這樣問？」

「我只是覺得，nēchan或許不該再繼續巫術的研究了。」

「你爲什麼這樣想？」

「因爲，我想nēchan終究還是解不開關於阿浪大哥的心結。只要你還接觸與巫術有關的題目，你就永遠都會認爲你該爲他的死負責。」

高洛洛望著里美。這樣短的一段時間裡，里美眞的長大了啊，再也不能說她是個孩子了。

「也許吧。」高洛洛輕輕的點了點頭，「這幾天我應該就會有所決定了。」

「Nēchan，我想Araki sensei說的沒有錯，你一定要放棄這個研究…，不對，應該說，你應該要放棄你背負著巫師天資這件事情。」

「怎麼說？這怎能放棄？」

「Haisul nīchan不就是嗎？他不也有巫師的體質？但他有分寸多了。第一個勸你住手的不就是他嗎？不管你的天資是什麼，都不應該成爲人生的負擔啊。」

高洛洛臉上浮現了微笑。「Rimi，你老實跟我說，你是不是很喜歡海樹兒？」

「嘎？」里美呆了一下，「怎麼問這個問題？」

「我看你們兩個性格有很多地方相似，也談得來，他又照顧你。」

「我倒不覺得他有特別照顧我，他特別照顧的是你。他非常非常關心你哪。」

「那是因爲我是阿浪的好朋友，因爲我跟他一樣在意阿浪的死。不過也就是這樣而已。你喜歡他的話，就好好把握吧。他在台北唸書，你要不要考慮也到台北去唸書呢？有海樹兒照顧你，阿姨一定會贊成的。」

「Nēchan，再說吧。」本來爽朗乾脆的里美，竟然以這樣模稜兩可的態度回答高洛洛，「以後的事，以後再說吧。」

「怎麼這麼說呢？」

「Nēchan，這段時間雖然短，但我覺得好像長大了許多。我發現什麼事情都是有可能的，也有同樣多的事情是沒有可能的。而且，很多事情可能都有解釋，但解釋不一定會被接受，比方說我們這段時間以來仰賴的直覺、我們所做的所有推論……，欸，就像Araki sensei說的那樣，科學是不能迷信的哪，但這確實是一個迷信科學的社會不是嗎？」

「既然如此，你爲什麼還勸我放棄巫師的研究？這樣不是前後矛盾嗎？」

「一點也沒有矛盾。你不該做巫師的研究，只是因爲你不適合，不是巫師的研究不值得做。」

「我到底哪裡不適合？」

「Nēchan，因爲你不會適可而止啊。」

兩人正說著話，就見到海樹兒走進院子來。

「欸，芎呢？沒有跟你在一起嗎？」高洛洛問。

「他回台北去了。我剛送他上了火車。」

「爲什麼突然趕這樣早班的火車回台北？」

海樹兒把手插進褲子口袋裡，微微的聳起肩膀，抬頭看著天空。這是個不算很晴朗，卻也不陰沉的冬日早晨，天空是一種奧妙的藍灰色，目光所及的花東縱谷也全都籠罩在這色調之中。

「學長說，昨夜他想了很久，已經想通了，給了自己答案，所以他不會再去南庄追問任何事了。」

高洛洛好奇的問：「他給了自己什麼答案？」

「他說，他是獨子，如果他以後沒有孩子的話，就再也沒有姓苳的賽夏族人了。」

「什麼意思？」高洛洛有點吃驚。

「就是說，他認爲，不管當年發生了什麼事，這筆債可能就快要還完了。」

「什麼債？怎麼還？」

「姓獅的已經死光了，弓箭一定也已經銷毀了。鄒族說Maya就是日本人，這都已經被納入他們的詞彙裡，被大家廣爲接受，其實不太可能再被懷疑是賽夏族人。如果有朝一日，姓苳的都死了，當年的謀殺策劃者也就煙消雲散，剩下的那群人將背負著賽夏之名，就跟邵一樣，把矮人的生命延續下去。」

海樹兒看著高洛洛，平靜的說：「Nēchan，就把這一切埋起來吧。我不會因爲埋葬了古老的悲劇就埋葬了哥哥，我想你也不會的吧？」

「我永遠都不會忘了阿浪。」高洛洛以同樣平靜的眼神回看著海樹兒。

「那麼，我也該走了，該回去陪陪爸媽，不然開學後我又要在台北待好久了。」海樹兒說著，轉向里美，好像想說什麼，卻又說不出口的樣子。「Rimi chan，好好用功……呃，保持聯絡吧，有空的話……或許你會想來台北？我帶你去玩？」

「說不定呢。」里美露出開朗的笑容，只是那態度或多或少都與兩個月前他們初見面時有所不同了。

「算是我失禮了，請代我向兩位sensei道別吧。」海樹兒說著，拿了背包，上了他的越野單車，出了院子往車站的方向騎去，同時回頭向兩姊妹頻頻揮手。一陣晨風吹來，站在門廊上的高洛洛長髮飄逸，但海樹兒充滿笑意的眼光，最後還是停留在里美那被風吹得亂七八糟的短髮上。

「Nīchan，看你這樣笑，我心情就好多了呢。」

「那我就多笑笑吧。」

# 山吹花

## 第二編

## 1 第一回

四月是雨的季節。台大校園裡正稀稀落落的下著不用撐傘也淋不濕的雨。在椰林大道口不遠處，一個穿著白色短袖T-shirt和牛仔布荷葉邊短裙的少女，站在開滿細密白花的流蘇樹下，抬頭望著這細長形的花朵，呆呆的出神。

「Rimi，在看什麼呢？」背後突然有個男生的聲音傳來。

里美轉過頭去，是她已經等了一陣子的海樹兒。比起四年前剛認識的時候，海樹兒又長高了一些，站在旁邊的里美顯得個子更小了。海樹兒越過里美的肩膀，伸手去摸流蘇花上的雨珠，對里美笑了笑：「眞漂亮，是不是？」

「嗯，流蘇眞的很漂亮，聽說有個別名叫做四月雪。」

「哈，四月雪。四月雨都下不完了，現在又要下雪。」

「Nīchan，今天找我有什麼特別的事嗎？」

「今天……」海樹兒嘻嘻一笑，「今天要請你吃晚餐。我已經訂好餐廳位子了，現在就過去吧。」

「爲什麼要請我吃飯？該不是要我替你做什麼事吧？」

「怎麼會、怎麼會呢！」海樹兒笑著，拉著里美就走，「我們慢慢走過去，到的時候剛好可以入座。我可是算得很準哪。」

「就這樣淋著雨走過去呀？」

「沒聽過老歌嗎？I'm singing in the rain, just singing in the rain...」海樹兒唱著，竟然學起Gene Kelly在椰林大道上跳起

舞來，只是他的動作亂七八糟，手上也沒有雨傘，里美忍不住「嗤」的笑出來。

里美看著海樹兒，啊，沒想到短短四年的時間裡，一切竟然有這麼大的變化。十六歲那一年，表姊高洛洛的研究所同學阿浪在向天湖意外死亡，後來她們認識了阿浪的弟弟海樹兒和海樹兒的學長芎，四人就此展開了一段阿浪死亡事件的調查之旅，只是事情的收場出乎所有人的意料之外。高洛洛放棄了她一向以來立志研究的馬太鞍巫術傳統，休學了整整一年，之後才爲自己訂下新的研究題目，也獲得指導教授的同意，之後專注在課業上，在今年年初順利拿到學位了，只是還沒有決定接下來的動向。一直是個日本迷的里美，在高二那年聽從高洛洛的建議，轉學到台北，立志要考上跟海樹兒一樣的台大日文系，憑著她的聰明和專注，竟也如願以償了。海樹兒則是在日文系畢業以後選擇了唸台大戲劇所。「在現代的社會裡，巫師的體質或許在劇場裡最能獲得無害的發揮吧。」海樹兒這樣說。

他們當中最奇怪的或許就是芎了。芎連植物系都沒有唸完就去當兵，之後竟然將方向轉了一百八十度，去辦了創業貸款，開公司做起生意來了。他利用植物系學來的一些知識，專門研發一些圍繞著植物取材的產品，從家具、一般飾品、奢侈品到以植物爲主軸的各種設計，幾乎無所不包，他以自己的姓「芎」來當作品牌，把生意做到日本去，頗受日本客戶的好評。

因爲都在台北的關係，里美、海樹兒和芎經常碰面。自從上了大學以後，里美和海樹兒同在一個校園內，光是走在路上遇到的機會就不少。里美的日文系同學對於經常跟她走在一起的這位學長大感興趣，經常私下盤問她，「你們到底是什麼關係呀？」、「你都叫他nīchan耶，好親密哪」、「學長很帥呢，你不要的話就讓給我嘛」，等等，不過里美總是一笑置之。她還記得四年前高洛洛勸她「好好把握」海樹兒的時候，她自己說過一切要隨緣的話。在十六歲那一腳還在孩子的世界裡，一腳卻已經踏入成年的年紀，阿浪之死所帶來的一切經驗給了她很大的衝擊，使她對人生有了全新的看法。這世界上沒有任何一件事可以強求，如果不是水到渠成的話，努力也只是誤用人生而已。

兩人走到海樹兒預訂的餐廳時，本來就很小的雨已經完全停了，只有地面還有些濕漉漉的。里美抬頭一看，是一家新開的餐廳，看來內部裝潢相當新穎，燈光明亮，從外面看進去，屋內似乎到處都是植物，好像溫室一般。

兩人才一進門，就看到西裝筆挺的芎坐在裡面靠窗的一桌向他們招手。

「Senpai！」里美還是維持著四年前對芎的稱呼，「怎麼連你也在啊？今天到底有什麼事呢？」

「哈，你自己不知道啊？今天是你生日，請你吃飯哪。選在這邊，因爲這家餐廳有一部分的設計是我公司做的，請你們來看看。今天我買單啦，你們兩個愛怎麼吃就怎麼吃吧。」自從當了生意人以後，芎就經常將笑容掛在臉上，再也不像以前那樣老是面無表情，眼神也緩和多了，不像四年前那般銳利，令人看了不安。

「啊？今天是我生日嗎？」里美呆了一下，這才想起今天是四月十號，確實是自己的生日沒錯。她環顧了一下這家餐廳，果然設計得十分別緻，穹形的玻璃屋頂上搭著透明的架子，不知道是什麼藤蔓植物從上面垂掛下來，搭配著吊得高高低低錯落有致的燈，製造出奇異的光影效果，確實很有芎的風格。

「Senpai眞是厲害呀，什麼樣的設計都想得出來呢。」里美讚嘆的說。

「哎，做生意是最無聊的，整天就是面對一些鳥事。這世上的北七很多，偏偏都是你的客戶，那這世上的天兵呢，又經常是你的同事。無奈啦。」

「學長不適合跟一般人打交道。」海樹兒開玩笑的說，「學長太特立獨行了，做生意豈不是找自己麻煩嗎？」

「哼，說得輕鬆哪，我不做生意，你們幾個哪天有個三長兩短的時候，誰去籌錢救你們呀？」

三人說得哈哈大笑，吃了相當輕鬆愉快的一餐。晚餐將要結束時，芎和海樹兒分別拿了禮物出來，讓里美大感意外。「請吃飯就夠了，怎麼還送禮物啊？」

海樹兒和芎對望了一眼。「Rimi，你頭昏啦？你不知道你今天滿二十歲嗎？」

「嘎？」里美呆了一下。是啊，今天可不是二十歲的生日嗎，怎麼竟然忘得一乾二淨了，看來是太專注在課業上了吧。

「拆禮物吧。」苪說著，把兩人的禮物都推到里美面前。

苪的禮物是個扁長形的盒子，包著看來很高貴的包裝紙，上面還紮著緞帶。打開一看，是一條粉紅灰色的絲巾，顏色和質料都非常高雅特別。

「Senpai花了多少錢哪！」里美有點吃驚，「這樣的絲巾很貴吧！」

「你管他，學長有的是錢啦！」海樹兒說著用手肘推了一下苪，連苪也忍不住笑了：「你放心啦，到時候也少不了你的。」

海樹兒的禮物是個小小的盒子，看來應該是首飾一類的東西。里美打開一看，是一對非常細緻的金耳環，做成花的樣子。

「認得出來這是什麼花嗎？」海樹兒問。

「嗯，好像在哪裡看到過哪，可是想不太起來。」

「這是yamabuki，是春之花。」

「啊，就是山吹啊！」里美眼睛一亮，「nīchan，這是真金嗎？這可是比山吹色還要亮麗不知道多少倍了！怎麼給我這麼貴重的禮物啊！」

「生日快樂啊，Rimi，二十歲了呢！」海樹兒看著里美，滿眼都是笑意，卻又伸手把里美的頭髮抓亂了，「什麼時候才要留個女孩髮型呢？」

「我這樣不好嗎？」里美摸摸自己的頭髮，「我喜歡短髮嘛。」

「好，好得很！」苪插嘴進來，「你就是剃光頭，你

Haisul nīchan也覺得好……」

「學長！」

芎哈哈大笑，向服務生招手。「我買單啦，另外還有事。兩位請自便，慢慢走回去，椰林大道上還多得是杜鵑花瓣可以排字呢！」

里美收拾了東西，正要起身時手機響了，她拿出來一看，是高洛洛打來的。

「Nēchan！」里美接了電話，興高采烈的說，「你打來得剛好，我才剛跟Haisul nīchan和senpai吃晚餐呢！你要不要跟他們說話？」

「不用了。」電話那端高洛洛的聲音聽起來沒有什麼不高興，但也說不上有什麼高興的感覺，「就是打來祝你生日快樂的，二十歲了，恭喜你呀。最近一切都好嗎？」

「都好都好。」里美一邊講電話，一邊向芎揮手道別，跟著海樹兒出了餐廳，「你呢？舅舅、舅媽都好嗎？」

「大家都很好。那……，下次你回家我們再聊吧。幫我跟他們兩個問好。再見啦。」說著高洛洛竟然就掛斷了電話。

里美登時愣住了，「怎麼這樣？Nēchan沒頭沒尾的，講了幾句就掛掉了啊。」

海樹兒想了一下，「你上次回家是寒假吧？春假也沒回去。要不要最近回去一趟？她現在或許正在迷惑接下來的路。你不在身邊，她沒人可講，回去陪她幾天也好。」

里美點點頭。「那乾脆翹課一周好了。」

「我跟你一起去。」海樹兒說，「我也好久沒去馬太鞍了。」

里美低頭笑了笑，沒說什麼。海樹兒抬頭一看，一彎新月高掛在雨後無雲的天空，簡直就是他的心情寫照。他低頭看看走在身邊的里美，心裡暗想，四年前看著她入睡的那一夜彷彿昨日，怎麼才一轉眼，她就已經二十歲了啊。

三天後，里美和海樹兒回到馬太鞍，想要給高洛洛一個驚喜，卻很意外的從高洛洛的叔叔薩布那裡聽說，她前一天就收拾了登山背包，說要到西邊的山裡走走，還找了一個太魯閣族的朋友當嚮導，大概總要去個四、五天才會回來吧。

「太魯閣族的嚮導？」里美莫名其妙的說，「nēchan哪裡認識太魯閣族的嚮導？從來沒聽她說過呀。」

「所謂嚮導，是指有高山嚮導證的那種人嗎？」海樹兒問。

「這我就不太清楚了。不過那年輕人到家裡來接高洛洛的，說是叫做阿維，住在萬榮。看起來很實在的年輕人，說到山裡的事也很專業的樣子。我以爲是高洛洛唸研究所做田調的時候認識的朋友，所以沒有多問。」

「Nēchan做田調時認識的朋友……」里美想了一下，「嗯，也不是沒有可能。後來nēchan把題目完全大改，變成萬榮這一帶太魯閣族認同變遷的問題了，或許有訪問到這樣的人也不一定。不過阿維……，眞的是沒有聽nēchan說過這個人呢。」然後里美又轉頭去問薩布：「舅舅，nēchan有說她爲什麼要去山裡嗎？」

「啊，這倒是有提到。她說去調查一下山裡的傳說，看看是不是未來以那個做爲博士研究的題目。」

「Nēchan要唸博士？」里美相當驚訝，「我以爲她不想再唸了呢！」

「要唸博士的話，nēchan是絕對有那個聰明的，只是她的性格……」海樹兒說到一半，想到自己正站在高洛洛的叔叔面前，連忙住了口。

「哎，海樹兒，你說的沒有錯啊，我對高洛洛還是很不放心哪。」說著他轉向里美，「這幾年你不在，她越來越古怪了，論文寫得辛苦，心事又好像很多，我跟你舅媽都不敢問她什麼。倒是她有時候去找你媽媽，大概她跟你媽媽比較談得來。」

里美回頭看著海樹兒：「Nīchan，怎麼樣？反正都回來了，我們去加里洞找我媽媽問問看吧？」

「是啊是啊，你們去問問秀川吧。」薩布說，「不然我跟你舅媽也不知道該怎麼辦才好。你們騎高洛洛的機車去吧，我拿鑰匙給你們。」

梅雨將至的季節從馬太鞍騎車往加里洞去，又是一番完全不同的風情。過了太巴塱以後，田野變得開闊了，但路也變窄了。再過了產陶土的阿多莫，氣氛更是寂寥，但春天的田野卻十分青翠。海樹兒一邊騎車，一邊想著四年前的暴風雨之夜，自己怎樣千辛萬苦的騎單車撐過這一段泥濘之路，當時雨水澆灌，他連眼睛都快睜不開了，還冷得牙關直打顫。現在卻是大不相同了，春風溫和又帶著水氣，還有里美環抱著他的腰坐在後面。他一邊騎車一邊忍不住微笑，里美隱約從後視鏡裡看到他的表情，心裡大概有數，嘴角也不禁有點上揚，卻也怕被海樹兒看見，連忙轉頭去看田野風景。

騎了半天車，總算到了加里洞的家裡，偏偏校舍裡也沒有人影。里美打了電話給媽媽，才知道她今天把手工飾品帶去花蓮賣，恐怕傍晚才能回到加里洞。

「哎呀！」里美把手機往沙發上一扔，順勢就躺倒在上面，懶洋洋的望著天花板。「這到底是怎麼回事呀，要找的人全部都不在！」

海樹兒在沙發旁邊的地板坐了下來，右肘靠在沙發邊上，右手撐著頭，側看著里美，「隨遇而安吧。反正晚一點秀川阿姨就回來了啊。就算沒見到nēchan，至少回來看過你媽了。回家永遠都不會白跑一趟的。」

「也是。」里美轉過頭去看海樹兒，兩人眼光對上，又是這麼近的距離，各自都有點臉紅，也不知道要說什麼。里美連忙從沙發上坐起來，去自己的背包裡拿了一本書出來。「Nīchan，閒著沒事，你教我唸書好嗎？我讀這個好幾天了，有些地方怎麼看就是不懂呢。」

海樹兒把書接過一看，竟然是森鷗外的短篇小說集。「哎，你怎麼現在就唸Mori Ougai？這對你來說不會太難了嗎？」

「難一點比較好，進步才會快一些吧。」里美說。

「Rimi的野心很大啊。」海樹兒微笑著說。

「也沒有，其實就是對日本文化非常感興趣而已，因爲被取了日本名字嘛。」

「對了，你阿公阿媽呢？都沒聽你提過。他們給你媽媽也取了日本名字。秀川，這不是台灣人會取的漢名啊，應該是Hidegawa吧。」

「呃，我的阿公阿媽很早就過世了，我都沒見過，媽媽也沒有提。也許媽媽是因為自己取的是日本名，所以也給我取日本名吧。我不知道爸爸是誰，沒辦法知道我爸爸對我的名字有沒有參加意見。」

「嗯，以前取日本名的真的很多。我爸爸也是啊，叫做Hideyama。」

「耶？Hideyama？秀山嗎？這跟我媽媽的名字好像兄妹一樣啊！」

「這麼一說倒真的是呢。不過我媽媽就不是了，她的就是傳統的鄒族名字。」

「哎，nīchan，好羨慕你啊，知道自己的父母是誰。就算沒辦法見到爸爸，知道他的名字也好啊。有個名字，至少給我一點想像的依據。」

「你很想找到你爸爸，嗯？」海樹兒望著里美那充滿期望的臉，「那，我來幫你找他好嗎？」

里美的眼睛裡閃過一絲光彩，但隨即又暗淡下去。「往哪裡去找？媽媽什麼都不肯告訴我，根本沒有線索⋯⋯。」

海樹兒哈哈大笑，習慣性的伸手把里美的短髮抓得亂七八糟。

「Rimi，你忘記了我有巫師的體質啊！」

「巫師的體質⋯⋯。」里美喃喃重覆了一遍。這個詞彙在她腦中喚起許多記憶，使她想起了只見過一面的海樹兒的哥哥阿浪，和那些冒著生命危險追查傳說線索的日子。她看著海樹兒開朗的笑容，也想跟著笑，想要像漫畫裡的角色一樣興致高昂的說，「你一定要幫我找到爸爸喔！」但她卻笑不出來，此時掠過腦海的，不知怎麼的竟是高洛洛那略顯憂鬱的臉。

「Nēchan去山裡追什麼傳說呢？」里美想著，突然間不安起來。傳說，不知道何時起，她竟然有點害怕聽到這個名詞了。

## 2 第二回

四月初春，即使海拔還不算高的山間卻也已經相當寒涼了。高洛洛和她的嚮導阿維都穿著防水外套和質地堅韌的牛仔褲與牢靠的登山靴，不疾不徐的往山裡走去。阿維在前，高洛洛緊跟在後，因爲還在算是容易前進的山道上，兩人走得相當輕鬆。高洛洛一邊走著，一邊告訴阿維她此行的目的。

「黃金？你要在這邊的山裡找黃金？」阿維聽了相當驚訝，「你認爲這邊的山裡有黃金嗎？」

「嗯，其實我也不知道這裡是不是眞的有黃金。」高洛洛說，「但是我想知道爲什麼會有這樣的傳說。」

「就算查出來了，要做什麼呢？」

「我想拿來做博論的題目。」

阿維聽了更加驚訝。「你想要唸博士嗎？之前你寫碩論的時候不是說，寫得好累，以後再也不想寫論文了？」

阿維說的是實話。他們兩人之所以認識，是因爲高洛洛改了論文題目以後，到萬榮與不少太魯閣人進行過訪談，阿維是其中一個。因爲年紀相仿，兩人算是蠻談得來，很快就成了朋友。高洛洛確實曾經向阿維抱怨過，說寫論文眞辛苦，拿到碩士學位以後，一輩子都不想再接觸研究了。

「我是說過這樣的話沒錯。不過，寫論文的人都會這樣抱怨吧，其實我不是眞的討厭做研究。」

「還是……」阿維遲疑了一下，「呃，我不是想打聽你的隱私，你也不一定要回答我的問題啦，我只是想問一下，是不是因爲你的對象在唸博士，所以你也想繼續唸博士啊？」

「我沒有對象。」高洛洛很乾脆的說。

「像你這樣聰明漂亮的女生會沒有對象？」阿維一臉難以置信的表情，「不過，嗯，也許就是因爲太聰明漂亮吧，男生大概不敢追求你。」

「嗯，從小到大眞的沒有人追求過我。」高洛洛說。這時她腦中突然浮現了阿浪的臉。

「哪有阿美族像你這樣整天愁眉苦臉的？」

四年了，她還記得他們一起坐在餐廳裡時，阿浪笑嘻嘻的這樣對她說。

「大概是因爲我個性不好吧。」高洛洛說。

「啊，怎麼這樣說自己呢，我看你是個很好的人啊。」

「我的人生有很大的問題哪。」

「什麼問題？」

「不知道。」高洛洛如實回答，「我不知道自己該做什麼。

我總是覺得很困惑。看別人的時候，好像大家都很清楚知道人生的方向在哪裡，但我卻不知道。」

「唸博士的打算，難道不就是一個具體的方向嗎？」

「我不知道。」高洛洛把挽在腦後的長髮放了下來。山霧使她感覺到後頸有點太涼了。

「雖然沒有經驗，但我相信唸博士很辛苦，如果你眞的去唸的話，希望你一切順利。」阿維很誠懇的說，「噢，如果你不介意的話，可不可以跟我講講你想要查的那個關於黃金的傳說？聽起來很有趣。」

「嗯，我從小就聽人說，馬太鞍西邊的深山裡有金礦，據說是在很深的山裡。小時候就聽說過有些人入山去尋金，但要不是無功而返，就是再也沒有回來，從來沒有聽說過誰順利的找到黃金。」

「會不會是誤會呢？」阿維說，「這裡的山在大雨過後，會有大量的土石沖刷下來，花蓮溪水量還很豐富的時候，還經常可以找到愚人金呢。」

「什麼是愚人金？」

「就是氧化鐵啊。含有氧化鐵的石頭，看起來金紅金紅的。或許是因爲這樣而產生了誤會吧。」

「愚人金啊。」高洛洛聽了，一副並不放在心上的樣子。「長久以來傳說的黃金，會是這樣的誤會嗎？族人會連氧化鐵跟黃金的差別都分不出來嗎？」

「呃，當然我也只是隨口揣測而已。」阿維馬上說明，大概是不希望高洛洛誤以爲她的話被當作無稽之談吧。

「不過，」阿維遲疑了一下，「你邀我來當嚮導，只說是想在山裡散散心。這跟追尋傳說應該沒有什麼關係吧？我根本不知道你們傳說有黃金的地方在哪裡，這一點我可能幫不上你的忙。」

「啊，當然不是要你帶我去找黃金，連有沒有黃金都不知道呢。我只是想花幾天的時間，先熟悉一下這邊的山區。我們阿美族畢竟是住在平地上的，通常不會進入深山，所以我對山的認識實在很少。你是太魯閣族，又是高山嚮導，所以想請你給我一些基本的訓練。」

阿維不禁失笑。「若眞的要熟悉山區，訓練也不是這樣訓練的啊。算了吧，這次就當作出來玩玩，反正我本來也沒打算帶你進太深的山裡。像你這樣一點經驗都沒有的人走太遠的話實在太危險了啊。」

「嗯，那麼一切就麻煩你了。」

兩人正說話間，樹林裡漸漸開始下雨了。一開始雨還不大，被層層樹葉遮擋著，對高洛洛他們兩人沒有什麼影響。但不到半個小時，就發展成傾盆大雨，即使在枝葉最濃密的樹下也無法倖免。還好兩人都穿著防水的外套，把帽子也繫上以後，狀況就好得多了。阿維又採了兩片很大的芋葉，兩人拿來當作傘用。

「不過這不是辦法，」阿維觀察了一下天色和山勢，「這雨恐怕下到半夜都不會停，這裡也不是紮營的地方，我們得先找個避雨的地方才行。」說著他上下左右的張望了一陣子，指著前方地勢略高之處說，「那邊或許會有山洞，我們往那邊去看看吧。不過現在這路很泥濘了，你要跟緊啊。」說著他就半側著身，一手握住高洛洛的手腕上方，小心翼翼的確認每一步，帶著高洛洛慢慢的前進。

就這樣慢速前進了一段時間，果然找到了一個不算太小的洞穴。阿維四處觀察了一下，確認這附近的土石相當結實，就跟高洛洛一起進了洞裡。在雨裡跋涉了近一小時以後，兩人終於能夠放鬆一下，卸下背包和外套，斜靠在石壁上休息。

果然如阿維所說的，雨不斷的下著，完全沒有要停的態勢。天色略黑之後，山裡變得更冷了，阿維拿出乾糧給高洛洛，又很熟練的生了火，如此一來兩人就能圍著火堆取暖了。

兩人靠著火堆吃東西，有一搭沒一搭的談話。過了一陣子，高洛洛不知不覺就談起了四年前的那場往事。她提起自己最好的朋友阿浪在向天湖神秘死亡，之後她和海樹兒、里美以及芎一起追查這整件事情，經歷了很多辛苦。

「後來你們查出阿浪的死因了嗎？」

「嗯。」高洛洛回答，「爲了你的安全起見，我不能告訴你究竟是怎麼回事，只能說，那是與巫術和詛咒有關的。」高洛洛說著，落寞的低下了頭，「我從小就被長輩說有巫師的體質，所以我對巫術特別有興趣，本來我的研究是馬太鞍的巫術傳統，但那件事情之後，我再也沒有能力去接觸與巫術有關的課題了。休學了一年，我才跟老師商量，選了一個完全無關的題目，去做太魯閣族認同的問題。那個題目做得很辛苦，因爲不是我眞正的興趣，可是我又覺得自己不能不把碩士唸完，只好硬著頭皮把論文寫完了。那時眞的心裡好累，所以有時才會跟你抱怨說，再也不想做研究了。」

火光明滅，映在高洛洛那略顯蒼白的臉上。阿維看了她一陣子，然後很謹慎的說：「我跟你其實沒那麼熟，或許沒資格多說什麼，不過，我覺得你想要做的博士研究，好像不是很適合你……。」

「爲什麼這樣說？」高洛洛大感驚訝，「我只是想要調查一個傳說的來源，做個口述傳統的分析。」

「這跟你剛剛提到的過世的阿浪先生做的東西不是有點像嗎？」

高洛洛驚訝的轉頭看著阿維，呆了一下以後說：「不過，這不表示我會步上他的後塵吧？」

「嗯，我倒不是這個意思。」阿維說，「我的意思是說，其實我們原住民的許多傳說，多多少少都跟巫術脫不了關係。你剛剛說想要追查這裡黃金傳說的來源，而過去又有許多人入山尋金一去不回。你不覺得這裡面也……欸，我不知道該怎麼說明才好，你懂我的意思嗎？」

「我……不太確定……」高洛洛遲疑的說，「山裡藏著黃金的傳說，跟巫術能有什麼關係？」

阿維笑了笑。「我當然不知道這跟巫術有沒有關係。我只是覺得，你好像有那個先天的傾向，把任何事物都導向那個方面。啊，我這樣講沒有冒犯你的意思……，不過，你是不是一直下意識的選擇一些有風險的東西在研究呢？當然，萬榮那邊太魯閣族的認同問題就不是這樣，不過那是你爲了拿到碩士學位，不得不做的比較實際的選擇。可是，現在你考慮要唸博士，你在想的題目，聽起來卻非常詭異哪。」

「詭異？」

「嗯，我認爲，舉凡牽涉到使人行蹤不明的事件，都是相當詭異的，尤其是發生在山裡的。」

「爲什麼這樣說呢？」

「你們阿美族或許比較不了解吧。我們太魯閣族是山的民族，我們親近山，山是我們的世界，山給予我們所需的一切，但是，山也有向我們有所索取的時候。」

「你是指山難一類的事嗎？」

「不不不，當然不是。」阿維笑起來，「山難是明明白白發生的事，就算有時候連遺體都找不回來，但畢竟是件明白的事。但當有人被山索取的時候，到底發生了什麼事情，我們是無從得知的啊。」

「所以，你是好意勸我不要選擇這個黃金傳說當作研究題目嗎？」

「其實我不清楚博士的研究應該具備什麼樣的條件。」阿維很坦誠的說，「我只是覺得，依你的個性，似乎不太適合去接觸這麼詭異的題目。」

高洛洛呆了一陣子，沉默著不說話。阿維雖然不是很熟的朋友，但或許這就是所謂的旁觀者清吧，他竟然說了里美和海樹兒都曾經說過的話。

「你應該要放棄你背負著巫師天資這件事情。」

里美是這樣說的。

「你有巫師的體質，但那不表示你要成爲巫術的奴隸。」

海樹兒也曾握著她的雙手，懇切的這樣對她說過。

但令她不解的是，她並不知道自己到底在什麼地方出了問題。她以爲自己只是在尋找感興趣的題目而已，但爲何連不是很熟的阿維都這樣直接的說，你恐怕不該碰這個題目吧。

高洛洛陷在自己的沉思裡，久久不說話，阿維坐在旁邊也一言不發，只是一直注意火堆，保持著火勢。洞外的雨還是相當大，不過因爲火的關係，洞內倒是十分溫暖。阿維幫高洛洛鋪好了睡袋，笑著說：「累了吧？你不習慣走山路，累了就先休息，我來顧這個火。」

「因爲明天要早起，所以要早睡嗎？」

「喔，不，依我看，這雨下到明天都未必會停，如果明天上午還是這樣的大雨，我們最好下山去，不然恐怕有危險呢，再往裡走的話，就眞的是深山了。」

「是嗎？」高洛洛有點失望的說，「我還希望能在山裡待個幾天呢。」

「總要以安全爲重啊。就算這次不行，下次我再帶你來就是了。」

「謝謝你。」高洛洛說著就鑽進了睡袋裡，但還是望著坐在火堆前的阿維。還好有個有經驗的人在身邊，不然在山裡遇到這樣的狀況，她自己還眞的不知道該怎麼辦呢。她看著阿維許久，腦中思潮起伏。她想起了阿浪。阿浪也是山的孩子。如果阿浪沒有死，他們一起到山裡來的話，又會是什麼情景呢？想著想著，她漸漸的就睏了，但在她閉上雙眼之前，還短暫的瞥到火堆前阿維的背影。怎麼回事，她迷迷糊糊的想著，怎麼看起來好像阿浪……？

一覺醒來的時候，火已經熄了，縷縷白煙顯示火熄了應該還沒有很久。高洛洛坐起身來，看到旁邊有一個空著的睡袋，顯然是阿維昨夜用的，不過現在阿維卻並不在山洞裡。高洛洛往外一看，外面還在下雨，似乎確實如阿維所說，雨勢一點也沒有變小的樣子，看來今天大概非得乖乖下山不可了。高洛洛嘆了口氣，把睡袋稍微折了一下，變成一個墊子，就坐在上面靜靜的等待阿維回來。她想阿維大概是去探看回程的路況了吧。

時間一分一秒的過去，阿維始終沒有回來。高洛洛等到將近中午，還是不見阿維的人影。她開始感到非常焦慮緊張，只好穿上外套，把帽子也繫好，冒著大雨走出山洞去找阿維。雖然她很注意自己的路徑，但走了一陣子以後，她確定自己已經在山裡迷了路。不管從哪個方向看過去，樹林都很相像，濃密的樹冠和大雨又使她完全見不到陽光，因此也無法依靠太陽來判斷方位。一旦慌亂起來，她在樹林裡走得更加沒有章法，完全不知道該怎麼處理眼前的問題。更糟的是雨竟然越下越大，她開始感到饑餓、寒冷。怎麼會這樣、怎麼會這樣！高洛洛在心裡喊著，怎麼會發生這樣的事！阿維到底在哪裡啊！她心裡著急，腳下一滑就摔倒在一片斜坡地上，登時覺得左腳踝關節一陣巨痛。她試著要把登山靴脫下，想查看到底傷勢如何，但只要略微一動鞋子，就立刻痛得冷汗直流，她只好在原地維持著那樣的坐姿，動也不敢動。大雨透過層層樹葉，毫不留情的打在她身上，而她只覺得腳越來越痛，痛得甚至連冷的感覺都失去了。

但不能這樣啊！高洛洛在心裡吶喊，絕對不能白耗在這裡！她不知道自己在哪裡，沒有道理相信阿維能夠找得到她。再者，阿維一整個上午都不見人影，誰知道他自己是不是出了什麼事。「我一定得靠自己的力量下山才行啊！」

於是高洛洛用手撐著泥濘非常的草地，強迫自己用右腳站了起來，但她很快就發現自己的左腳根本就不能施力和受力。她只好又再壓低了身體，半爬行似的把自己挪近一道可以依靠的山壁，再以同樣的方式努力站起來，然後完全只靠雙手和右腳的力量，拖著左腳慢慢前進。但沒有多久，左腳關節的陣陣刺痛就使她眼冒金星，她只覺得眼前一亮，整個人失去了平衡，隨後又聽到「空」的一聲，頭上一陣巨痛，然後就什麼都看不到了，只隱約聽到有人在遠處叫喚她的名字。

「阿浪……」高洛洛輕喊了一聲，然後就失去了意識。

## 3 第三回

雖然高洛洛跟叔叔說，到山裡去大概要四、五天才會回來，但第二天馬太鞍一帶就下起了大雨。海樹兒特別留意馬太鞍西邊的山群，認為那山裡的雨勢必然比平地上驚人許多，雖然看起來山區的植被完整，土壤應該相當穩定，但在這樣的豪雨之下，嚮導阿維竟然沒有帶著高洛洛下山，也實在令人擔心。到了第三天，高洛洛和阿維還是不見人影，海樹兒和里美索性就到馬太鞍借住在高洛洛家裡，打算雨勢略小就立刻入山尋人。

「就算雨變小了，你們入山也不好吧。」高洛洛的叔叔薩布相當不以爲然，「阿維是專業的嚮導，如果是他都不能解決的事，你們兩人再去，不是只會更糟嗎？」

「Ojisan說的是沒錯，」海樹兒說，「但總不能坐視不管啊。手機聯絡不上，難道就這樣空等嗎？」

「報警好嗎？」里美很擔心的說，「已經三天了哪，警察應該不會不管吧。」

「報警好，報警好。」薩布連忙叫妻子打電話報警，然後再三叮嚀海樹兒和里美兩人，「無論如何，你們都不准離開這裡！」

「可是，舅舅……」里美還想爭執，薩布回過頭來，以里美從來沒有見過的嚴厲眼光以阿美語說：「不准離開！難道你沒有聽過中詛咒這回事嗎？你以爲不會發生嗎？！」

「中詛咒……」里美登時愣在當地，薩布不再理會她，就急著趕去從妻子手中接過電話說：「喂？我是薩布。這個事情電話裡講不清楚，我現在立刻過去派出所好嗎？嗯嗯，好的，馬上見了。」

掛了電話，薩布拿了車鑰匙就要出門，臨走前他又再次回頭對里美說：「你一定要聽舅舅的話。不要不把詛咒放在心上。無論如何，在我回來之前，你們兩個都不准離開這間屋子！」

薩布一離開，海樹兒馬上詢問里美：「薩布叔叔說的是什麼？」

「我不知道。」里美苦著一張臉，「舅舅說的是以前有人中詛咒的事，但是我自己從來沒經歷過。而且也沒聽說馬太鞍西邊的山跟詛咒有什麼關係。」

海樹兒沉吟不語，里美著急起來：「Nīchan，你有什麼看法，趕快說呀。」

「唉！」海樹兒嘆了一口氣，「你舅舅不是說，nēchan這次去山裡，是想查查山裡的某個傳說，或許以後拿來做博論的題目？現在nēchan跟嚮導一起不見了，你舅舅又急成這個樣子，想必他已經猜到是關於什麼事了吧。你就再想想，印象中有沒有什麼事情是跟西邊的山有關的呢？」

「西邊的山、西邊的山……」里美苦思著，卻想不出什麼名堂來，感到非常懊惱，「哎！就是我平常太不注意這些了，不然怎麼會什麼都想不起來，我怎麼這麼沒用、這麼沒用啊！」說著眼淚已經在她眼眶裡打轉了，「nēchan不能失蹤啊，我不要同樣的事情再發生啊！Nēchan！」

海樹兒知道表姊下落不明使里美聯想起四年前的悲劇，說不定她心裡相信高洛洛已經死了吧，顯然她現在處在一種極度的恐慌裡。海樹兒連忙過去擁住里美：「Rimi，你緊張難過想哭的話就哭，好嗎？我在這邊，你要哭就安心的哭，不要憋在心裡。不過你相信我，nēchan一定沒事的，她不會跟我哥一樣的，你相信我好不好？」

里美抱住了海樹兒，果然大哭起來。「Nīchan！怎麼會這樣？怎麼會這樣？！」

傾盆大雨還在下著。海樹兒抱著里美站在門廊上，輕輕的搖晃里美，就好像哄小孩一樣。

「Rimi放心，Rimi放心，我在這裡陪你……」

哭了一陣子，里美的情緒總算穩定了一些，就去窩在高洛洛平常慣坐的躺椅裡。她抱著自己的雙膝，紅著眼睛看著海樹兒，看來十分無助。海樹兒忍不住在心裡嘆氣。四年前讓她參與了那件事，或許對她來說衝擊還是太大了，雖然整個過程裡她都表現得相當成熟，但當時她畢竟才十六歲哪。讓一個十六歲的少女接觸到死亡和詛咒，不管她從中學習領悟到了什麼，是不是都太過份了？

里美看海樹兒一直望著她，就開口問道：「Nīchan，你在想什麼？」

「我在想，四年前那件事，或許當時就不該讓你參加。」

「爲什麼？」

「因爲我現在發覺你心裡有陰影。那件事情對你來說還是太殘酷了吧？」

里美搖搖頭。「我不這樣覺得。我不覺得那件事對我有什麼負面的影響，反而覺得我領悟的一切都很正面。我會這麼激動，是因爲現在不見的人是nēchan。她雖然勉強逼自己完成了一個不感興趣的碩論，但現在一定又不知不覺的在往老路上走了。一定是這樣的！這樣下去怎麼行呢。她爲什麼就是不能放手呢？」

海樹兒也在門廊上的一個軟墊上坐了下來。「Rimi，你讀過村上春樹吧，記得有一部小說叫做《舞、舞、舞》嗎？」

「嗯，有，奇怪的故事，裡面的人都叫些怪名字。」

「對，那裡面有個十幾歲的女孩子，叫做Yuki，雪，記得嗎？那個女孩子天賦異稟，但是她的才華沒有焦點，只是漫無目的的發散。她媽媽叫做Ame，雨，是個才能高度集中的人，甚至連身邊的人的能量都會被她吸收，轉變成她創作的能量。這對母女一樣的天才，但是性格卻完全不同。」

里美呆呆的聽著。海樹兒又說：「在我看來，nēchan就跟Yuki很像。她有很高的才華，但那才華缺乏目標，只是隨處飄散。」

「難道要nēchan變成Ame嗎？」

「當然不是那個意思。」海樹兒笑起來，「我的意思是說，她必須要找到一個方向，既可以發揮她的天賦，又不損及她自己和身邊的人。我不覺得研究對她來說是什麼合適的工作，因爲她就是會不由自主的去尋找一些不利的題材來處理，讓自己陷入險境。」

「那你覺得她適合做什麼呢？」

「藝術家吧。」海樹兒幾乎沒怎麼想就回答了，「除了藝術以外，還有什麼可以給她足夠的空間，讓她能夠發揮自我，又不被自己的天賦所吞噬呢。」

「就像nīchan一樣。你選擇去讀戲劇所，也是類似的原因吧。」

「嗯，確實是這樣沒錯。」

「那我呢？」

「Rimi嗎？」海樹兒微笑起來，「Rimi……Rimi是個聰明的好學生，做什麼都會成功的吧。或許未見得一帆風順，但我在你身上看不到什麼值得擔心的事情。」

「Nīchan眞會說話，只是挑好話安慰我吧。」里美笑了笑。嘴巴上雖然這麼說，其實心裡感到相當高興。

海樹兒沒有辯解，只是帶著笑容看著里美，但又突然想到，或許一直看著她會使她尷尬，於是又轉頭去看花園裡大雨中的花花草草。

「這樣的大雨，透過這道雨瀑，景色居然相當美豔。」

「Nīchan在寫中文的俳句嗎？」里美笑出來，「眞是不錯的意境。把它改成日文，把格式修正好，應該會相當不錯吧。」

兩人說說笑笑，過了一陣子，看到薩布叔叔開著車回來了。薩布將車停在院門旁邊，開了車門，連傘也沒拿，就直接跑過草地上到門廊來。

「舅舅，派出所那邊怎麼說呢？」

薩布在門廊上坐下，嘆了口氣：「沒有什麼大用。他們說，雖然山區大雨，但是並沒有災情發生，又有專業嚮導，可能只是在避雨吧。哎，總之他們認爲兩個成人去登山，而且本來就沒有打算進入深山的話，沒有理由現在大驚小怪。」

「怎麼這樣？」里美瞪大了眼睛，「從他們離開到現在都超過七十二個小時了哪，他們怎麼像沒事人一樣！」

「Ojisan，我想請教一個問題，不知道方不方便？」海樹兒突然插嘴，但態度顯得格外小心客氣。

「嗯？你說。」

「Ojisan是不是對於高洛洛到山裡去查的事情心裡有數？

不然爲什麼跟Rimi再三提到中詛咒的事呢？難道ojisan認爲她已經……中了詛咒嗎？」

薩布深吸了一口氣，顯然他沒有料到海樹兒會問出這番話來。

「既然你問起，我乾脆就照實說了吧。」薩布呼了一口氣，彷彿這個要把事情說出口的決定讓他感到輕鬆許多。「其實，以前就有這樣的傳說，說在我們西邊的深山裡藏著黃金。」

「黃金？」海樹兒和里美都吃了一驚。海樹兒連忙問：「所謂黃金是指一個寶藏，還是說山裡有金礦？」

「這就不清楚了，傳說只提到西方的深山裡有黃金。你們在馬太鞍田地往西看，不是可以看見一座特別險峻的山峰嗎，傳說中的黃金就在那座山之後。那座山其實已經蠻遠了，而且光是遠看就已經讓人覺得很有壓迫感，要到那座山之後的不知道哪座山裡去尋找黃金，眞是令人生畏的念頭。」

「舅舅，眞的有人去尋金嗎？」里美問。

「當然了，一直都有的。」薩布說著，嘆了一口氣，「你阿公就是去尋金，死在山裡的。」

「什麼？！」里美的臉登時白了。

「秀川當然都沒告訴你這些吧，唉，你阿公和另一個太巴塱的朋友一起去的，當時兩個人大約都才三十幾歲、四十不到吧。秀川跟我差不多大，那時剛上小學而已。你阿公他們兩人一去不返，後來你阿媽拜託好多人去找，最後還是萬榮那邊的太魯閣族找到的。找到的時候已經死了很久了。他們死在一個懸崖下，你阿媽求了好久，才有幾個太魯閣族的年輕人願意冒險下懸崖去把遺體運上來。遺體到家裡的時候，秀川都還不知道發生什麼事情的樣子，唉！」

「那，那後來呢？」

「後來，後來就你阿媽一個人種地養大秀川啊。秀川很小就要在田地裡幫忙，眞是辛苦。到秀川唸高中的時候，你阿媽也過世了。辦完喪事沒有很久，秀川就離家了，一去不回，怎樣都聯絡不上，一直到十幾年前她帶著你回來。」

這段故事讓里美不知道該怎麼反應才好，只呆呆的窩在躺椅的角落裡。海樹兒看她這樣，一邊握住里美的手，表示關心的意思，一邊轉頭繼續詢問薩布：「那麼，還有其他的人去山裡尋金嗎？」

「有的，一直以來都有。」薩布又嘆了一口氣，「其實連我父親都去過的，跟一群其他的人，不過他們倒是都安全的回來了，說什麼也沒找到。也有一些人去了就再也沒有回來。最後一次去尋金，就是里美的阿公和太巴塱的另外那位阿公。在那之後，至少我沒有再聽說有誰去過。」

「那麼，ojisan爲什麼對於高洛洛進山裡感到那麼緊張呢？是懷疑她想要調查的就是這關於黃金的傳說嗎？」

「他們離開的時候我根本就沒想到這回事上來。但連續下這樣的大雨，高洛洛有嚮導帶著卻不見人影，我才想到，說不定她是去找黃金。但她不能去找那黃金呀！」

「對不起，ojisan，你可以說明白點嗎？」

「那黃金的傳說……哎！那黃金是別人所留下的，不知道是誰，反正不是我們阿美族的人。他們留下黃金在那裡，並且下了詛咒，好保護他們的黃金。所以舉凡去找黃金的，都會中他們的詛咒。我這麼著急就是擔心高洛洛她也跑去找黃金。啊！那詛咒不能不信呀！我親眼見到秀川的父親被送回來的樣子啊！」

「可是，ojisan，高洛洛不是說她是去調查傳說的嗎？我想她應該不是去找黃金吧？應該只是想去了解一下地形，好做關於這個尋金傳說的研究。」

「她是這麼說的沒錯，但詛咒哪裡管那些呢？」

「Nēchan……」里美喃喃自語著，然後抬頭看著海樹兒：「怎麼辦，nīchan？警察不管，我們是不是自己去找？」

薩布連忙說：「不行不行，我不能讓你們去。就算高洛洛眞的出事了再也回不來，我也不能讓你們去。去了只有一個下場，怎麼能去！」

「Ojisan，」海樹兒倒是很平靜，「我想事情應該沒有那麼糟吧，令尊不也跟一群朋友去尋金，又安然的回來了嗎？我去找他們，當然也可能平平安安的回來呀。」

「我爸爸他們能夠平安回來，一定是並沒有到致命的地方，不然……哎，總之，你們一定要相信我。我爸爸雖然平安回來了，但他嚴厲的告誡過我，無論如何都不能去找那黃金！他沒有告訴我理由，但他這麼說，我就這麼遵從了，這一輩子我從來沒有對那些黃金好奇過。老人的教導一定是有道理的，不要去違背它，千萬不要去違背它！」說著，薩布就起身走進屋裡去了。

海樹兒轉過頭去看窩在椅子裡的里美，只見她臉色蒼白，眼神十分憂慮。

「Rimi！」海樹兒拉了一下她的手，輕聲的說，「不管怎麼樣，不要忘了我還在這裡陪著你啊！」

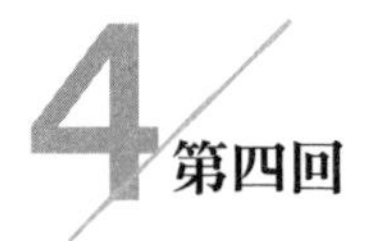

## 第四回

高洛洛是被阿維背下山的，因爲她的左腳踝關節嚴重脫臼，已經完全不能走路。爲了要把高洛洛負在背上，阿維把多數的裝備都拋棄了，只把最重要的工具和乾糧收在一個腰包裡，另外讓高洛洛披著一個用防水布包著的睡袋來保暖。他自己則只穿著防水的外套並繫著雨帽。他們入山時走了大半天，但這趟回程卻耗去了近兩天的時間，而在這兩天裡，雨從來沒有停過 。

終於將高洛洛背負到就在山腳下的家，放在門廊上時，阿維立刻就癱倒在因連日豪雨而積水的草地上。里美和海樹兒聽到聲音奔出來時，只見高洛洛臉色慘白，阿維則已經不醒人事，兩人很快的被送往鳳林的醫院。除了高洛洛的腳傷比較嚴重，處理後還必須上石膏固定以外，兩人基本上只是疲累過度和營養不足，因此復原的狀況十分良好。

這樣一次經歷之後，高洛洛變得比之前更加低落了。她不太願意談她去山裡的目的，對於里美和海樹兒勸她放棄這個題目，也多半沉默以對。她偶爾還跟里美聊聊天，但卻明顯的避著海樹兒，回到家裡後的幾日裡，她與海樹兒的交談次數幾乎用一隻手就可以數完了。

有一天，高洛洛又坐在門廊上的躺椅裡時，海樹兒趁著里美不在，乾脆直接走到她面前說：「Nēchan，我們談談吧！」

「談？談什麼？」

「我看得出來，你似乎蠻喜歡最近常來看你的這位阿維大哥。他好像還沒有向你表白？不過他千辛萬苦在雨裡走了兩天把你背下山，光憑著這一點，他的心意應該已經很明白了。只是，我覺得你有點在迴避他的樣子。」

「你想說什麼？」高洛洛儘量以冷淡的態度回應海樹兒。

「我想說的是……你心裡……還在掛念我哥嗎？」

「啊！」高洛洛忍不住驚呼一聲，但隨即又將聲音壓了下去。

「阿浪已經不在了。」她轉過頭去，看著沒完沒了的雨繼續落在草地上。

「Nēchan，你心裡爲什麼有這麼多事情放不下？你放不下我哥，這不會使你獲得幸福。你不去爲你的天賦尋找合適的出口，這也不會使你的人生變得比較順利。」

高洛洛露出相當疲倦的表情。「你不要再說了。」

「Nēchan，我不說的話，就沒有人會跟你說了。」海樹兒直視著高洛洛的眼睛，很堅定的說，「你看到這位阿維大哥，就想到我哥，你想到我哥，就受不了見到我，不是這樣嗎？你刻意避著我，不就是因爲我長得跟哥哥很像嗎？」

「你在胡說八道什麼東西！」高洛洛被他說中了心事，竟然惱怒起來，「你又不是今天才長得像阿浪，我怎麼會現在突然因爲你們長得像就避著你？」

「因爲你遇到喜歡的人了啊！」海樹兒說，「你很喜歡那位阿維大哥吧，既然如此，爲什麼要想著我哥呢？哥哥不會回來了呀！」

高洛洛抬起頭看著海樹兒，她的臉色既震驚，又難過。

「而且……」海樹兒遲疑了一下，然後才下定決心似的把話說出口：「而且、而且我永遠也不會變成我哥啊！我是海樹兒，我不是阿浪啊！」

高洛洛往躺椅裡向後靠，閉上了眼睛。「我很清楚你是誰。海樹兒，這是我家，麻煩你離開吧。」

「Nēchan……」

「帶Rimi回台北去上課吧！」

海樹兒站在門廊上望著高洛洛，不知道該說什麼才好。

靠在躺椅裡的高洛洛思潮起伏。她想起初見海樹兒的雨夜，想起新中橫公路上幾乎發生的車禍，想起在阿浪的宿舍裡挑燈夜戰、尋找資料，也想起她怎樣看著海樹兒幾乎連性命都不要了，在冬夜裡潛入向天湖。最後是海樹兒、里美和芎共同勸服了她，不要再繼續追究阿浪的死，或者說，不要再追究賽夏族與矮人的關係。那不過是四年前的事，當時雖然因爲阿浪的死很心痛，但畢竟她感覺身邊的人與她很接近，而不是像現在這樣。現在在她的感覺裡，曾經與她一同出生入死的海樹兒已經離她很遙遠了。她希望里美在海樹兒身上找到幸福，但當這祝福似乎正在一步步成眞的時候，她心裡竟然五味雜陳，不知該怎麼反應才好。當時就比較有距離的芎就更不用說，現在更是生活在另一個與她無關的都會商業世界裡。現在除了阿維以外，她好像已經沒有朋友了。阿維最近常來看她，她其實很樂意見到他，但正如海樹兒所言，阿維總是使她想起阿浪，雖然這兩人根本完全不同。

「Nēchan……」海樹兒的聲音打斷了她的思緒，她又再度張開眼睛，看到海樹兒很誠懇的臉。「Nēchan，你要我走，我就走。但是請你記得我的話：你不要再做研究了，這對你眞的沒有好處，你再追著這些與詛咒有關的傳說跑，總有一天你會付出性命做爲代價。薩布叔叔知道那關於山裡黃金傳說的事，他還說，他爸爸告誡過他，絕對不能去尋找那黃金。」

「叔公說過這樣的話？」高洛洛非常訝異。

「是的，別人的話你不聽，你叔公的話你總該聽了吧？」海樹兒抱著一點希望這樣說，「你叔公親自去尋金過，他是少數平安回來的人之一。他說那黃金是被詛咒的，告誡你叔叔千萬不能去追求。」

「我對黃金本身沒有興趣，我只是想要了解那個黃金傳說的來源。」

「Nēchan，你看過村上春樹的小說嗎？」海樹兒突兀的問。

「啊？」高洛洛十分意外，「我看過幾本。」

「看過《舞、舞、舞》嗎？」

「沒有。」

「去看這部小說吧。那裡面有個角色叫做『雪』，跟你有點像。」

「爲什麼要我去看呢？」

海樹兒嘆了一聲。「Nēchan，你心裡一直對自己的人生感到疑惑不是嗎？或許看了那小說，從一個旁觀者的角度來看故事裡的『雪』，會對你有所幫助吧。啊，你現在行動不便，乾脆我現在就上網幫你訂書。」說著他就進了後面的和室，拿自己的電腦出來，問了高洛洛家的地址之後，很快的在網路書店訂好了書。

將自己的背包迅速收拾好以後，海樹兒再度來到前廊上。「Nēchan，我感覺得到，你心裡很孤獨，但那是你的錯覺。你以爲你跟大家之間存在著的距離，只是你的錯覺而已。你今天要我走，我立刻就走。但請不要忘記，當你有需要的時候，我絕對不會向你說個『不』字，絕對不會。我們當中的任何一個人都不會的。」

海樹兒就這樣撐著傘走了。高洛洛看著他在雨裡離去，心裡明白所謂「我們當中的任何一個人」，指的當然是他、里美和芎三個人。她心裡似乎感到一點安慰，但同一時間她又莫名的覺得，其實那一切都是無意義的，自己畢竟是個空洞的存在吧。她突然想起那年東大的荒木教授說的話。

「你落在一個相當極端的咒裡，而這樣強大的咒，恐怕就是被你的名字所限定的人生的意義了。你必須要從這個咒裡解脫出來。」

「我的名字所限定的人生的意義？」高洛洛喃喃自語著，「擺脫這個咒……，問題是，我不知道那個咒是什麼，我要從何擺脫起？」

# 5 第五回

海樹兒在花蓮火車站前等待里美來會合。里美在知道海樹兒和高洛洛之間的爭執以後，沒有多說什麼，默默的收拾了東西也就離開了，並且打電話請海樹兒在花蓮火車站等她，再一起搭火車回台北。

里美知道那爭執的內容，想必非常難過吧。因爲阿維而想起阿浪，又因爲阿浪而對海樹兒感到觸景傷情，那麼里美與海樹兒走得這麼近，也就意謂著高洛洛與里美的距離也變遠了。海樹兒想著，這對一向以來親近表姊的里美來說，一定是個很大的打擊吧。

果然，里美出現在花蓮火車站的時候，情緒也顯得有些低落的樣子。不過她畢竟生性開朗，一見到海樹兒，第一句話就是：「Nīchan，你不要替我擔心，我沒事的啦。若說擔心，我還比較擔心nēchan。」

海樹兒點點頭，拿出手中已經買好的兩張車票看了一下乘車時間，還有四十分鐘左右。「我們去買杯咖啡，到客運站那邊坐一下好了。」

雖然離開的時候，花東縱谷裡還下著雨，不過花蓮的雨顯然已經停了相當時間，連地面都半乾了。花蓮客運站就在火車站前方，那旁邊有幾個方形石墩和一整排的木椅，看來也都乾透了。兩人買了咖啡以後，就在其中的一個石墩上坐了下來。石墩很大，兩人幾乎是肩靠肩坐著。

「這次回來眞讓人傷心。」里美說，「Nēchan發生這樣的事，我想留下來陪她，但又知道她看到我心裡也不會舒服，只好走了。這幾天我有試著問媽媽關於爸爸的事，媽媽也不肯說，她總是說，不想再提以前的事了。這次眞是一無所成哪！」

「不過，你媽媽似乎對你爸爸沒有什麼怨懟的樣子？」

「怎麼說？」

「很多單親家庭的父母，聽到小孩子問的時候，不是常會說，『我不想再提那個人的事』之類的話嗎？但你媽媽好像沒有用『那個人』來稱呼過你爸爸？」

里美想了一下，「嗯，這樣說起來，是沒錯哪。她只是不提而已，從來沒有說過什麼對爸爸不滿的話。」

「我在想，也許你爸爸是外遇？因爲另外有家庭和責任，不得不放棄你媽媽。但你媽媽似乎並不怨恨他。也許他們當初是好好分手的。」

「大概是吧。媽媽是個很溫和的人，我也很難想像媽媽會跟誰惡劣的分手。只是，如果是外遇的話，他們又爲什麼要這樣呢？這樣不是製造大家的痛苦嗎？」

海樹兒笑了起來。「Rimi好像很成熟了，但對於很多事情的看法還是這麼單純哪。感情的事情如果那麼容易控制就好了。」

「對了，說到感情的事，我一直好奇一件事。」

「什麼事？」

「關於senpai……他一直沒有交女朋友嗎？」

「學長嗎？」海樹兒想了一下，「好像沒有喔。追求他的女生倒是不少，畢竟學長蠻帥的哪。不過印象中，他好像對追求者一概不感興趣。」

「嘖嘖，senpai該不會很無情的對待她們吧？有時候senpai很冷淡呢。」

「我想應該也不至於。他以前性格比較古怪一些，不過現在他是生意人了，什麼事情都是笑瞇瞇好好的講，不會給人難堪的。」

「Senpai眞的很有才華呢。難道是事業心太重，才一直不交女朋友的嗎？他也二十五、六歲了吧？不交女朋友不是很奇怪嗎？」

「哈，這有什麼奇怪的？我也沒交女朋友啊。」

「啊……」里美聽了突然有點臉紅，支吾著說，「nīchan也是……怪怪的吧。」

海樹兒正要答話，突然聽見有人以日語說道：「啊！這不是海樹兒君和Rimi chan嗎？竟然在這裡遇到了！」

兩人抬頭一看，大吃一驚，對方竟然是四年前見過的荒木淳一教授。

「Sensei！」兩人連忙站起來，恭敬的行了禮。海樹兒以日語好奇的問：「老師爲什麼會出現在這裡呢？」

荒木呵呵呵的笑起來：「我退休了啊！現在我的好日子終於開始了，可以做自己想做的事情。東京的事情都處理完以後，我就急著到台灣來。等一下先見Ko san，之後有機會的話，會再請Ko san帶我去馬太鞍拜訪Kawlolo chan。」

海樹兒和里美對望了一眼，心中都興起了同樣的念頭。

「請問老師是什麼時候的火車？」海樹兒連忙問。

「噢，我沒有要搭火車。Ko san會來這裡接我。他說沒下雨的話，坐在這裡等比較舒服。」他看看自己手中的咖啡，笑著說，「看來我們做了同樣的事，都買了咖啡來這裡坐哪。」

「那麼，高老師何時會到呢？」

「他下了課過來，至少還要半個小時吧。」

「那真是太好了，老師！」海樹兒說，「如果不會太失禮的話，有件關於Kawlolo nēchan的事想要託付給老師。」

海樹兒的話勾起了荒木的好奇心。「那孩子怎麼啦？我聽說她年初順利畢業了，做的題目還不錯，Ko san相當滿意啊。」

「是這樣沒錯，但是現在她又繞回老路去了。」說著，海樹兒請荒木也在另一個石墩上坐了，就大概的講了一下最近發生的事情。

荒木認真的聽著，等海樹兒講完，他還靜靜的思索了一陣子。

「嗯，看來Kawlolo chan還是沒有擺脫那個咒啊。這麼聽起來，她現在感興趣的那個黃金傳說，確實對她沒有任何好處。」

「是呀！」里美插嘴說：「是呀！姊姊差點就死在山裡了哪！」

荒木有點驚奇的看著里美：「Rimi chan的日本語也講得這樣好啊？」

「啊，因爲也唸了日文系的關係。」里美低下頭有點不好意思的說。

「原來如此。」荒木笑著點點頭，「那是跟海樹兒君同樣的學校吧？」

「是，不過nīchan現在已經唸研究所了，是戲劇研究所。」

荒木看著海樹兒點點頭：「年輕人，眞是聰明啊，選擇了一條對你最有利的路。啊，對了，另外那一位苳君呢？你們四人一起經歷了這麼多的事，友誼想必相當堅定吧？」

「學長他沒有繼續唸書，先去當兵，現在在做生意呢。」海樹兒回答，「他的主要客戶都在日本，做得挺不錯的。老師回日本時有機會可以留意一下，有一個品牌叫做『Nase』，那就是學長的事業了。」

「Nase？是用假名寫的嗎？」

「不，是用漢字寫的『苳』，上面標著假名。Nase在賽夏語裡就是九芎樹，所以學長把這個漢字唸成『ナセ』。」

「是什麼樣的事業呢？」

「是與植物素材有關的。他的公司有做家具、飾品，甚至幫別人的住宅和店面做設計，添加植物的元素。」

「聽起來相當有趣哪。」荒木笑著說，「這次旅行之後，我打算搬離東京，回去島根縣，或許可以請苳君的公司幫我設計家屋呢。」

「啊，老師是島根縣人嗎？老家是在哪裡呢？」

荒木呵呵呵的笑起來，「在出雲。」

「啊！」里美很興奮的說，「就是出雲大社那邊嗎？以後有機會眞想去探訪哪，好想體會一下神在月[2]的氣氛！」

「等我在老家安頓好了，招待你們當然沒有問題。」

「不過，老師，」海樹兒又將話題拉了回來，「關於高洛洛姊姊的事，還想請老師多多開導她。她對老師非常尊敬，老師說的話，她一定會放在心上的。」

「能夠的話我當然會盡力。」荒木說，「只不過這孩子身上的咒實在強大，我也不知道該怎麼辦呢。」

里美聽了，突然「啊」了一聲。

「怎麼啦？」海樹兒好奇的問。

「記得四年前有過類似的對話，」里美微微皺著眉頭思索，「好像是我們在桃園過夜的那天。哥哥，你記得嗎？那時候前輩說，賽夏族和邵族逃脫不了矮人的詛咒。我當時就說，如果是咒，應該就可以解開吧。你記得前輩怎麼回答的嗎？」

海樹兒想了想，「他好像是說，如果是……」

海樹兒話還沒說完，荒木就打斷了他：「如果是安倍晴明的話就可以解開，是這樣嗎？」

「是啊是啊，老師！」里美驚奇的說，「當時前輩就是這樣說的啊！」

「Abe no Seimei……」荒木教授苦笑了一下，「芎君的話不是沒有道理，但其實，晴明的能力並不在於解咒。晴明最

---

2 神在月：出雲大社（Izumo Taisha）是日本地位崇高的神社，主祭大國主大神。日本人相信每年農曆十月，各地神社諸神均會奉大國主之命聚集到出雲大社。故該月對其他神社而言是「神無月」，只有對出雲大社而言是「神在月」（Kamiarizuki）。

大的力量，在於尋找到咒的來源。要說解咒的話，源博雅的能力還強大些。」

「不過，難道老師也認爲這樣的話有道理嗎？」海樹兒好奇的問，「我們原住民的詛咒，和日本的陰陽術，不是同一回事吧？」

「這個嘛，」荒木相當認眞的說，「我倒是認爲，這世界上所有的咒都是一樣的原理。那是一個意念，不是嗎？」

「誰對姊姊下了咒？」里美瞪大了眼睛。

「我想沒有人對她下過咒吧。」荒木說，「那是她心中的執念。如果能夠得知那執念的來源，或許還能夠幫助她吧。」

「是她的叔公。」海樹兒很快的說，「姊姊從小父母雙亡，是叔公養大的，叔公幫她改了名字。她原來的名字叫格琉，是她的父母取的。但叔公說，姊姊出生的時候，他夢見了以前一個很知名的巫師，因此收養她之後，就把她的名字改成跟那位巫師一樣。叔公說，她有巫師的體質，但是馬太鞍的巫術已經失傳了，她不可能再當巫師，所以她一定要發揮自己的天性。」

荒木點點頭。「我記得她向我說過這一番話。當時我就說，不是名字的問題，而是她心中有個強烈的執念。或許這執念是來自於叔公的這一番話，不過，我覺得並不只是如此而已。我想是因爲她心中強烈的依戀著什麼東西，才會把願望寄託到叔公的話上去吧。這麼說來，我們確實是需要晴明和博雅啊！」說著荒木不禁苦笑起來。

「可是，爲什麼博雅的解咒能力會比較強呢？」里美一臉不解的問。

「那是因爲博雅是個心胸寬大的男人。事實上，本身太懂得咒的人，並不很適合解咒，那是因爲與咒的本質太過接近的關係。咒術師如果情感太過豐富，就會被咒所控制，那麼，高明的陰陽師如晴明者，則有情感淡漠的傾向，因此不會被咒所控制。至於博雅，他的心是單純的，這樣的心才能夠將解放帶給受困的心啊。」

三人正說著話，就聽到汽車喇叭聲。抬頭一看，原來高洛洛的老師已經到了，正打開副手座的車窗向他們打招呼。

「好久不見哪！」高老師說，「你們是要回馬太鞍嗎？要不要我載你們？」

「啊，不是的，我們是要去台北。已經翹課相當時間了。」里美說，「只是在這裡巧遇Araki sensei。」

海樹兒抬頭看了一下車站前的大鐘：「我們也差不多該進去了，還有十分鐘，火車就要開了。」然後他轉向荒木，以日語說：「那麼，高洛洛姊姊的事，若是能夠的話，就十分拜託老師了。」說著他向荒木恭敬的行了禮，看著荒木上了高老師的車。

## 第六回

在花蓮開往台北的太魯閣號快車上，里美和海樹兒還在繼續談論著高洛洛的事情。

「Nīchan，Araki sensei說，nēchan心裡大概對什麼事情

非常依戀，把那依戀轉移到對巫術的執念上去。你想，到底nēchan心裡依戀的是什麼呢？」

「這……」海樹兒沉思了一陣子，「我想，說穿了也許根本沒什麼吧。或許nēchan就只是希望獲得個人的幸福？」

「啊？哪個人不希望獲得幸福呢？這怎麼能算是什麼執念，又怎麼會在她身上產生負面的效果？」

「Rimi，你別忘了她從小就父母雙亡了啊。六歲的孩子就沒有了雙親，懂事以後就只有叔公，她跟叔公再親，沒有父母的缺憾還是彌補不了的啊。我想你應該多少能夠想像那種心情吧。就像你對你爸爸沒有記憶，因爲秀川阿姨帶你回家的時候，你才四歲，就算之前你爸爸都陪在身邊，你也不會記得。Nēchan的情況不會比較好。她或許對父母有著一點非常模糊的印象，但大概就是這模糊的印象最令人難受吧。她想要一個完整的家，實情或許就只是這麼簡單吧。」

「可是，」里美遲疑的說，「我也想要一個完整的家啊，我也希望就像nīchan一樣有父有母，但我並沒有落入什麼執念裡啊。」

「Rimi不一樣。」海樹兒帶著一點愛憐的神色看著里美，「你的天性開朗，不會避諱負面的或痛苦的事，而且懂得去把握事情的光明面，這是你最大的天賦。」

「嗯，我大概了解這個意思。」里美說，「我很希望知道爸爸是誰，眞的很希望自己跟別人一樣有爸爸。但是沒有爸爸，也沒有眞的覺得痛苦，只是感到相當遺憾。」

「Rimi，我在想……」海樹兒出神的望著窗外北迴鐵道迅速變幻的風景，「我在想，如果我哥沒有死，總有一天，他們兩個會交往的吧。哥哥雖然嘻嘻哈哈的看起來很沒正經，好像跟nēchan性格不太搭調，但其實她很需要像哥哥這樣的人來逗她開心。但哥哥就這樣死了。我想，nēchan在認識哥哥以後，或許曾經有過掙脫那個心咒的機會，只是那個機會隨著哥哥一起去了。」

「我可以想像nēchan心裡一定很痛苦。阿浪大哥死後，我也只見她哭過那麼一次，就是她突然想通阿浪大哥是因咒而死的時候。但即使是那樣，她還是哭得好壓抑，到現在想起那個情景，我都覺得好難過。」里美說著，眼眶也紅了。

「我想，她是那種典型的……因爲童年的挫折，而強迫自己要超乎常人的堅強勇敢的那類人吧。她沒辦法大哭，所以她心裡也放不掉哥哥，或許她內心深處到現在都還在自責，認爲哥哥是因爲她而死的。」

「你認爲是嗎？」

海樹兒搖搖頭。「不是。哥哥會死，是因爲哥哥就是Araki sensei所說的那類型的人——情感太過豐富，因此不能掙脫咒。哥哥也有很強的直覺，我想他的巫師體質應該不在nēchan之下吧，只是他完全不當一回事。大概是因爲這樣，他很快就接近了事情的核心，或許他沒有多想，就只想把事情釐清，結果招來了噩運，又或許等他明白一切時爲時已晚。但總之，哥哥會死，跟nēchan一點關係也沒有，我這輩子都不可能把哥哥的死怪罪在她身上的。」

「Nīchan，我想問你一個問題。」

「嗯？」

「你也有巫師的體質不是嗎？」

「是啊。」

「嗯，而且你不像阿浪大哥這樣，你對自己的天賦很有自覺，也很小心，那麼，嗯，那、那……」里美想要說什麼，卻感到相當難以啓齒，因此一直支吾著。

「那什麼？」海樹兒好奇的追問。

「那……那……你又跟你哥長得那麼像，你怎麼沒有想過……想過……」

「代替我哥嗎？」海樹兒很乾脆的替里美把話說完了。

「嗯，你都沒有想過嗎？」

「沒有。」海樹兒很乾脆的說，「而且，這次 nēchan 趕我走，有一部分也是因爲我跟她說，我是海樹兒，永遠都不會變成阿浪。」

里美咬著嘴唇，好像在想什麼心事。

「你想問我，爲什麼沒有這樣想過，或者爲什麼不願意這樣做？我可以直接告訴你答案。」

里美望著海樹兒，沉默的等待他的說明。

「因爲感情的事是勉強不來的。」海樹兒望著里美，很認眞的說，「我坦白說吧，四年前那段時間，我們四個人爲了查我哥的死因，那樣密切相處的時候，我對 nēchan 當然是很有好感的。她分擔了我失去哥哥的痛苦，她甚至願意像我這個做弟弟的一樣，爲了查出我哥的死因而冒生命的危險，當時我確實覺得與她非常親近。我甚至在心裡問過自己，對她到底是什麼感覺，不過我在最後一天終於明白了自己的心情。」

「最後一天？」

「嗯，就是Araki sensei來訪的那天。你記得嗎，第二天學長就搭早班的火車回台北了，因爲他說他想通了。那天晚上，你跟nēchan先睡著了，我和學長是過了很久才睡著的，不過我們各自都在想事情，並沒有交談。我是到第二天早上送他去車站，才聽他說了他想通的事。」

「嗯，我記得，你從車站回來以後有跟我們說了senpai的想法。那你那天晚上又在想什麼心事呢？」

「那天晚上……」海樹兒左顧右盼了一下，剛好東側的窗外出現了太平洋，海面上風平浪靜，看來是相當溫和的一日。他看了一下寬闊的大洋，又再轉過頭來望著里美，「那天晚上，其實我就是在想自己的心意。我問自己，我到底……喜歡誰呢？」

「什麼意思？」里美好像有點懂他的言外之意，但又不太敢確定的樣子。

海樹兒沒有直接回答她的問題，只是繼續說：「當天晚上，我好像已經獲得了答案，不過眞正確定，是在第二天早上離開的時候。」

海樹兒看著里美，慢慢的說：「我騎車走的時候，看到你們兩姊妹在門廊上跟我揮手再見。兩個人我都看在眼裡了，但是，我最後看的是你。」

對於海樹兒的心意，其實里美早就心裡有數，但她並沒有想到海樹兒會在這樣的情況下向她表白。一時之間她整個人都呆住了，不知道該怎麼反應才好。

「Rimi……」海樹兒看她發呆，輕聲的叫喚她，然後握住她的手，「我不可能去代替我哥，因為我喜歡的是你啊。」

「Nīchan……」里美張大了嘴巴，依然不知道該說什麼才好。

「你的生日禮物……」海樹兒繼續說，「我送你黃金做的yamabuki，因為對我來說，Rimi就跟yamabuki一樣的美麗，跟黃金一樣的貴重。Yamabuki是春之花，對我來說，春天出生的你就是春之花啊。」

「Nīchan……」

「你知道在日本，從北海道到九州，到處都有yamabuki嗎？你也知道我希望有一天去日本唸書，而我想要送你一個不論走到哪裡，都可以讓我想起你的禮物，所以我向學長訂製了那對耳環。」

「那是向senpai訂製的？」里美大吃一驚。

「是啊，全世界只有那一對。雖然日本到處都有yamabuki，在日本的話，我會覺得到處都可以看到你，但是我心裡真正的yamabuki，就只有Rimi一個人而已。」

里美聽了這樣的話，突然流下了眼淚。

「Rimi，怎麼了嗎？」海樹兒大吃一驚，「我說錯了什麼話嗎？」

里美連忙搖頭。「沒有沒有，你沒有說錯話。」

「那為什麼哭呢？」

「這就是幸福的感覺嗎？」里美擦著眼淚，把頭靠在海樹兒的肩膀上。「Nīchan，這樣令人想要流淚的，大概就是幸福的感覺吧。」

## 7 第七回

「爲什麼大家都勸我不要去接觸那個黃金傳說呢？」坐在門廊上躺椅裡的高洛洛，聽來聲音十分倦怠。荒木教授盤坐在旁邊的一個軟墊上，以相當諒解的神情看著她。

「孩子，我們就先不要講別的問題，就先說你想拿這個傳說當作題目，去做博士研究這一點好了，你眞的覺得這是個好題目嗎？」荒木拿出教授的態度相當認眞的說，「這做爲一個碩論的題目或許還可以，事實上，以我的標準來看，這當個碩士的題目都嫌單薄了，你要如何拿它來做博士研究呢？」

「呃……」聽荒木這樣講，高洛洛一時語塞，說不出話來。

「所謂做研究，畢竟只是你的藉口吧？」荒木試探著問，「你只是想要追尋什麼難解的謎題，是嗎？」

荒木看高洛洛呆呆的聽，就索性把話講得更直接了：「當初，你的好朋友意外死亡，你去追查死因，當然主要是基於友誼，但有一部分也是因爲你從小就被難解的事情吸引吧。你剛剛提到說，Ko san雖然滿意你的碩論，但你自己對那題目並不感興趣，是不是因爲那裡面並沒有什麼難解的謎題呢？現在你想要去追索黃金傳說的來源，其實是因爲那傳說本身很離奇吧。你仔細想一想，我說的有沒有道理呢？」

「Sensei這樣講，我也不知道該怎麼回答。」高洛洛遲疑著說，「但爲什麼sensei認爲我總是被離奇的事情吸引？」

「孩子，你讀過心理學嗎？」

「心理學？沒有。」

「從心理學的角度來說，你之所以總是想要解開謎題，想要爲難以理解的事情找到理由，應該是因爲你的人生早期發生了讓你難以理解的事。不好意思，我就直說好了，那令你難以理解的，就是你父母過世這件事。」

高洛洛「啊」了一聲，但隨即沉默下來，沒有說什麼。

「別人都有父母，爲什麼我沒有呢？你內心深處大概是這樣想的吧。有的人生來就有幸福的家庭，有的人沒有，這樣的事情完全沒有道理可言。如果一個成人做了什麼事而導致家庭破碎，那是可以理解的，也可以把責任歸咎到某個人身上，但你的情況並不是這樣。你很小就失去了父母，這卻不是你造成的，因此你大概從小就在問自己，這樣的事情爲什麼要發生在自己身上呢？因爲這個謎題解不開，所以你就不斷的追著其他的謎題跑，從當初想做的巫術研究，到追究朋友的死因、賽夏族和矮人的關係，到現在這個黃金傳說，這一切，它們的本質不都是一樣的嗎？」

「也許sensei說的很對吧。」高洛洛怔怔的說，「但是我卻沒有辦法改變自己。即使我很想改變，也不知道該怎麼做啊。」

「四年前我就跟你說過，你有執念要放下，但我也不知道能夠怎麼幫你，只能把我所理解的事情告訴你，希望對你會有所幫助。我想，你的人生要改變，除了你必須認眞的面對自己的問題以外，還需要一些機運吧，或者說，中文裡面所說的『貴人』，可能就是你需要的了。希望這樣講有比較清楚一些？」

「可是，所謂認眞面對自己的問題，又該怎麼做呢？」

「我們不妨先問一個問題：你人生的願望是什麼呢？不是指短期的願望，而是指你對自己整個人生的期待。」

「我、我沒想過這個問題……」

荒木以充滿同情的眼神望著高洛洛。「孩子，我活了這麼大年紀，見過的人也不算少了，我大概知道你的期待是什麼。但這不能夠由我說出來，因爲我說出來的話，對你不會有幫助，你得自己去想才行。如果你能夠認眞的思考這個問題，給自己一個眞確的答案，你才能夠解開心結，眞的往你想要獲得的東西接近。」

荒木講到這裡，之前爲了讓他們兩人可以單獨談話而出去散步的高老師回來了，後面還跟著一個身材高大、膚色黝黑的年輕人。

「Araki，我來介紹一下，這位就是救了高洛洛一命的人，阿維，他是住在萬榮的太魯閣族人。」

「啊……」荒木一看到阿維，眼睛突然一亮，微微的點點頭：「很高興認識你。雖然我不是高洛洛的什麼人，不過還是很感謝你救了她，那麼辛苦的把她背下山。」

「您是Araki sensei？很榮幸見到您。」阿維大概已經聽高老師說了，對荒木的態度相當恭謹，「說我救了高洛洛，那是太客氣了。我是她的嚮導，我帶著她入山的，無論如何，我都有責任將她帶下山。」

荒木聽了微微一笑，轉頭對高老師說：「怎麼樣，Ko san，如果不嫌累的話，再陪我去走走如何？」

「啊？又要散步嗎？」

「是啊，上次你帶我去買過這裡的人做的青草茶，眞是非常好喝，我一直念念不忘呢。再帶我去買一些吧。」

「好吧好吧。」高老師大概猜到荒木的用意，就跟荒木一起走了出去，一邊還向高洛洛和阿維笑著說：「沒辦法，我就陪這傢伙去了，你們兩個年輕人聊聊吧。」

阿維走近了在門廊邊坐下來，很關心的問：「你的腳好些了嗎？」

「嗯，好很多了，謝謝你。希望很快可以拆掉石膏。包著石膏實在是很不方便。」

「嗯嗯，是啊，希望很快可以拆掉。」阿維重覆著高洛洛的話，看來他自己也不知道該講些什麼才好。

「你今天來是……？」

「呃，沒有什麼事情，就是專程過來探望你，看看你有沒有好一些。」阿維有點尷尬的說，「沒有打擾到你吧？」

「啊，沒有，怎麼會打擾到我呢？」高洛洛微微一笑，腦中突然閃過那天海樹兒講的話。

「你很喜歡那位阿維大哥吧，既然如此，爲什麼要想著我哥呢？哥哥不會回來了呀！」

「你怎麼啦？不舒服嗎？」阿維看高洛洛突然發起呆來，很關心的詢問。

高洛洛回過神來，「啊，沒有，只是……啊，沒什麼、沒什麼……」

「你還在想山裡的黃金傳說嗎？」

「呃……」聽了剛剛荒木教授的一番話，高洛洛一時之間不知道該怎麼回答這個問題。說自己對這個傳說感興趣的話，好像辜負了荒木的一番好意，成了個不識相的人，但若說自己因爲剛剛的一番話就把黃金傳說的事拋諸腦後，卻也不是事實，高洛洛想了一下才回答說：「我對這個傳說眞的很感興趣，聽說叔公竟然也親自去過以後，對這件事就更加好奇了。而且，里美的阿公竟然是因爲尋金而死在深山裡。這樣說來，這黃金的事情，也間接的對里美造成了影響啊。」

高洛洛說的這些事情，阿維都在最近的幾次探訪時，聽高洛洛本人或薩布叔叔說過了，因此他也知道高洛洛在講什麼，「不過，你還打算拿這個傳說來當研究題目嗎？」

「嗯，這倒是個很現實的問題。剛剛 Araki sensei 親口跟我說了，他認爲這不足以成爲一個博士研究的題目。我想，要拿來當博士研究大概是不可能的吧。但我還是對這件事情很感興趣，我還是想要搞清楚這到底是怎麼一回事。」

「我也覺得這件事情聽來很有趣，不過，你對這個傳說的興趣似乎超乎尋常。如果眞的調查出傳說的來源，那又怎麼樣呢？」

高洛洛聳聳肩，「也不能怎麼樣吧，不過就是多知道一件事而已。」

「你有沒有想過一個問題，就是，如果眞的有黃金，又查出來源的話，就得去找到黃金的主人，把黃金交回去。」

「呃，坦白說，我不是眞的很相信山裡有黃金。我覺得那應該是不知道出於什麼原因而被編出來的故事吧。」

「那，如果不拿它來當博士研究的題目，你還要去追查這個傳說的來源嗎？」

「或許還是會吧……」高洛洛想到荒木的一番話，回答得有點心虛，「不過，可能還有更現實的問題要先解決吧。如果這不能拿來當博論的題目，那我要做什麼樣的研究呢？或者我應該更認眞的想想，到底要不要唸博士的問題吧。」

「如果唸了博士，是希望以後當教授嗎？」

「嗯，如果有了一個博士學位，可以做的工作反而變少了呢，教書做研究變成最順理成章的事情了。」

「那是你眞正的志趣嗎？」

「嗯？爲什麼這樣問？」

「啊，請不要誤會我的意思，我不是要質疑你什麼。我只是好奇，因爲我自己很難想像做研究的人生。」

「那麼你的人生志趣又是什麼呢？」

「我很喜歡自己現在做的事。就住在祖先的土地上，過著山裡的生活，有足夠的專業知識可以帶學生社團，和學生相處，也可以帶其他的登山活動，或是協助需要在山裡做研究的人。就是這樣很簡單的生活。我喜歡簡單的事情。對於未來，我也不過就是希望有一個好的對象，有自己的家庭，我也喜歡小孩……」阿維說著，注意到高洛洛很認眞的在聽他講話，突然間感到有些不好意思，就停了下來，「眞不好意思，滔滔不絕的說自己的事，或許你不感興趣。」

「啊，不是的，只是我從來沒想過像那樣的生活。」高洛洛若有所思的望著阿維，「簡單的生活、家庭，這樣的人生，我好像從來沒有想像過。」

「爲什麼會連想都沒有想過呢？」阿維有點驚奇的問。

高洛洛想了一想，彷彿像是要向自己確認一般，慢慢的說：「大概是因爲我這輩子都還沒有經歷過那樣的生活。我連想都沒有想過，大概是因爲那根本就超乎我的想像吧。」

「唔，原來如此。」阿維說，「這麼說來，我也因爲自己人生經驗的限制，沒有想過簡單的人生以外的可能呢。看來每個人的人生都有它的侷限啊。」

高洛洛有點驚奇的看著阿維。「你說的話聽起來很有哲理啊。」

「哪有什麼哲理呢。」阿維笑著說，「其實就只是平凡人生的體悟罷了。我雖然尊重哲學家們，我想他們的工作有他們的意義，不過，我相信多數的事情根本就沒有那麼複雜，抱著一顆平常心去面對的話，多數的事情應該都可以順利的過吧。」

這樣的談話不知爲何讓高洛洛心情好了起來，好多天以來都沒有眞心笑過的她竟然笑了出來：「或許吧，不過，你有沒有聽過一個改編俗諺的笑話，說是『車到山前沒有路，船到橋頭撞到頭』呢？」

「啊哈哈哈哈！」阿維聽了哈哈大笑，「或許也有這種時候吧。人生嘛。不過，能說這樣的話的人，我想應該也還過得不錯，畢竟幽默感很重要啊！」

「眞是謝謝你來看我，」高洛洛說，「跟你聊一聊，我心情好多了呢。」

「那眞是太好了，你不覺得厭煩的話，我可以常常來陪你聊聊。等你腳傷好了，我再帶你去山裡走走。這次的事件大概嚇到你了吧，這樣不太好，還是得再去親近一下山，免得以後心裡總是對山有陰影。」

臨去的時候，阿維說：「說起那黃金的傳說，如果你眞的那麼感興趣的話，我倒是可以在我們族人之間問一問。雖然我沒聽說過這回事，但我們是住在山裡的，說不定比馬太鞍這邊的人多知道一些也不一定呢。」

## 8 第八回

「你對Rimi表白了？」芎很意外的說。

這天因為有點事情，芎約了海樹兒到遠企去喝咖啡，咖啡送來不久，芎連正事都還沒談起，海樹兒就急著把火車上的表白說了。

「學長覺得不妥嗎？」

「怎麼可能？」芎笑嘻嘻的說，「你再不表白就沒戲唱啦，戲劇所可就白讀了。你以為那些蒼蠅都那麼好心，因為你們兩個走得近就不來亂嗎？多得是想要追Rimi的人呢。不過，現在表白啦，接下來有何打算？」

「唔，不知道，就……繼續這樣吧。」

「笨蛋嗎你？」芎瞪了他一眼，「這樣還表白幹嘛？」

「學長，你知道我非常在意Rimi，不然也不會拖到今天才說了。我想帶她回家去見見我爸媽，我希望爸媽知道我是認眞的。我跟Rimi也認識這麼久了，希望爸媽知道我們是有感情基礎的。」

「哎哎，海樹兒，有時候我不得不說，你還眞的是個好小孩啊！現在像你這樣尊重父母意見的人大概已經不多了吧。」

「學長你呢？幾歲了，也沒個打算嗎？都不交女朋友，你爸媽也沒意見？」

芎看了看海樹兒，想了一下，然後慢吞吞的說：「海樹兒，你的觀察力……有的時候好像眞的蠻差的喔？」

「啊？」

「我們認識這麼多年了，你不知道我對女人不感興趣嗎？我是gay啦。」

「眞的嗎？」海樹兒大感驚奇，「我眞的不知道學長是同志啊！可是，學長你也沒有交男朋友啊！」

「這世界上的好男人就跟好女人一樣的少吧。」芎聳聳肩，「這種事情也是沒辦法的啊。」

「也是。」海樹兒說，「不過學長你眼睛長在頭頂上。哎，希望你早點遇到個好對象……」

「哈哈哈哈哈哈！」芎哈哈大笑起來，引起不遠處另一桌客人側目，衣著筆挺的服務生也抬頭往這邊望過來。芎一手抓著沙發的扶手，一邊彎腰笑著，笑得眼淚都快掉出來了。

「學長你怎麼啦？」

「哈哈……哈哈哈……」芎勉強克制自己的笑聲，好不容易坐直了，對海樹兒說：「我是在笑你的觀察力還眞是差。現在事過境遷，我不在意了，所以才跟你講。坦白說，當年我對你是很有好感的。要不是你來要求，我才不會加入那個事件，冒生命的危險去查那麼奇怪的事情。你知道，那時候我對於自己的原住民身份可是一點也不在乎啊！完全是衝著你去的。」

「嘎？」海樹兒正拿了咖啡要喝，聽了這個話登時目瞪口呆，拿著咖啡的手就停在半空中，「學長你不是在跟我開玩笑吧？」

芎又笑起來。「那句話是怎麼說的？喔，對，『我什麼時候沒有騙過你？』當然不是跟你開玩笑啊！不過你不要放在心上啦，一方面事情都過了那麼久了，我對你沒有意思了啦，再說，性向這種事，是就是，不是就不是，也沒辦法，你喜歡女人，我當然只好算了。再說，其實也慶幸參與了那次事情，後來我就更加相信，其實我是想獨身的。」

「獨身？一輩子嗎？」

「是啊。怎麼，有什麼問題？獨身一輩子的人多得是啊。」

「嗯，不結婚的人多得是，但連個partner都沒有嗎？也完全不交男朋友？這樣會不會太孤單了？」

「我倒是覺得還好。我很忙，也沒時間跟人家耗。我很喜歡自己做的事情，樂在其中，這比處理身邊人的情緒要好多了啊。有個伴侶的麻煩，就是你不能把對方當空氣啊。我想我沒有那個能耐去處理親密關係。我寧可多跟植物親近。」

「哈，學長你是很熱衷賺錢吧。」

「錢？」芎聳聳肩，「有了一點錢以後，我反而覺得錢這東西，生不帶來，死不帶去，錢要是不能花在有意義的地方，賺再多又有什麼用？我倒是希望拿自己賺的錢去做點有意義的事。」

「比方說什麼？」

「比方說，投資在人身上啊。」

「嘎？什麼意思？」

「比方說你啊。」芎向後一靠，完全坐進沙發裡，那姿態還真的頗有成功生意人的架勢，「你不是對劇場有興趣？想要做自己的創作吧？不是想去日本唸書？不都需要錢嗎？我願意贊助你。」

「學長你別跟我開玩笑了，怎麼能拿你的錢？」海樹兒聽了連連搖頭，「要去日本，我會去考獎學金。」

「沒人反對你去考獎學金啦，錢永遠都不嫌多。我的意思是說，我希望自己賺的錢，可以投資在有意義的事情、有才華的人身上。」

「比我有才華的人多得是……」

「錢是我的，有沒有才華是按照我啦。」芎笑了笑，「你別以爲自己很普通，你並不普通。我做了生意才知道什麼叫做『普通人』。普通人可不是像你這樣的呢。」

芎端起咖啡喝了幾口，皺了一下眉。「哎，怎麼搞的，他們的cappuccino越做越爛了啊。」他放下咖啡，很鄭重的對海樹兒說：「我是跟你說認眞的，你若想去日本唸書，早點去吧。我知道你對戲劇創作有興趣，何不早早就去追求夢想？你要知道，想創新的人沒有不失敗挫折的，而失敗要趁早啊。年輕的時候失敗，那是資本，年老的時候失敗，可就是負債了喔。」

「學長你說的很有道理。」海樹兒看著芎，認眞的點點頭，「失敗要趁早。」

「其實我今天找你來，就是想跟你說這些而已。」芎把兩臂一攤，放在沙發背上，整個人往後靠，一副相當放鬆的樣子。他背後是整面的大玻璃，外面是台北繁忙的街景。「我想你是個藝術家，希望能爲你的創作盡點力，我看你再一年也差不多可以畢業了吧，不如早點規劃去日本的事，你要自己籌錢，我不反對，但別忘了我希望資助你，有什麼想法或計畫，千萬記得找我商量。」

海樹兒聽了頗爲感動。「不管怎麼樣都謝謝你了，學長。」

「另外，」芎想了一下，「其實我覺得高洛洛也是個藝術家，不過她自己好像不知道似的。」

「哎，學長，你還是這麼銳利。」海樹兒搖搖頭，「完全被你說中了呢。Kawlolo nēchan最好是走藝術這條路，不然我看她，哎……」說著他就把最近發生的事情簡單向芎說了一遍。

「追尋黃金傳說？」芎聽了大呼一口氣，「坦白說，我還眞想跟她聊聊哪。我看她去當編劇比較好吧。當編劇的話，就不用管什麼事情的底細了，只要把劇情編得合情理、引人入勝就好了。或者是去攝影啦、拍電影也好。」

「希望Araki sensei給她的勸導會有用啊。」

「會有用嗎？」芎說著又端起那杯他嫌不好喝的cappuccino，一邊喝著一邊回頭眺望外面的街景。人車繁多的台北，隔著厚重的玻璃，坐在裡面竟然覺得這世界似乎靜悄悄的。

「錯覺哪、錯覺。」芎喃喃自語著。

## 9 第九回

當阿維又再度到馬太鞍去造訪高洛洛，她的心情明顯的變好了許多，雖然還是行動不便，倒是很高興的迎接阿維。

「欸，我問到消息了喔！關於那個黃金的事情啊！」阿維自己相當興奮的說。

「啊？」高洛洛大感意外，「太魯閣族眞的有消息啊？」

「你叔叔不是說，當年是幾個太魯閣族的青年，把里美阿公的遺體從懸崖下取上來送下山的嗎？我找到當年那些人中的一個了耶！一個六十幾歲的ojisan。」

「他怎麼說？」

「他說里美的阿媽眞的求了很久，因爲那道懸崖太陡峭，大家實在是不願意下去，最後是他和另外兩個人看不下去，就讓他下了懸崖，另外兩個人在上面接應，才好不容易把遺體取上來的。遺體一共是兩具，一個是里美的阿公，另一個就是他同行的朋友。他說，兩人不知為何會在那樣的斷崖上，看來被困在那裡相當時間，最後應該是餓死的。」

「啊，好淒慘哪。」高洛洛嘆了一口氣，「寶藏確實不是什麼好的東西。」然後她又問：「你說當時接應那位ojisan的還有另外兩個人，那兩個人你也有拜訪到嗎？」

「沒有，那兩個人已經不在了。」

「應該才六十歲左右吧，怎麼這麼年輕就過世了？」

「不是過世了，而是失蹤了。」阿維說。

「那又是為什麼？」

「我問到的這位ojisan，他說那次把里美的阿公他們遺體運走之後，就有幾個人在竊竊私語，說人家既然是衝著黃金來的，而且到了那麼危險的地方，連命都丟了，恐怕那裡眞的有黃金也不一定。所以另外那兩人也下到那懸崖去，但下去好幾次，來來回回的，都沒有找到任何東西。後來他們說，大概黃金不在那裡，就兩個人結伴一起往更深的山裡去了，但從此就沒有再回來了。」

高洛洛聽了十分駭然。沒想到不止馬太鞍和太巴塱這邊的阿美族人為了尋金而送命或失蹤，同樣的事情竟然也發生在無意間接觸到這個傳說的太魯閣人身上，這樣看來，叔公說那黃金千萬不能去尋找，果然不錯啊。

「那……」高洛洛想了一想，「那之後你們還有族人去尋金嗎？」

「那位ojisan說，就他所知是沒有了，大概是因為這本來就不是族人之間傳說的事情，再者又有兩個青年因此失蹤，所以大家後來都不提這些事，現在多數的人根本也不太記得，他是無意間聽見我在跟另一個阿公講話，才主動跟我說，他就是當年下去斷崖的那個人。」

「眞正住在山裡的人沒有這個傳說，不住在山裡的人倒有這樣流行的傳聞，這實在很離奇。」高洛洛思索著，「阿維，你對這件事有什麼看法呢？」

「唔，我不知道你們爲什麼會有這樣的傳說，不過從這位ojisan說的事情看來，說不定這傳說是眞的呢。被下了詛咒的黃金，說不定眞的存在。你記得我跟你說過，山也會對我們有所求的。這山裡的黃金，大概就是這樣吧。」

「如果是眞的，那就更奇怪了。傳說總有個來源呀，怎麼會沒頭沒腦的出現這樣的傳說？」高洛洛側頭想了半天，「而且，我叔公親自去過了，又向叔叔說了那麼嚴厲的話。叔公應該是知道些什麼吧，可惜的是，他什麼都沒有跟叔叔講，不然或許還能從叔叔那邊問到一些線索。」

「不過，高洛洛，既然問出了這樣的事，我更加要勸你，千萬不要去尋金哪，這件事情看來眞的不是開玩笑的。」

「我早就說了，我感興趣的並不是黃金，而是黃金傳說的源頭。」

「等你腳好了我們再入山的時候，我可要帶你往別的地方走走，絕對會遠離那一帶的。現在聽說了這麼奇怪的事情，我更覺得上次的經歷，搞不好就是因爲我們當時走在往黃金前進的道路上。」

「這我倒是沒什麼意見。我既不想要黃金，如果往那個方向走那麼危險，那就換個方向好了。」

「咦？我還以爲你會堅持要去呢！」阿維有點驚訝，「因爲，追尋傳說的來源，跟有沒有實地入山去查看，兩者並沒有什麼關係吧，但你還是因爲這傳說而想要入山。」

「嗯……」高洛洛沉吟了一下，「我的態度有點轉變，其實跟Araki sensei跟我講的話有關。我想sensei他說的沒錯，我大概是想要解開自己人生的謎團，所以才到處追著離奇的問題跑吧。這幾天我靜下心來想一想，覺得自己心裡很累。捫心自問的話，其實我覺得已經受夠了自己的敏感和直覺。」

「就是你所指的巫師的體質了嗎？」

「嗯，叔公這樣說的。因爲我從小就很敏感，所謂的第六感很靈，我一直對這個，怎麼說呢，算是有點自豪吧，我認爲這是天賦。」

「這確實是天賦沒有錯啊，只是不是一般人所講的那種天賦而已。」

「可是最近這幾天，我對於這一點眞的感到累了，甚至可以說是厭倦了。或許是Araki sensei說的話敲中了我的心事吧，又或許是因爲海樹兒推薦我看的書。」

「什麼書？」

「村上春樹的小說《舞、舞、舞》。」說著，高洛洛抬了一下下巴，示意阿維放在茶桌上的那兩冊小說。

「啊，我也有看過這小說。」阿維拿起其中一本順手翻了一下，又將書放下，「這是個奇怪的故事，情節好像不怎麼合理，但倒是有些部分很有意思。比方說雨和雪那對母女。」

「咦？你也這麼說啊？」高洛洛很驚奇的說，「海樹兒就是因爲故事裡『雪』那個角色而建議我看這部小說的呢，他說我就像那個雪一樣。」

「這倒是……」阿維思索著，點點頭，「我覺得他說的很有道理啊。你也是非常有才華的人，只是你的才華確實有點沒有目標的發散……，呃，這樣講請不要介意。」

「不不，我不會介意的。」高洛洛說，「最近我正在嚴肅的思考關於自己的問題，我很願意聽聽你的想法。」

「嗯，雪是非常犀利的人，很有才華，但是她卻對一切事物幾乎都嗤之以鼻。故事的主角很嚴厲的教導她說，她有這樣的才能，注定不可能是個平凡人，但如果對此沒有自覺，不對自己負起責任的話，她只會走向毀滅而已。」阿維說著陷入了沉思裡，過了一陣子，他抬起頭來說，「我覺得，說你跟雪很像是有道理的，不過當然不是百分之百如此。畢竟雪還是個少女，很多事情都不懂，你的話，人生經驗比她當然豐富得多了。」

「或許吧，不過，我認眞的檢討了一下，我想，我確實沒有對自己負責。」

「啊，怎麼這樣說呢？」

「因爲，因爲我沒有認眞想過自己到底想要怎樣的人生，一直以來，我只是把叔公對我說的話，當作人生的基礎，但是我沒有仔細想過叔公的話到底是什麼意思。他說我若是不發揮自己的本性，人生就會非常不順利，我一直認爲那就意謂著我要利用我的直覺，我要去接觸別人無法解答的事情，但其實我根本不知道叔公到底是不是這個意思啊！」

「那麼，你現在知道自己想要什麼樣的人生了嗎？」

高洛洛望著阿維，眼神變得寂寞起來，她沒有回答阿維的問題，卻自言自語起來：「對於阿浪的死，我始終很懊悔。他就這樣死了，我眞的覺得好難過。但是最讓我難過的、最讓我難過的……」高洛洛伸手抹著自己的臉，顯得心情相當疲倦，「最讓我難過的，是我錯失了自己喜歡的人。他生前我們是好朋友，但他死後我回頭想想，他帶給了我許多快樂，但我回報給他的都是煩惱和憂愁。他常常說我是全世界唯一一個每天愁眉苦臉的阿美族……」說到這裡，高洛洛向後往躺椅裡靠下去，別過臉去看著院子裡的花花草草。「海樹兒其實說得很對，我跟雪並沒有太大的不同。雪在人死了以後，懊悔自己以前沒有好好對待人家。我對阿浪的心情，或多或少也是那樣的。啊，就算眞有命運這回事，就算阿浪非死不可，我至少可以對他好一點吧，或者對他多笑一些，跟他一起做些他喜歡的事情。他邀我去和社，我爲什麼老是推三阻四？最後終於去了和社，卻是去參加他的喪禮。早知如此，我但願當初自己多做了一些什麼。不論是什麼無關緊要的小事，都比這樣突然中斷了，而我沒有挽回餘地要好……」

高洛洛說著閉上了眼睛。「啊，阿浪……」

坐在廊下的阿維靜靜的聽著高洛洛近乎喃喃自語般的說話。在高洛洛閉上眼睛之後，他還是靜靜的坐在那裡。四月下午清爽的微風吹過，高洛洛的嬸嬸在廊前新掛的風鈴叮叮噹噹的響起來，聽在高洛洛的耳中，好像一聲一聲的道別。

再見了，阿浪。

再見了，阿浪。

我永遠都不會忘了你，但就讓我向你道別吧。

再見了，阿浪……

## 10 第十回

荒木教授在馬太鞍停留了兩天以後，就展開了他的環島之旅。還在花東地區的時候，主要是高老師開車載著他，去以前他做過研究的一些部落造訪舊友。之後荒木要往屏東去，高老師因爲學期中畢竟忙碌，不方便再陪，荒木就一個人上路了。等他玩了一圈來到台北，已經將近五月中，離他要返回日本只剩三天了。他打了電話給高老師，相當滿意的說，此行眞是非常愉快，只可惜沒辦法再到東華大學去跟老友告別了。

「等我在出雲安頓好了，再請你來玩吧，Ko san。」荒木說，「我還打算請那位芎君來幫我設計家屋呢。啊，說到芎君，既然我人都已經到了台北，倒想跟他們三個年輕人見見面，Ko san是否方便透過Kawlolo chan幫我問到他們的電話？我好跟他們聯絡，至少在回日本之前，可以請他們吃頓飯，或至少也喝個下午茶吧。」

透過高老師而取得了電話，荒木就聯絡了芎，約好次日跟三人在遠企碰面喝下午茶。但到了約定的時間，在樓下的咖啡座等著的卻只有芎和海樹兒兩人。

「Rimi chan今天有事不能來嗎？」

芎看了一下海樹兒。「Rimi……，她不在台北。」

「啊，她回家去了嗎？這倒奇怪，我請Ko san向Kawlolo chan詢問你們的電話，沒聽說Rimi chan回去馬太鞍呢。」

「她應該不是回馬太鞍。」海樹兒說，「大概到了光復車站就直接回去加里洞的家了吧。我想高洛洛應該根本就不知道她回去的事。」

荒木看著這兩個人，「這是怎麼回事，兩位？看來有什麼事情發生了嗎？請坐下好好談談吧。」

三個人坐了下來，各自點了東西，但直到服務生將咖啡和點心送上，芎和海樹兒都一直保持著沉默，最後還是荒木先打破僵局：「既然兩位這麼難開口，是不是希望我不要問呢？」

「沒有的事。」海樹兒靜靜的說，「不是拒絕sensei的關心，只是不知該從何說起而已。」

「海樹兒打算去日本。」芎說，「他最近會開始準備申請早稻田大學。」

「咦？海樹兒君這邊的研究所還沒唸完，再一年左右就可以畢業了吧？為何在這個時候放棄呢？去早稻田大學，想必也是要學戲劇吧，但……」荒木十分詫異的看著海樹兒，只見海樹兒靜靜的坐在一旁，雖然稱不上渙散，但顯然他與現實狀況有些脫節，似乎對於周遭的事物有些感受不及。

「現在放棄把台大唸完確實有點可惜，不過……」芎看了一眼海樹兒，「我想他在台灣實在待不下去。其實我建議他乾脆早點去日本，在那邊準備申請學校的事算了。」

「兩位願意告訴我海樹兒君爲何在台灣待不下去嗎？」

「因爲Rimi的關係。」依然是芎代替海樹兒回答。

「我上次在花蓮火車站前見到他們兩位，看起來很和睦的樣子，我以爲一切進行得很順利呢。難道兩人吵架分手了嗎？」

「其實就是那天在回台北的火車上，海樹兒才向Rimi表白的，他們之前並沒有正式的交往。」

「那麼，難道是被Rimi chan拒絕了嗎？」

「當然不是。他們兩人從四年前就互相有好感了，Rimi怎麼會拒絕。」

「那是……？」

芎轉頭去看海樹兒，顯然不知道自己該不該替他回答這個問題。海樹兒呆呆的望著自己面前的咖啡，過了一陣子才抬起頭來，直視著荒木說：「Sensei，Rimi是我妹妹。」

「啊？！」荒木大吃一驚，「你說什麼？！」

海樹兒把頭轉開，也不知道在看著哪裡，眼神有點失焦。「Rimi是我同父異母的妹妹。」

「這是怎麼回事？」荒木儘管閱歷豐富，見多識廣，也被眼前這離奇的談話驚呆了，「Rimi chan一直不知道父親是誰，結果竟然跟海樹兒君……？」

「她接受我的表白之後，我帶她回和社去見父母，希望獲得父母的肯定和接受，因爲我對Rimi是非常認眞的。沒想到，一到我家，我爸一眼就認出Rimi。媽媽都還在場，他就把實情說出來了。」海樹兒說著，嘴唇有點發顫，「我不怪爸爸當著媽媽的面講這些，因爲他自己太震撼了……」說到這邊，海樹兒身體向前一傾，兩肘靠在腿上，把臉埋進雙手裡。

「海樹兒君，你的意思是說，Rimi chan是令尊與Rimi chan的母親外遇所生的女兒？而令堂本來不知道這件事？」

海樹兒維持著同樣的姿勢，只是「嗯」了一聲。

荒木長長的吸了一口氣，向後一靠，坐進了沙發裡，自己也發起呆來。三人就這樣僵坐著，過了許久，芎才向荒木說：「Sensei，我認爲海樹兒這個時候留在台灣，對他沒有半點好處，sensei是否願意讓海樹兒到東京府上打擾一陣子？他的機票、生活費等等，都由我負擔，sensei不用操心。」

「海樹兒君，你的意思怎麼樣？」荒木望向海樹兒。

「我不知道。」海樹兒還是維持著一樣的姿勢，幾乎動也沒動。

「我認爲芎君的意見很好，我很樂意在東京接待你。你離開台灣一段時間吧。你願意的話，現在馬上可以訂機票，順利的話，說不定可以跟我訂到同一班飛機。」

荒木看海樹兒沒有反應，又轉向芎說：「其實，台大這邊的課業，倒是不用著急。海樹兒君論文都寫了一大半，不是聽說再一年就可以畢業了嗎？那麼，就先跟我到東京去，離開一段時間吧。或許他人不在台灣，反而可以專注在論文上，有個寄託，也比較可以渡過最痛苦的時刻。等到寫完了論文，再回來口試，那時或許心情也比較平復了。總之，我的意思是，學業的事情不用現在急著決定，那些事情都是可以等的，其實就算暫時拋在一旁也無所謂。」

芎點點頭。「Sensei說的很對，這些事情都不急在一時。我只是希望海樹兒可以暫時離開一下，不然他……」說著他看了一下海樹兒，竟然就說不下去了。

「海樹兒君，你要在我家住多久都沒有關係。」

芎看海樹兒依然沒有反應，不禁皺起眉，拉住海樹兒：「喂，海樹兒，你聽我一句話吧，你先跟sensei離開台灣好嗎？你再不回答我，我就不管你的意願，直接幫你訂機票了。你護照號碼多少？我們現在就回你宿舍去，喂！」芎看他動也不動，一急之下站起身來，眞的用力去拉海樹兒。

海樹兒被芎用力一拉，果然也站起來了，但好像這才突然恢復了神智一般，看著芎的臉：「學長，我……」

「你怎麼樣呀？」芎急得連額頭上都冒汗了。他一邊向服務生揮手示意要買單，一邊向荒木道歉：「Sensei，眞的失禮了，點的東西動也沒動，您不妨留下來吃一些喝一些吧，我看我還是先帶海樹兒去把正事辦了，我帶他回去找護照。晚點我再電話跟您聯絡……」說著他從皮夾裡拿出兩張千元鈔，拿桌上的糖罐壓著，也顧不得其他，就推著海樹兒，「走走走，我需要你的護照號碼……」

海樹兒被他向前推了一步，似乎有點踉蹌，然後就在芎和荒木眼前倒了下去。

「海樹兒！海樹兒！」芎大驚失色，連忙蹲下去查看，然後又馬上抬起頭來，對趕過來的服務生說：「他昏倒了，叫救護車、叫救護車呀！」

## 11 第十一回

一年就這樣過去了。二十一歲生日當天的里美，一個人獨自站在一年前等待海樹兒時停留的流蘇樹下，看著那細長的白花，想著一年前的今日。

「眞漂亮，是不是？」

「嗯，流蘇眞的很漂亮，聽說有個別名叫做四月雪。」

「四月雪……。」雖然已經過了一年，但想起那一天，里美眼中還是泛起了淚水，使她的視線變得十分模糊。

沒有海樹兒的台大校園一切如舊，只是她的人生已經徹底改變了。大約就是在海樹兒和荒木教授一起離開台灣的時候，她在加里洞的家裡，終於能夠和母親開誠布公的談論往事。一直不願意重提過去的秀川，如今面對痛苦萬分的女兒，不得不將往事全盤托出。

「原來是這樣。」里美十分勉強的向母親微笑，「Araki sensei說的沒有錯，名字就是咒。原來就是因爲名字的關係，媽媽跟爸爸之間強烈的互相吸引。確實沒有錯，Hidegawa遇到了Hideyama，又個性相合，即使一方已經結了婚，也沒有辦法克制感情。媽媽那時候還那麼年輕，沒有辦法拒絕爸爸做爲一個成熟男人的魅力，這一點我可以理解。我已經見過爸爸了，確實是個很有魅力的人。」

里美和母親對坐著，五月中的天氣十分溫暖，但坐在草木森然的加里洞校舍裡，竟然令她感到相當寒冷。她慢吞吞的講話，完全失去了原來爽朗的力量。

「原來媽媽其實很清楚那黃金的傳說。看來舅舅也錯了，他以爲媽媽始終什麼都不清楚，結果媽媽才是所有人當中最堅定的一個。因爲不服氣阿公尋金死在山裡，又堅信傳說不是空穴來風，所以跟爸爸一起去尋金。媽媽能找到黃金也不奇怪，畢竟爸爸是山裡長大的，才能帶著媽媽在山裡來去自如。可是，媽媽難道沒有想過，去的人若不是無功而返，就是一去不回嗎？爲什麼找到了黃金，竟然敢取走呢？媽媽不怕詛咒嗎？」

一直靜靜聽著女兒講話的秀川抬起頭來。因爲二十出頭就生了里美，現在還十分年輕，臉蛋非常漂亮，但在那之外，她的臉也顯示出一種相當倔強的性格。「我不怕詛咒。我不相信詛咒。」即使女兒臉上那種淒涼的表情讓她心中刺痛，她還是實話實說，「你阿公死在山裡，是因爲尋金沒有錯，但那是因爲他們受困在懸崖，又沒有逃脫的技能，最後才會……。那些入山尋金一去不回的人，我也不相信是因爲黃金受了詛咒，那只是因爲深山本來就危險，一個不小心就會遭遇不測。」

「嗯。」里美半低著頭，望著自己的膝蓋，「媽媽平安找到了黃金，又年輕，又有心愛的人在身邊，更加不相信詛咒的存在了吧。我想，媽媽大概沒有想過，詛咒也許不是當下發生的事情？媽媽和爸爸分了黃金，所以這麼多年來，媽媽即使只有很少的收入，還是可以過得這麼寬裕，這麼多年來，爸爸的家庭也可以提供很好的資源給……我的兩個哥哥。這樣說起來，黃金當然很好。即使不知道誰是黃金的主人，媽媽也不在意，是嗎？」

里美淒然一笑。「但是，那黃金是受詛咒的，那黃金當然是受了詛咒的。阿浪哥哥不是死了嗎？而我和海樹兒……。當年媽媽當然相信自己做了對的事，爲了讓阿浪和海樹兒能夠擁有完整的家，就跟爸爸和平分手了。如今看來，這到底對不對呢？」

里美閉上了眼睛。「四年前，那個暴風雨夜，海樹兒騎車上到這裡來的時候，他根本不知道自己剛剛失去了哥哥，也無從想像站在眼前的竟然是他的妹妹……。」兩行眼淚順著里美的臉滑落下來，畫了一個漂亮的弧形。「媽媽如今還能說，那黃金不是受了詛咒的嗎？」

秀川無言的望著女兒，她的臉上沒有太多表情，顯然這一切對她來說，也是太過震撼，使她無從反應起了。她跟里美就這樣坐在四年前海樹兒曾經睡過一夜的沙發上，一向親近的母女，現在兩人之間的氣氛有如冰雪一般。

正當這對母女進行著這緩慢且辛苦的對話，從芎那裡得知消息的高洛洛飛車趕往加里洞。到了岔路口，她遠遠的就將機車熄了火，悄悄的將車推上校舍，停在一個角落，然後躡手躡腳的走近兩人所坐的教室，躲在門外偷聽。

「那黃金確實是受詛咒的。」里美又重覆了一遍，「我不知道舅公到底知道些什麼，不過，他跟薩布舅舅說，絕對不能去追求那黃金。如今黃金已經被爸媽取走了，早就不在了，我不用擔心nēchan會去尋金，但我希望nēchan可以連那來源都不要過問。如果我有從阿浪哥哥那邊學到什麼，那就是不要去追究詛咒。也許每個人都只該去處理自己身上的咒，對於不是施加在自己身上的咒，沒有追究的必要。現在我知道了，我是被那黃金養大的，我背負著黃金的咒……。」說著，里美又落下淚來，但卻沒有哭泣的聲音。

「你們兩個人……？」高洛洛聽到秀川阿姨試探著詢問。

「媽媽放心，我們什麼也沒做。他很尊重我，他很在意我，也很在意他的父母，在把我介紹給他的父母之前，他對我沒有任何要求。」里美平靜的說，「我眞應該慶幸，我有這樣一個好哥哥。因爲他是這樣的人，我們之間才沒有犯下不可彌補的錯誤。」

里美慢慢的擦去了臉上的眼淚，站了起來。「媽媽，對不起，我要離開了，我要回去上課。我暫時不會回來了。請媽媽體諒我，我需要一點時間來面對這些。」

「Rimi……」秀川也站了起來，似乎想要挽留女兒的樣子。

「媽媽放心，我沒有怪任何人的意思。」里美說，「什麼事情會發生，什麼事情不會發生，沒有道理可言，人生就是這樣的。我只是需要一點時間來接受現實，我也需要時間來處理這貼在我身上的咒。人生還很長，總有一天我可以找到晴明、找到博雅，解開這一切，不再受困在這當中吧。」

里美轉身走了出來，在門外看到了高洛洛，於是她停下了腳步。

「Nēchan……」

「Rimi，你要去車站嗎？」高洛洛知道挽留也沒有用，乾脆連挽留的話也不說。

「嗯。」里美點點頭，「既然nēchan在這裡，那麼麻煩載我一程吧。」

從加里洞前往馬太鞍的路程從來沒有這樣遙遠過。車才剛過阿多莫，里美就解下了安全帽，閉上眼睛，任由春風把她的一頭短髮吹得亂七八糟。高洛洛明白里美的心情，她壓低了身子騎著快車，溫暖的春風驟然變涼，把里美的眼淚不斷的由臉上吹落，散入了太巴塱的祖源地撒撒該，那是太巴塱傳說中亂倫的始祖在洪水過後下山定居的第一個地方。

里美回過神來，又再度看清了眼前的流蘇。

「四月雪啊……」里美充滿憐惜的看著細長的花朵，正喃喃自語著，就聽到背後傳來芎的聲音。

「Rimi，我就知道你會在這裡。」

里美轉過身去，芎還是穿著正式的西裝，看來是從公司直接過來的。

「Senpai該不會又要請我吃飯吧？我今天沒有心情。」里美說著，低下了頭。

「你願意的話我們就一起晚餐，不願意的話也沒有關係。我來找你，是有東西要轉交給你。」說著他從西裝口袋裡拿出一封信，遞給里美，「這是海樹兒從出雲寄來的，他現在跟Araki sensei一起住在出雲。」

里美接過信，看了芎一眼，猶豫了一下，然後慢慢的拆了信。信竟然是以日文寫的，以相當工整的字跡寫在細緻的白色信紙上。

里美

從東京搬到出雲已經兩個月了。前輩幫荒木老師設計的新家非常美麗又舒適，我在這裡跟著老師，日子很平靜。我的論文已經快要寫完了，大概幾個月內就可以回台灣口試。想到要回台灣，我就不禁想像與你相見的場景，雖然我根本不知道我們會不會見面。

里美，我有好多話想問你。我想問你過得好不好，我想知道你是不是還留著跟以前一樣的短髮，你是不是還像以前那樣堅強開朗，我也想問，在你心裡，我是誰？

事實是如此，我就如此接受了事實。也許里美認爲，那是黃金帶來的詛咒，但我希望里美可以不要這樣想。還記得荒木老師的話嗎？找到咒的源頭以外，還需要一顆寬大的心才能將咒解開。我不需要晴明，也不需要博雅，我在這裡慢慢的解開我的心結。里美是我認識的所有人裡面最堅強勇敢的，也是最光明的，里美也可以靠著獨特的天賦，擺脫咒的迷思，獲得內心的平靜和自由。

我還是非常想念里美。有的時候我會問自己，對你的感情是否有變。理智上來說，我似乎應該要去改變想念你的心情，但是另一方面我又覺得，儘管我們不能是情侶或夫妻，我也不是非得放棄對你的感情不可。這世界上的感情有各種各樣，其中有一種，就是我對你的感情。即使我們是兄妹，我對你說過的話，和那些話代表的心意，至今依然沒有改變。

在這裡，到處都看得到山吹。就像我當初想的一樣，我在日本，到處都見到你。從北海道到九州，到處都有山吹，但是我心裡的山吹還是只有遠在台灣的里美一個而已。去年我就相信，你將永遠是我的春之花。如今我知道你是我的妹妹，所以，那個期待你是我的春之花的願望，畢竟還是實現了的。我希望你還留著我送你的耳環，因爲在我心裡，里美永遠都像山吹一樣的美麗，像黃金一樣的貴重。如果有一天我們再見面，我希望看見里美戴著那副耳環，因爲那就代表里美沒有拋棄我們經歷的過去。

我聽前輩說，高洛洛姊姊六月要跟阿維大哥結婚了。去參加婚禮的時候，希望你替我轉達對他們的祝福。我很高興姊姊終於找到了屬於她的自由，不再受巫術的綑綁。我哥哥沒有那個幸運當姊姊的博雅，但阿維大哥扮演了那個角色，請你代我向他表示感謝的意思，因爲我相信這也是哥哥的心情。

里美，我有好多話想對你說，但是我不能把信無止境的寫下去。最後我只想說，但願有一天我們會再見面。

里美，哥哥眞的非常想念你。

海樹兒

里美慢慢的讀著信，眼淚一滴一滴的落在衣襟上。讀完了信，她轉過頭去看芎。芎靜靜的站在一旁回望著她。里美伸手摸了摸自己的耳朵。她還是留著那麼短的短髮，露出耳朵上戴著黃金所鑄的yamabuki耳環，在初春四月和煦的陽光之下，閃爍著比山吹色更耀眼的光彩。

# 第三編 放逐

# 1 第一回

「連這點小事都說做不到，要你們原民會有個屁用！」芎一邊怒斥著，一邊走出會議室，「砰」的一聲摔上了門。

「芎總、芎總……」會議室裡面一個人奔了出來，是賽夏族姓潘的專門委員。「芎總，這個事情還是可以談的吧，不需要生這麼大的氣。」潘專委跟著芎走到電梯口，試著好言相勸，「您提這個案子，畢竟規模大了一點，給我們一點時間猶豫，啊，不，是考慮，給我們考慮一下，也還算合理吧？」

「大？規模哪裡大？」電梯門開了，芎哼了一聲跨進電梯，潘也跟了進去。「不過就是說，由原民會出面號召組織一個泛台灣原住民族的企業，整合資源來爭取市場，又不要它變成國營事業，不過是出個檯面人情罷了，困難在哪裡？」

「原民會是個公家機關啊，芎總，」潘說，「總要顧慮一下行政院的看法……」

「行、行他媽的屁院啦！」芎更怒了，乾脆連粗話都直接罵出口，「這個政府本來就對原住民沒什麼誠意，現在你們原民會還要自我閹割，主動看別人的臉色！對得起祖靈嗎？你還是回去辦你們潘家的祈晴祭吧！順便告訴你們卑南族的主委，我祝他祭典盪鞦韆的時候坐穩一點，不要摔下來！」電梯到了一樓，門一開，芎就頭也不回的揚長而去，剩下潘待在電梯口，進退不得，只好對著坐在櫃檯後被芎的大小聲嚇到的服務人員苦笑。

踏出原民會大門，芎打了手機叫他的司機把車開過來，自己就站在路邊吐氣，一口長氣還沒吐完，就聽到一個熟悉的聲音在旁邊哈哈大笑。

「哈哈哈哈！學長，越來越不得了，現在眞是氣度不同了，連跟原民會主委開會，你都可以拂袖而去啊！」

芎驚喜的轉過頭去，果然，站在路邊的正是海樹兒。海樹兒穿著藍色碎花的襯衫和深藍色牛仔褲，外面搭一件夏天的米白色休閒西裝外套，一派悠閒的望著芎。

「海樹兒！你什麼時候回來的？！」芎連忙上前，重重的拍了一下海樹兒的肩膀，「回來怎麼沒先通知我？」

「想給學長一個驚喜呀。沒想到剛剛去你公司，秘書說你今天跟主委約好了談事情，我想兩個大忙人，也不可能談太久吧，就直接過來這裡等。沒想到才剛到沒五分鐘，就看到你把專委譙成臭頭呀。」

芎哼了一聲。「我就看不慣這些作官的嘴臉！一點前瞻性都沒有，說是爲了原住民在做事，做的都是他媽的屁事！」

「學長現在連粗話也罵得很順口了啊？」海樹兒微笑著說。

這時芎的司機把車開到原民會門口了，芎搭了海樹兒的肩膀，「哎，不管這些鳥事了。上車上車，也快中午了，我請你吃飯，你把近況跟我說說吧，都快一整個月沒你的消息了啊！看看你，現在也打扮得這麼時髦了！」

海樹兒上一次回台灣，是爲了回台大戲劇所進行碩論口試，那已經是四年前的事情了。那次他只在台北停留了一段很短的時間，既沒有回和社的家，除了芎以外，也沒有和其他的朋友碰面，而他始終念念不忘的青春戀人、他的親妹妹里美也沒有到場。海樹兒因為沒見到里美而十分失落，但聽芎說了一些里美的事，知道里美的心意也未曾改變，卻感到既寬慰又十分感傷。身為兄妹，他們永遠都不可能結合，但這戀情卻怎樣也放不下。海樹兒就抱著這樣無可奈何的心情，在處理完學位的事之後，立刻返回日本，去荒木教授在出雲的家。不久後，他聽從荒木的建議，申請進入大阪外國語大學，花了四年的時間研習一些非常冷門的語言，包括北海道的愛奴語、波斯語、古藏語、烏爾都語和梵語等等。荒木給他的建議是透過語言的學習和思考，來掌握各種不同文化的精髓，以此做為他未來發展新劇種的堅實基礎。一個多月前他寫信給芎，說是完成了學業。之後兩人就沒有再通訊，原來他是在為回台灣而忙著整頓行囊。

因為海樹兒說早餐吃得晚，不打算現在就吃午餐，因此兩人又來到以前常來的遠企，乾脆就拿下午茶當中餐了。坐定也點了飲料點心之後，海樹兒鄭重的說：「學長，我要結婚了。」

「結婚？」芎不禁愕然，「你什麼時候有了對象，這樣突然要結婚？」

「是在阪外大的同學，神山部落的魯凱族。」

芎聽了點點頭，沉默下來。這時服務生送上飲料，芎點的是他早就抱怨連連，但還是每來必點的cappuccino，海樹兒點的卻是日式抹茶。苎看了微微一笑，說：「果然在日本待久了，習慣也變了，以前都喝Irish coffee不是嗎？」說著他嘆了一口氣，「你在阪外大的這位同學，你說魯凱族的？她很像Rimi嗎？不然你怎麼會願意結婚？」

海樹兒看著苎，很認眞的說：「學長難道不了解我？如果她像Rimi，我就不會跟她結婚了。這世界上只有一個Rimi，沒有人像她，不可能有人像她。」

苎點點頭。「這樣說來，你對Rimi的心情沒有改變？那又爲什麼跟別人結婚呢？難道你不怕Rimi知道了傷心痛苦嗎？」

「如果Rimi對我的心情沒有變，那麼她的日子不會好過。我倒寧願她能接受別人，過幸福的生活。」

「意思就是希望她長痛不如短痛？」

「或許吧。」海樹兒說著，卻又搖了搖頭，「唉，學長，我的心情很矛盾。如果Rimi眞的始終惦記著我而沒能獲得幸福，我會很難過。但如果她快樂的接受別人，我也會很難過。其實我不知道該怎麼想才好……。」

「我了解你的意思，那是可以想像的。但既然你就是對Rimi不能忘情，又爲什麼要跟別人結婚呢？」

「理由很多，有些是比較浪漫的理由，有些是比較自私的理由。」海樹兒回答，「其實，要喜歡一個人是很容易的，畢竟這世界上可愛的人很多，願意的話，要跟什麼人產生感情，其實也沒有那麼困難。像夏瑪，就是我的未婚妻，也是個可愛的女人，我對她確實也有一定的感情。只是如果你問我心裡愛著誰，那毫無疑問的，我心裡還是愛著Rimi。這一點，我想永遠都不會改變。」

「嗯，那麼，你剛才說的自私的理由又是什麼呢？」

「比方說家人的期待。哥哥死了以後，我是獨子，難道就讓父母看著我一輩子獨身，讓他們沒有兒孫嗎？」

「相當務實。」芎點點頭，「許多人也都是這樣，也不是只有你是在社會和家庭的壓力下結婚。其實，婚姻也不是非以愛情爲基礎不可，畢竟那只是一個共同的相互扶持的生活。」

「Rimi也在台北嗎？」

芎點點頭。「你也知道她大學畢業以後去美國唸了兩年碩士，回來以後在一個外商獵人頭公司工作，專門幫外商大企業在台灣尋找年薪三百萬以上的高階經理人。不過那是白天的工作，她另外還利用下班的時間接案子，翻譯日本小說。」

「她在美國唸什麼？」

「能進外商獵人頭公司，還會唸什麼？當然是唸了MBA。」

「Rimi唸MBA？還眞難想像。」

「Rimi很清楚自己的路。」芎說，「我們認識她的時候，她才十六歲，就已經很清楚自己的人生方向了。她知道自己需要一個收入良好的工作，才能利用另外的時間做自己眞正想做的事。」

「她都譯些什麼小說？」

「各種各樣的都有。有的是純文學的，有的是推理小說，她連漫畫都有譯。只是她很挑，不是好作品她就不譯。」

「我倒想看看她譯的作品。」

「她都會送我幾本。你在台北沒地方住吧？別住飯店了，白浪費錢，來住我家吧。Rimi翻譯的作品我都放在家裡，你愛怎麼看就怎麼看。啊，我忘了問，你的未婚妻呢？她跟你一起回來的嗎？也可以一起到我家來住啊。」

「嗯，她現在也是去拜訪朋友了，晚點我去接她，再到學長家去吧。」

「還用得著你去接？派我的車去就好了。既然你回來了，我今天別的事也不用幹了，等下就先回我家去，再叫司機去接她。你剛說她叫什麼名字？」

「夏瑪。」

「夏瑪？」芎想了一想，「這是魯凱的貴族嗎？」

「咦？」海樹兒相當驚奇，「學長跟原民會打交道，現在對各族都瞭若指掌了嗎？光聽名字就知道她是貴族出身。論譜系的話，她要算是舊好茶大頭目都巒家族的人。」

「你會願意結婚的對象，想必是個好女人。」芎嘆了一口氣，「只是，唉，我看到她，大概還是免不了在心裡拿她跟Rimi比較吧。這就麻煩你別介意了，畢竟我看著Rimi長大的。」

「說得好像你有多老一樣，也不過比我大一歲罷了。」海樹兒笑了笑，「我不會介意你心裡怎麼想，因爲夏瑪跟Rimi完全不同，再者……」

芎也笑了笑，拿起他的cappuccino喝了一口，「再者，在你心裡，誰也比不上Rimi，是吧？哎，他們的cappuccino怎麼還是這麼難喝……」

海樹兒聽了正要發笑，電話就響了，他接起來，「啊，夏瑪，我跟學長在遠企喝咖啡。本來說晚點去接你的，你要不要乾脆過來這邊算了？我們今晚去住學長家。好的，那我們在這裡等你。」

芎一邊喝著他嫌難喝的咖啡，一邊說：「沒想到這麼快就要跟你的未婚妻見面了，魯凱族的，該不是頭上戴著百合花吧……」他話還沒說完，突然愣住了，拿著咖啡的手也停在半空中。

「怎麼啦，學長？」海樹兒呆了一下，順著芎的目光看過去，只見擦拭得一塵不染的大幅玻璃外，站著一個二十五、六歲的年輕女子，穿著俐落的白色七分褲裝，白色高跟鞋，戴著一頂別緻的闊邊草帽，手上拿著窄窄的金黃色皮包，臉上似乎沒畫什麼妝，只戴著一副光彩耀目的金色山吹花耳環。

海樹兒整個人都僵住了，就坐在那裡看著玻璃窗外他朝思暮想的人。

*Aa, boku no yamabuki yo...*

啊，我的山吹花……

海樹兒喃喃自語著。

窗外的里美站在那裡定定的望著海樹兒。兩人就這樣隔窗對看了大約有一分鐘之久，然後海樹兒站了起來，往門外跑去。里美見他往外跑，連忙在路邊招了計程車，迅速的上車離去。海樹兒衝到路邊，已經追不上那輛計程車了，只能看著車子遠去。他在七月的豔陽下瞇起眼睛細看，坐在車裡的里美似乎也在回頭望著他，只是卻怎樣也看不清楚表情。

## 2 第二回

接了海樹兒的未婚妻夏瑪之後，芎帶著兩人來到他在敦化南路圓環附近的住處。他住在一棟飯店式管理的豪華大樓裡，進出都有嚴格的管制，而且門口就坐著兩個制服整齊、態度恭謹的服務人員，一樓的大廳也完全像是高級飯店的排場，連搭電梯都有人幫忙按鈕，住在這樣的地方，在進到家門之前，幾乎是連手都不用動了。

「學長，你家裡該不會也有個管家吧？」在電梯裡，海樹兒笑嘻嘻的問。

「怎麼可能？我忍受不了身邊有不相干的人。每天都有人來打掃是真的，但反正我不在家，也不用碰面，自然有樓下的concierge來幫他刷電梯的卡。不過今天我們提早回來了，不知道他走了沒。」

這棟大樓的每一層只有一個單位，出了電梯就是住家，此外除了逃生梯以外沒有別的出入口。三人出了電梯，海樹兒倒還好，他的未婚妻夏瑪則是大感驚訝。

「好特殊的設計啊！」夏瑪環顧四周，十分讚嘆的說。

這是兩年前芎才搬入的新家，因此海樹兒也沒有來過，但他與芎十分熟稔，又在芎設計的荒木教授家住了許久，因此對這屋子的特殊之處並沒有感到特別驚奇。他環視了一下這整間屋子，只見中央是一個非常大的圓形客廳，有一部分被幾個門佔據了，每個門都是由不同的植物編織而成，雖然都是綠色，但顏色深淺有致，顯得很有層次感，而且乍看之下，還不易分別到底各是哪些植物。客廳中央是一片相當大的人工草皮，看來高級舒適的沙發組就放在草皮上，被一整組弧形的原木矮櫃半包圍著，有的書架上放滿了書，也有一兩個櫃子中間被嵌入長形的魚缸，裡面簡直有如水中叢林，隱約可以看見一些極爲細小、半透明的魚蝦悠游其中。客廳的另一半是落地的玻璃帷幕，大概是無法由外面看進來的那種，不過由十五層樓高的裡面看出去，台北市的街景倒是看得相當清楚，因爲敦化南路和仁愛路都是林蔭大道的關係，這窗景顯得相當宜人。有趣的是，沿著人工草皮的邊緣，有一道直徑約十公分寬的透明水道，大概是以透明的壓克力製成的半圓形管，底部是圓形的，但靠近地板的一側是平的，人可以方便的行走在上面，也不致於絆倒。水道裡面也有水草和小魚小蝦，簡直就像護城河似的，將人工草皮及上面的沙發區域隔離成一個孤立的小丘。而那透明的水道則一路延伸著，最後注入玻璃帷幕前，根本就是一個大型水族箱的吧檯底部。這簡直就像是在十五樓的空中，打造了一個有森林、溪流和池塘的環境。

芎走到吧檯後，背對著玻璃帷幕，開冰箱拿出一些飲料，又取了幾個杯子放在吧檯上。這吧檯既然是個相當深的水族箱，檯面跟整個基座自然是可以承受相當重量與壓力的強化玻璃，缸內種滿了各種形狀的水生植物，裡面至少有數千隻綠蓮燈成群悠游，令人看了心曠神怡。

「這裡有冰茶、果汁、礦泉水，要喝酒的話這邊酒架上自己挑吧，杯子你們自己拿合用的。」說著，他拿了一個普通的玻璃杯，倒了半杯冰茶，就坐在高腳椅上自己先喝起來。海樹兒也過來，幫自己和夏瑪各倒了一杯果汁。

「夏瑪，來喝果汁吧。」

夏瑪走到吧檯前，也在一個高腳椅上坐了下來，但還一臉讚嘆的在觀察這屋子。「連天花板上都有植物！」她很驚訝的說，「芎學長，這麼多植物，這屋子很難維持吧？這棟大樓的管理方面沒有意見嗎？」

芎微微一笑。「這世上可以用錢打發的事情其實還不少。跟他們溝通一下，多付一點錢，業主也沒什麼好不願意的。」

「說的也是。」夏瑪點點頭，還是一臉相當佩服的樣子，「芎學長眞的對植物很了解，這各種各樣的綠色植物搭配在一起，看起來既協調又很有層次感。學長眞是個藝術家哪！」

芎笑了笑。「說我是藝術家，這倒是第一次聽說啊。」

海樹兒在旁觀看，感覺得出來芎對夏瑪雖然友善客氣，但心裡似乎並不很喜歡她，這想必是因爲里美的緣故。海樹兒不禁在心裡嘆了一口氣。知道他與里美過去的人，除了鰥居無子把他當親生兒子般看待的荒木教授以外，大概誰都很難接受夏瑪吧。在日本唸書的時候，每到假期，海樹兒就會到出雲的荒木教授家，那等於是他在日本的家。他也曾經帶夏瑪去過出雲幾次，荒木倒是對於海樹兒的心情非常明白，對於海樹兒和夏瑪的交往也很贊成。

「死守著是愛，展開新的生活也是愛。你這麼選擇是對的。」第一次帶夏瑪去出雲的時候，荒木就曾經這麼對他說過。「我知道Rimi chan對你的意義不同，畢竟你們認識這樣久了，又一起出生入死過，再加上這層血緣，我想，這一輩子，都沒有人能取代Rimi chan在你心中的位置了。但是跟另一個好女人交往、成家，有個穩定的生活，對你也是好的。你畢竟是個藝術家，未來的創作之路還很長，而好的藝術家要能夠充分伸展自己的天賦，身邊一定需要有人支持。夏瑪小姐是個性情穩定又忠誠的好女人，一定會成爲你生活裡重要的支柱。」

「老師不認爲我可鄙嗎？」海樹兒抱著一點自我懷疑這樣問，「心裡愛著別人，卻又接受她的感情和付出，這樣眞的是對的嗎？」

荒木拍了拍他的背，「海樹兒君，你不要把事情想錯了，以爲自己自私自利。你對夏瑪小姐也同樣有付出，只是跟你對Rimi chan的付出不同罷了。我不得不說，你跟Rimi chan的感情，不是一般世俗的感情。你也知道我研究了一輩子台灣原住民的文化，幾乎每個民族都有始祖亂倫或涵義類似的傳說。亂倫在現代的社會裡不被接受，但在遠古時代，卻是人類血脈延續的唯一手段。你與Rimi chan之間的愛情，其實就像你們的傳說故事一樣，並不單純，不只是情人之間的愛，也是同胞手足之間的愛。這樣的感情永遠都不會凋零，也沒有別的感情比得上。說穿了就是這樣而已。你對夏瑪小姐的一番感情，其實倒跟這世界上多數人面對伴侶的感情並沒有什麼差別，因此你並不比誰差勁。」

「老師這樣說，我就這樣相信了。」海樹兒對荒木抱著高度的信賴，「只是我大概不該對夏瑪提起過去的事吧。」

「那當然。夏瑪小姐是個普通人。我這麼說不是要貶抑她，只是說出事實而已。她是個普通人，她不會了解你的過去，所以你也沒有必要拿你的過去來困擾她。她若問起你的感情生活，你就說自己不易喜歡人就好了，反正這也是事實。」

海樹兒正想著心事，就聽到芎說：「夏瑪，你可以隨意參觀。那每道門後面是一個房間，除了廚房餐廳以外，臥室有好幾間，都是有浴室的套房，你可以先挑自己喜歡的。平常我也沒有固定睡哪一間，所以就給你先挑吧。」

「啊，眞是謝謝芎學長，那我就不客氣的先去參觀了。你們那麼久沒見面，大概還有很多話要聊吧，我不打擾你們，等一下我就待在我挑的房間裡看書，你們沒事了再叫我吧。」說著夏瑪就拿著果汁走去開了其中一個門，「啊」的驚嘆了一聲，充滿好奇的走了進去。

「學長，你這裡的設計，怎麼反倒還不如出雲Araki sensei的家？」

芎點頭表示同意。「我幫Araki sensei做的設計，其實是我自己最喜歡的。那裡的環境好，本來就處在大自然裡，因此要把植物元素與日本傳統屋宇結合，遠比處理這鋼筋水泥的高樓大廈要容易。那屋子倚靠著穩定的岩基和堅實的土壤，屋內有樹有水，有花有草，可以讓人十分放鬆，對想安心養老的sensei來說是最合適的了。」

「嗯，sensei曾經跟我說，你的設計裡充滿了循環和生命的概念，可見你是個熱愛生命的人。」

「熱愛生命。嗯，那是自然的。我將獨身一輩子，也會是賽夏最後一個姓芎的人，我做爲人的生命不會在新的人身上延續，因此我把對生命的想望寄託在這些植物上。Araki sensei眞是犀利。我還眞懷疑這世上有什麼事情是他看不穿的呢。」

「學長，我看得出來你並不是很喜歡夏瑪。」

芎拍了海樹兒一下。「你別放在心上，反正我怎麼想並不重要。我當然寧願你的伴侶是Rimi，但這事實上就辦不到。再者，就算你們不是兄妹而你移情別戀，本來也不是我有資格說話的領域。你就放心的跟夏瑪結婚吧。畢竟我關心的是你。如果她能支持你去追求夢想，我就會認爲她是你理想的伴侶了。」

海樹兒相當感動的看著芎：「學長永遠都是這麼支持我。」然後他的眼神略微暗淡了下去，「今天看到Rimi，我眞是太震撼了……」

芎表示理解的點點頭。海樹兒笑了笑，索性拿了吧檯上一個方形的玻璃杯，從酒架上拿了一瓶二十年份的Scotch，倒了一些給自己。「既然講起這些，我喝個小酒也不爲過吧。」

「你愛怎麼喝就怎麼喝。」芎微笑著，給自己也倒了一杯。

「Rimi，她戴著我送的耳環……」海樹兒啜了一口Whisky，好像有點欣慰，又抱著失落感這樣說。

「其實，她後來向我訂製了一條項鍊和一條手鍊，也是黃金的，還要求說，要跟你的耳環上一樣的yamabuki。」

「啊，眞的嗎？那學長你做給她了嗎？」

「那當然，我有什麼理由拒絕？她要付我錢，我還不收呢。」芎也喝了一口Whisky，「畢竟我是看著你們過來的，你們的事，我無能爲力，但爲你們留下一些信物，總還是我辦得到的吧。」

「學長，」海樹兒聽了，眼眶都有點濕潤了，「可是、可是，如果Rimi那麼念著我，爲什麼她今天要跑？連說句話的機會也不給我？」

「你要她聽你說什麼呢？」芎嘆了口氣，「說我愛你？說我好想念你？說我沒忘記你？還是要聽你說我要結婚了？」

「我……」

「打起精神來吧！」芎語帶鼓勵的說，「你別搞錯了，她會跑，就是因爲心裡有你，若是心裡沒有你，她就會跟你談笑風生了！怎麼這麼死心眼哪你！」

海樹兒呆坐在高腳椅上，雙手靠著杯子，呆呆的望著外面的窗景。

「哪，你幾時要結婚？」芎故意打斷他的思緒。

「嗯，過幾天，在台北拜訪完朋友，辦完事情，我們就回和社。日子就給我爸媽選，我們大概還是會按照傳統的方式舉行婚禮。」

「哪，即使都三十歲了，還是這樣的好孩子。」芎笑了起來，「夏瑪那邊呢？要去神山也辦個儀式嗎？」

「那倒不用。她的父母都已經搬離神山了，住在高雄。她上次問過了，她爸媽說，他們約幾個近親到和社去參加婚禮就好了。神山的家屋都已經不在了，再回去部落裡也是麻煩。」

「說得也是，神山比霧台還遙遠呢。」

「怎麼，學長你去過嗎？」

「去過啊，我這一兩年在構思原住民的business，幾乎能去的地方都去了，神山還真是偏遠到不行。」

「你今天去原民會就是談這有關原住民的business嗎？到底是什麼事發那麼大的脾氣？」

「哎，說了就覺得有氣啦！我的構想其實很簡單，其實就是要整合資源，創造一個屬於原住民的經濟體，不然原住民永遠都是經濟上的弱勢。經濟上的弱勢就必然是社會上的弱勢，這沒什麼好講的。我都已經弄了個雛型出來，結果那主委竟然跟我說恐怕幫不上忙，真見鬼的卑南族！以前那個卑南族的主委好得多了，雖然是個文人出身，但很有眼光，現在這傢伙只知道在部落裡譁眾取寵，其他的正經事半點也不做……」

「等等、等等，學長……」海樹兒聽得笑出來，伸手攔住了他，「你的構想到底是什麼？你說做出了雛型又是怎麼回事？先講清楚一點，別忙著生氣嘛。」

「哎，各族都有各族的特殊文化，可以做爲商業利基。要是外人拿我們的文化去賣，不等於消費我們的文化財產？那當然要自己人先下手爲強呀！不然郭英男[3]那種國際官司要打幾場才會學乖啊？各族在原民會都有混吃等死的專委，屁事不幹，他們應該去各部落訪查，把可以商業化的東西拿來商業化嘛。我今天去其實就是跟那該死的主委說，我公司願意提供基礎和資源，協助有意願的部落進入主流商業市場，我不收費，只要求各部落給我公司一兩樣傳統植物的優惠商業使用權。喂，我說約可以兩年一簽，這對族人是個保障吧，我可沒獅子大開口，像那些無良的跨國企業一樣，動不動就要求簽長期定型化契約，像水蛭一樣光吸血不吐！我公司又做國外的生意，如果這個模式在台灣實行得不錯，那還可以進一步開拓國際市場……。這到底是哪點不好？結果那馬鹿竟然說恐怕辦不到！」芎劈哩啪啦的說了這麼一大串，噓了一口氣，又喝了一大口Whisky。

海樹兒被芎的一番氣話講到笑了出來，「哈，學長，你眼光遠大，所以生意做得成功，你叫這些當官的怎麼跟上你？不過你說的雛型又是什麼？」

「就是我跟馬太鞍的合作嘛，高洛洛幫忙牽線的呀！」芎說，「阿美族以野菜文化聞名，馬太鞍濕地的族人也發展

---

3　郭英男（Difang Tuwana'），台東馬蘭社阿美族人，曾因其吟唱的古調未經其授權同意，被當作一九九六年奧運會宣傳曲，引發原住民文化智財權的爭議。

出很有特色的野菜餐點，我透過高洛洛的介紹，向部落提了案，現在他們的馬太鞍野菜包打著新鮮健康的名號，都上便利商店通路了！喂喂，我這可是花了相當時間，在他們馬太鞍的年齡階層裡獲得全面支持以後才做的耶，別說頭目、長老都同意，連他們婆婆媽媽，就是野菜專家啦，也都同意的啊！喔，那幾個村長我沒鳥他們啦，去他媽的村長、該死的行政體系！那，他們授權給我的就是可以在替企業或私人住宅做庭園設計的時候，使用馬太鞍現在還存在的傳統捕魚法，啊，不是眞的要捕魚啦，只是庭院設計的點綴……，因爲那是具有生態工法意念的設計，用了很多植物，所以頗受好評啊。哎呦，這約兩年一簽，意思就是說，兩年一到，我就得去馬太鞍重新遊說一次，擺平問題。今年的約才剛續呢！欸，這合約多複雜哪，相關的人每個都要簽呀！天哪，我賽夏語到現在都還不會半句，阿美語都快學會了啊！他媽的是有幾個生意人像我這麼有良心，結果那馬鹿……啊！幹！該死的卑南族！」

海樹兒聽得哈哈大笑。「學長，你該不會喝兩口 Whisky 就醉了吧，滿口粗話。」

「我跟這些公務員打交道，有禮貌得起來嗎？」也不知道是喝多了還是眞的生氣，芎的臉都紅了，他哼了一聲，指著海樹兒的杯子說，「你給我多倒一點，陪我喝！這件事情我眞是氣！今天非喝到消氣不可！」

「哈哈，我了解你的明白！」海樹兒笑著倒了酒，聽著芎繼續對原民會破口大罵，兩人一直講到窗外天都黑了，話都沒說完，還是天色全黑之後，芎自己醒悟過來，「哎，是不是把夏瑪都丟著不管了？就算她不嫌無聊，飯總得吃吧。」說著他就拉著海樹兒去找夏瑪，結果在一間以台灣野百合為主題的房間裡找到。夏瑪正坐在琉球墊上，倚著棕葉大靠枕，正津津有味的在讀著什麼書。見兩人進來，她笑著說，「你們兩個臉都紅了，是喝了多少酒呢？」

「果然是魯凱族，對百合就是情有獨鍾啊！」芎笑了笑，「你在看什麼書？」

夏瑪揚了一下手中的書，「這是日本翻譯小說。這小說我在日本看過的，但這中譯本譯得眞好！譯者簡介說是阿美族人，但名字好有趣，叫做Rimi Hidegawa，這根本就是個日本名嘛！」

海樹兒本來喝多了酒，又聽芎談笑風生許久，正是情緒好的時候，一聽到Rimi Hidegawa這名字，登時笑容凍結在臉上。芎在背後偷偷推了他一下，然後立刻走進房間，擋住了夏瑪的視線，讓她看不到海樹兒的臉色。「你喜歡這位譯者的話，這邊還有一些她譯的書，還有漫畫哩！不過現在天都黑了，你要看晚點再看吧。怎麼樣，你喜歡吃什麼？我打電話叫好了。」

「海樹兒，你想吃什麼？」夏瑪挪動了一下位置，探頭去看海樹兒，還好海樹兒已經恢復了正常神色，微笑著說：「吃什麼都好，我們打擾學長，就由學長決定好了。學長吃什麼，我們就跟著吃吧。」

晚餐過後，非常識相的夏瑪早早就回到野百合的房間裡去洗澡、看書，讓海樹兒和芎可以繼續聊天。芎把海樹兒帶進一間房間，一開燈，海樹兒就呆了，原來這竟是一間以yamabuki爲主題的房間，地板略爲架高，上面鋪著榻榻米，房間有一面牆是大窗戶，另外有兩面牆上繪著栩栩如生的京都松尾大社的壁畫，第四面牆上釘著參差不齊的木書架，架上滿滿都是書，書架之間點綴著青綠的山吹枝葉。

海樹兒正望著以賞yamabuki聞名的松尾大社壁畫發呆，芎已經把對外的窗戶打開，然後將榻榻米案上的幾盞油燈點了起來，又將屋頂的大燈關了。因爲油燈總共有五盞，點起來以後倒也不覺得房間暗。芎舉起一盞油燈說：「你認得這種燈嗎？這是以前日本人用的，用yamabuki的枝子當作燈蕊，很傳統的油燈。」海樹兒上了榻榻米，也舉起一盞油燈端詳了一陣子，然後嘆了一口氣。

「學長，這怎麼得了……」海樹兒把油燈放回案上，在榻榻米上坐了下來。「我都要結婚了，但只要看到和Rimi有關的東西，我就會馬上呆掉……」

「你會慢慢習慣的。」芎充滿同情的說，「我帶你到這個房間來，只是要告訴你，這邊的書架上也有Rimi譯的書，你想看也可以在這裡看。不過，等下你洗過澡，還是去夏瑪那邊睡比較好。你心裡永遠有yamabuki，在現實生活裡，你就學著接受台灣野百合吧。」

海樹兒點點頭，又望著油燈呆坐了一陣子，才跟芎一起吹熄油燈走出了房間。

這天夜裡，兩人聊到過了午夜，海樹兒在野百合的套房裡洗完澡出來時，夏瑪已經睡著了，但還很貼心的留著牆上一盞淡黃色的夜燈，房間裡所有的野百合都因而沾染了一點黃色氤氳。海樹兒站在一邊看著熟睡的夏瑪。比起一般的魯凱族人，夏瑪的身材算是比較修長的，膚色也比較白，又留著過肩的長髮，跟身材嬌小、留著短髮、膚色有如拿鐵咖啡的里美完全不同。海樹兒看了許久，才終於躺到床上去，側身抱著夏瑪。就跟在大阪的時候一樣，一層薄薄的涼被下，夏瑪是全裸的，她有裸睡的習慣。海樹兒把頭埋在她的頸際，閉上了眼睛。這個房間裡，夏瑪就像台灣野百合一樣清香，她光滑的肌膚令人聯想起百合在魯凱族所代表的貞潔和高貴。海樹兒擁著野百合，然而他腦中山吹的形影依然揮之不去。

海樹兒曾經在四月下旬yamabuki盛開的時候，獨自到京都的松尾大社去賞花。數千株yamabuki綻放在京都的春風裡，高雅的香氣襲面而來，使海樹兒恍如置身夢中。此刻海樹兒又想起了當時的情景，也想起五年多前，他在太魯閣號快車上向里美表白之後，曾經教了她一句松尾芭蕉詠yamabuki的俳句。

*Horohoro to yamabuki chiruka taki no oto*

（ほろほろと山吹散るか滝の音）

「嗯，這應該怎麼翻譯才好呢？」

「譯成……嘩然水聲與飄落的山吹是懸瀑之音？」

「這譯得多沒有意境哪！」

「那你説該怎麼譯呢？」

「我也不知道。可是，我是yamabuki，爲什麼要與瀑布水聲一起飄落呢？」

「因爲Rimi就像芭蕉形容的這樣，打動我的心啊。」

海樹兒感覺到懷中的夏瑪動了一下，隨即又沉沉睡去。海樹兒把夏瑪抱得更緊了，但眼中卻湧出淚水。他回想起十年前，他二十歲，里美才十六歲，他們初識的那一年。那天晚上，高洛洛、里美、他和芎一起睡在高洛洛家一樓的和室裡，他曾經望著沉睡的里美好久好久。他緊閉的眼前彷彿看見當時的里美，那影像又與今天中午看見的里美重疊起來。眼淚無聲的流下來，橫過臉頰落入他自己的耳中，就好像芭蕉所形容的那般。

## 3 第三回

八月底，海樹兒和夏瑪的婚禮在和社舉行，正是布農族慶賀小米收成、祭拜祖靈的新年祭儀期間。完婚之後，兩人並沒有在和社停留多久，先是送夏瑪的父母回到高雄的家，就又經由台北前往日本。在離開台灣之前，海樹兒和芎又見了面，談起他之後在日本的計畫。他已經花了十多年的時間完成學業，再加上唸阪外大期間，也曾在各種各樣的劇團實習過，如今他已經做好了準備，並且選擇古老的京都爲起點，將要投入劇場創作的實務裡了。雖然創作需要資金，但他不願意完全仰賴芎的資助，只同意芎資助他在京都生活的基本開銷，此外所需的資金，他希望靠自己的努力來賺取。

海樹兒離開台灣之後不久的九月中，里美因爲翻譯的新書出版而約芎碰面，芎就乾脆邀請里美到他家裡晚餐。這天芎早早的離開公司，回家自己準備了西班牙燉飯，等著里美來赴約。

里美到的時間比芎預期得晚，一進門就連連道歉。

「Senpai，眞對不起，讓你久等了。今天公司突然多了些事情，不得不趕著處理完。」

「沒關係沒關係。」芎笑著擺手，「有幾次我們約，我也讓你等過，這有什麼大了不起的。先來吃飯吧，反正我今天準備的是西班牙燉飯，也不怕它冷。」

里美跟著芎進了廚房。說是兼做餐廳用的廚房，事實上是一個相當寬敞的空間，除了美式開放廚房的設計以外，另外有好幾套桌椅，簡直就像個小型的時髦餐廳。里美來過不只一次，知道芎一定會叫她自己選位子，就挑了靠窗的一個兩人座放下皮包，坐在窗邊看夜景。

芎拿著燉飯和紅酒過來時，里美從皮包裡拿出兩本新的譯作。芎接過一看，是書名爲《北國異客》的日本小說，書衣上還打著「江戶川亂步賞得主」的字樣。

「這次譯了受賞的推理小說？」芎很感興趣的翻了一下，「什麼樣的故事？」

「算是相當有趣的推理。是關於一個拉普蘭來的偵探，在北海道協助日本警方調查幾宗異國人遭連續謀殺的故事。」

「拉普蘭？芬蘭的拉普蘭？」

「嗯啊，很新鮮吧。這位作者出身函館，因此對於冰天雪地情有獨鍾，整部小說都以嚴冬爲背景，謀殺手法也只有在那種天候下才辦得到。你看了就知道。」

「你選的書不可能會差的，我一定馬上看。每次你拿來的書，我都很快就看完了。哈哈，寧可明天見客戶打瞌睡，也要把Rimi的作品看完。」

「Senpai對我可眞好。」里美笑了笑，「不過有時候被人示好，也是一件令人心煩的事。」

「怎麼說？最近又有人追求你了嗎？」

「怎麼說『又』？」里美不好意思的笑了笑，「其實也沒那麼多人追求我。」

芎不理會她的軟性抗議，「這次『又』是哪位呢？」

「是個來求職的人，很有趣的背景，一個排灣族的。」

「排灣族的？」

「嗯，不過是在美國出生長大的。」

「他還知道自己是排灣族，還不錯啊。」

「他父母都是排灣族，他還會講族語呢。」

「從小在美國長大啊，又主動去獵人頭公司遞履歷，想必在美國也頗有點經歷，不然應該也不敢這麼大膽吧。」

「啊，senpai，美國人沒有什麼不敢的哪。不過這個人本身的履歷相當不錯，他是Wharton School畢業的呢。」

「賓州大學的商學院？」芎相當驚訝，「那是全美屬一屬二的商學院吧！」

「是啊，我在美國唸書的時候，也不能免俗的去參觀了一下，眞是金碧輝煌的學院，裡面的學生都不可一世的樣子。不過這位排灣族的倒還蠻好的，並不像一般商學院出身的那樣，愛炫耀自己的能力，不是個鋒芒畢露的人，蠻溫和有禮的。」

「所以你們是以英語對談囉？」

「嗯，他會講中文，不過他的中文程度遠不如他的排灣語，所以還是用英語溝通比較方便。」

「不過這傢伙第一次去遞履歷，就向你表示好感啊？」

「噢，不，他來了不止一次了。因爲之前就曾經給過他幾個offer，但他並不是很滿意。當然啦，那些offer也不眞的那麼理想，他若是個很出色的人，看不上眼也是自然的。」

「你怎麼知道他追求你？」

「因爲他今天帶了好大一束花來啊。」

「呵，眞明顯，也眞有心。你把那些花怎麼樣了呢？」

「我辦公室裡都有插花啊，剛好那花也該換了，所以我就把他送的花插起來囉。說起來品味不差，但也沒有太特殊，當然不能跟senpai的能力比較了。」里美說著笑起來。

「什麼樣的花啊？」

「是很鮮豔的藍紫色的蜀葵，長梗的那種，有的花開得很大朵。」

「啊，蜀葵，現在倒是季節沒錯。」芎啜了一口紅酒，「可見你在他心中，就是像那樣開得很豔麗的蜀葵吧。」

「藍紫色。我還眞沒想過自己會給人那種顏色的感覺呢。」

「那是因爲你習慣了自己是豔黃色…」說到這裡，芎自覺失言，連忙打住。

里美也馬上意會，本來正在說笑，臉色登時暗淡下來。

芎看里美突然間變得十分低落，就放下了手中的叉子，把盛著燉飯的盤子推到一邊，用手撐著臉，索性就這樣望著里美。過了一陣子，芎才慢慢的說：「對不起，我讓你想起海樹兒了。」

里美不言不語，拿了紅酒，兩三口就喝盡了，又給自己倒了一杯，轉過去望著窗外的夜景，又很快的把酒喝完，還是不說話的望著窗外。

「我看你是不會說話了，那還是我幫你問，我替自己答吧。」芎嘆了一口氣，「你想問我海樹兒結婚的事。高洛洛跟你提起的，是吧？我想也是，高洛洛不可能連提都不跟你提，但想必你沒多問。你不問她，寧可來問我，這點我也了解。好吧，那我就跟你說吧。嗯，對，高洛洛跟阿維也有去和社參加婚禮，我在那裡有碰到他們，還見到他們女兒，都兩歲多了。啊，說那婚禮，嗯，傳統的布農族婚禮，一切都很順利。新娘……，你想知道她長什麼樣子吧？魯凱族的，海樹兒在大阪的同學，人蠻好的，但全身上下沒有一點像你，跟你完全是兩種不同型的人。魯凱族像她這樣皮膚白的還蠻少見，她也算是魯凱族裡面比較高的，長頭髮，不會太樸素，不過也不花俏……」

芎一邊說著，里美的眼淚就落了下來。她又給自己倒了酒，很快的喝完，又再倒了一杯，沒過多久，一整瓶紅酒就快被她喝完了。

「你已經一口氣喝了五杯，你還要喝多少？」芎瞪著里美，「你眞那麼想喝酒嗎？我這裡酒倒多得是，我再拿來給你也沒關係，不過你至少吃點東西再喝吧？」

里美還是不說話，芎嘆了口氣，把剩下的紅酒倒進里美的杯子，起身又去拿了一瓶紅酒來。低頭一看，里美的杯子又已經空了，於是他邊搖頭邊開了瓶，直接就往里美的杯子裡倒了將近半杯。

「你喝，我說。反正我不說，你也不會高興。我乾脆一次說完好了。」芎看著里美又喝起來，就說，「至於婚禮上，海樹兒怎麼樣呢？他好好的，高高興興的，跟大家有說有笑。他們結完婚以後我們在台北又碰了一次面，他決定去京都，在那邊開始從事劇場實驗創作。他還是像以前一樣，我要給他全額資助，他不願意接受，只接受一小部分，說其他的要自己想辦法……」

「他太太也會在京都找工作，全力支持他的吧？」里美突然打斷了芎，剛把話問出口，就淚如泉湧，她穿著的白色連身長裙襟前都被淚水打濕了，看起來好像花的圖形。

「我不知道他太太最後會做什麼工作，不過初期會先當私人補習學校的中文教師，這樣會有蠻穩定的收入。」芎硬著頭皮說，「她大學畢業以後沒有再唸書的打算，所以也不會因爲學業增加他們的負擔，應該是可以幫助海樹兒吧。」

「她才大學畢業嗎？所以還很年輕囉？」

「她在台灣先工作了才去日本唸大學的，所以跟你是同年的，比你小一點點，生日好像是十月，天平座吧。」

「天平跟什麼星座都很搭，配海樹兒這個獅子座也剛剛好。」里美說著，一邊掉眼淚，一邊又把酒喝乾了，然後又伸手去拿酒瓶，這次芎一把捉住她的手腕，有點嚴厲的說：「Rimi，你到底要喝多少？我辛辛苦苦煮了燉飯，你一口都不吃，就光喝酒？紅酒是這樣喝的嗎？」

「我吃不下……」

「你當然吃不下，因爲你完全搞錯了！」芎瞪著她，厲聲說，「五年多前你生日，他寫那樣的信給你，不久後他回台灣論文口試，你去見他了嗎？」

「我沒去，因爲我辦不到。但那時是那時，現在是現在。這些年來他也沒再寫信給我，而且，現在他已經接受別人，結婚了……」

「那天在遠企，他看到你沒有追出去嗎？是誰跑了？不是你跑了嗎？」

「我跑對了吧，senpai？那時候我還不知道他要結婚，若是我沒跑，難道要我聽他親口跟我講他的婚事？」

「對，海樹兒問我你幹嘛跑，我也是這樣跟他說的，我完全了解你爲什麼要跑，換了是我可能也會跑。不過，Rimi，海樹兒結婚是一回事，他跟你是另一回事，這你怎麼不懂呢？」

「我當然不懂啊！」

「你不懂……？」芎聽了，放開里美的手腕，摸了摸自己的前額，臉色略顯疲憊。「你哪裡不懂？嗯？你哪裡不懂？跟我說，我解釋給你聽。」

「Senpai，他已經不在乎我了是嗎？」說著里美乾脆往兩人的杯子裡都倒滿了紅酒，自己一口氣喝掉兩杯。

「他不在乎你？他跟我說要結婚的時候，我本來以為對象一定很像你，結果他說，如果像你，他就不可能跟對方結婚。因為你是你，世界上只有一個，不是任何人可以取代的。因為她跟你完全不一樣，他才會跟對方結婚。」

「那不就正代表他不在乎我了嗎？」

「他不在乎你？」芎拉高了音量，又將兩個空杯子倒滿，「來，Rimi，我倒酒給你，你喝！你喝！你一邊喝，一邊聽我講！」

倔強的里美真的拿起酒杯，兩三下就將兩杯又喝乾了，又倒酒給自己，又很乾脆的把酒喝了。

「好、好、好得很！」芎看里美這樣，幾乎要發怒了，「你知不知道，六年前Araki sensei跟我們三個約在台北見面，你回花蓮了，當天在遠企，海樹兒因為講你的事，講到昏倒在地？」

「啊？！」

「我不跟你講，你就想不到啊？」芎說著，雙手壓著桌子，把音量提得更高了，「他為了你哭，你沒看到，就想不到啊？他聽到你的名字就呆掉，你想不到啊？他見到你就呆了那麼久，還追出去，你都親眼看到了，還想不到啊？！」

芎越說越怒，站了起來，相當粗暴的拉著里美出了餐廳，直把她拉到那間yamabuki的房間門口，摸黑進去把五盞yamabuki的油燈都點上了，然後走回門口，一把將里美推了進去。「這是yamabuki的房間，這裡點著的是yamabuki的油燈，海樹兒就在這個房間裡看著油燈發呆，你想不到啊？他不能跟你結婚，又不能不顧及父母，他選擇一個不會讓他想起你的對象，因爲他不容許任何人侵犯你在他心裡的那個角落，你想不到啊？你是眞想不到還是假想不到啊？你到底是不是我認識的Rimi啊？！」

里美站在五盞油燈的光暈裡，聽了芎這樣怒氣勃勃的一番話，終於放聲大哭。她一哭，芎反而嚇到了，立刻冷靜下來。「Rimi，我嚇到你了嗎？是因爲我太大聲了嗎？對不起，我不是故意要罵你，我是……哎，我看海樹兒爲了你死去活來，你竟然誤會他到這種地步，還這樣亂喝酒，我才生氣的。」

芎這樣好言安慰，反而使里美更加想起海樹兒，就倒在牆角的榻榻米上大哭起來。芎在她旁邊靠牆坐了下來，輕輕拍著她的背。

「Rimi，你這麼聰明，怎麼會不了解海樹兒的心情？如果他跟你有可能，就是拿金山銀山來換，他也不會願意。他是結了婚，但是他心裡沒有放棄你啊。你抬頭看看這個房間，你看牆上畫的這個松尾大社，這是京都賞yamabuki的名勝，他選擇住在京都，難道你以爲是爲了櫻花？他選擇的對象是個好女人，但是我並不喜歡，不是因爲別的，就是因爲我看你們這樣非常痛心。如果可能，我眞希望你們在一起，但是，欸，你知道嗎，只要能力所及，要我幫你們兩人什麼忙我都願意，但就這一件事情，Rimi，眞的對不起，我辦不到啊！」

里美坐了起來，淚眼模糊的望著芎，只覺得頭一陣一陣的發暈。芎回望著她，這才發現她不僅戴著yamabuki的耳環，也戴著yamabuki的項鍊，他想起自己只能爲他們打造這些小小的信物，心中百感交集，伸手摸了一下那項鍊的墜子。

「Yamabuki……唉，Rimi，不要說海樹兒，連我都拿你當yamabuki的化身。海樹兒是眞心想要對你好，不是他不願意，是他辦不到哪！」

頭暈得厲害的里美聽著這些話，只覺得酒意上湧，眼睛看出去，芎那雙大眼睛和長睫毛，看來竟和海樹兒很像。她往前栽倒在芎的身上，勉強抬起頭來，怔怔的問：「Senpai喜歡我嗎？」

「啊？」芎被她問呆了，「我當然喜歡Rimi。大家都喜歡Rimi。」

「Senpai喜歡我的話，我嫁給senpai好嗎？」

「嘎？」芎大吃一驚。

「Senpai願意接受我嗎？」

「Rimi，我很喜歡你，但是我不能跟你結婚。你知道我不喜歡女人……。」

「不是這樣，senpai其實也可以接受女人的，至少可以接受我。」

「Rimi，不要這樣。就算我喜歡女人，也不能接受你。」

「爲什麼？」

「因爲、因爲海樹兒。」

「可是他已經結婚了，senpai就跟我結婚吧。」

「即使他結婚了，我也不能動他心愛的女人。」

「Senpai這樣說，其實是願意接受我的吧？」

「你知道我不能的，不要再說了吧。」

「爲什麼連你也拒絕我……？」里美眼中又湧出了淚水。

「沒有人拒絕你。海樹兒從來沒有拒絕過你，只是命運不允許……。」

「那、那senpai呢？爲什麼拒絕我？」

「我沒有拒絕你……。」芎感覺到里美的眼淚把他的襯衫領口和前襟都濕了一大片，只能在心裡連連嘆息。

「從十年前剛認識的時候開始，我就覺得senpai就是一個特殊的人，我一直非常佩服。我曾經問過nīchan，爲什麼senpai不交女朋友，那時候我還不知道senpai的性向。我會這樣問，就是因爲senpai其實非常有魅力。如果沒有nīchan……」里美說著，又是淚如泉湧，「如果沒有nīchan，說不定我也會喜歡senpai。如果當初我向senpai表白的話，senpai也要拒絕我嗎？」

芎被里美這一串話講得啞口無言，只好保持著沉默，任由里美靠在他胸前。剛進這房間的時候，里美本來已經放聲大哭，但現在兩人的話講到如此，里美已經不再大哭，反而相當壓抑的嗚咽著。芎感覺到里美因爲喝多了酒而身體微微的發燒，沾濕了他胸前的眼淚似乎也是滾燙的。他望著案上的五盞油燈，想著過去十年間的往事，不禁思潮起伏。初識的時候他們多麼年輕，里美還是個青春少女，簡直就像是漫畫裡走出來的，一切怎麼竟然在十年間演變成這樣？他想著這些，慢慢的伸出手抱住里美，把自己的臉靠上里美的頭髮，伸手去撫摸里美那十年來始終不曾改變過的短髮。他的手指無意間碰到了里美的yamabuki耳環，心裡更是感慨。

「Rimi……」芎輕聲的說，「Rimi難過就大哭吧，不要這樣壓抑。有我在這裡，你放心，你就大聲的哭沒有關係……」

「Nīchan、nīchan也說過同樣的話……。」里美說著，抬起頭來望著芎。

「Rimi，看你們兩個這樣，我眞的很難過。」

「Senpai是不可能跟我結婚了？」里美淚眼朦朧的說。

芎搖了搖頭。「我辦不到。我不想因爲世俗的眼光而結婚成家，我喜歡獨身，我喜歡自己做的事。就算這些都不是問題，光是因爲海樹兒，我也不能跟你結婚。」

「Nīchan自己結了婚，難道他不希望我也結婚，有個新的生活嗎？」

「他、他確實希望你過得幸福……。」

「如果眞的如senpai所言，他還是那麼在乎我的話，與其看我跟別人結婚，不如我跟senpai在一起吧？」

芎又搖了搖頭。「我了解海樹兒，那只會使他更痛苦而已。如果是一個他不認識的人，反正他也無從想像起。如果是我，他怎麼可能受得了。哎，無論如何，我都不可能跟Rimi結婚的……」

里美聽了，慢慢的低下頭，把額頭壓在芎的胸口不斷的抽泣。過了一陣子她再抬起頭來，眼中還是含著淚水，卻伸手去解芎的襯衫扣子。

「Rimi！」芎大吃一驚，卻不知道該怎麼反應才好，他的手還抱著里美，整個人僵在那邊。

「Senpai……senpai……」里美一邊解他的襯衫一邊說，「我了解senpai所說的一切，我知道senpai無論如何都不會跟我結婚的。但是……」里美伸出手去，輕輕摸著芎的胸口，抬起頭來以十分迷離的眼光看著芎，「但是，沒有人比senpai更了解我的痛苦了。今晚，就只有今晚，senpai就不能忘了別的事情，給我一點安慰嗎？」

芎呆呆的望著里美。在暈黃的油燈與松尾大社壁畫的襯托下，即使一點妝也沒化，即使已經哭成了淚人，里美依然像yamabuki一樣的高雅美麗。芎望著里美好一段時間，他的心漸漸軟了下來。他一言不發，慢慢的解下里美的yamabuki耳環和項鍊，小心的放在榻榻米的案上，然後轉過身來看著里美。

「Rimi……」他向里美伸出了手，輕聲的說：「Rimi，到我這邊來吧。今晚就忘了一切。明天的事，明天再說吧。」

## 4 第四回

「謝謝你給我這個機會，請你吃午餐。」剛在遠企三十八樓高的馬可波羅義式料理餐廳坐定，Key就很有禮貌的對里美這樣說。今天他又去了里美的公司談論可能的職務，談完已經是午餐時間，他就很有禮貌的請里美到附近的遠企來午餐。這是一個非常宜人的九月天，中秋節已經過了，暑熱完全退去，時序已經進入眞正的秋天。台北雖然不是什麼美麗的城市，但從這樣的高度看下去，景緻倒也還好。

這位Key就是不久之前里美向芎提起過的，那個從美國回來的排灣族青年。他的五官雖然有排灣族的特徵，膚色深、眼睛大，但大概是從小接受美式飲食習慣的關係，身材卻一點都不像排灣族，反而相當的高大，乍看之下還有可能被誤以爲是經過混血、好打籃球的非裔美國人。他的名字也很奇怪，叫做Key lja Gade。看來他的父母雖然給他保留著傳統的排灣姓氏，卻給他取了英文名字，只不過Key這名字不太常見，有點引人好奇。

「啊，說到這個，其實這並不是什麼『傳統的』姓氏。」中文不太靈光，以英語和里美溝通的Key說，「我們排灣族是由長嗣繼承家業，不分男女。繼承家屋的小孩就沿用家屋的名字，就好像西方人的姓氏這樣。我的父母都不是最長的小孩，所以都要離開自己的家，去外面另立家屋。我父母都是牡丹鄉的，結婚以後，雖然一開始沒有自己的房子，還是給住處命了名，叫做Gade，ga-de，兩個音節，意思是『山上』，也等於是不忘本的意思。後來去了美國，住在舊金山，剛好是個山城，保留Gade這個名稱也蠻恰當的。」

「噢，這樣我了解了。」里美微笑著說，「你在國外長大，卻對排灣族的文化非常清楚，眞是了不起啊。」

「那眞的要感謝我的父母，是他們堅持我在家裡必須要講排灣語，又把他們在部落裡的經驗告訴我，今天我才會知道這些。」

「你的父母是值得尊敬的人。」里美衷心的說。「不過，你的名字在美國人看來應該相當奇怪吧，他們都怎麼唸你的名字呢？」

Key笑了起來，「美國什麼樣的名字都有，我的名字也算不上特別怪。每個人看到我名字的反應不同，有的人會問正確的發音，不過多數的人都是直接唸成類似Key lia Gate這一類的。」

「這倒是一個很有趣的解讀法。」里美也笑了起來。

「不過，」里美收起了笑容，換上比較鄭重的神色，「或許你願意說說你對這次提供的幾個職務的看法？說真的，這次這幾家公司都蠻積極的想要爭取你，你的意願如何呢？」

Key思索了一下。「花旗銀行、加樂福、海尼根……確實，這麼大的企業願意用我，這次我有點受寵若驚，但這反而也讓我不知道該從何選起了。」

「你在Goldman Sachs總部工作了將近五年，這麼好的經歷，我想花旗銀行大概就是看中你這一點吧，畢竟都是金融業。」

「確實。」Key回答，「不過這也是我猶豫的原因之一。一個領域待久了，也會想換換環境，換環境也算是一種新挑戰。」說著他笑了笑，「多謝你的關心，不過我特別請你吃午餐，卻還是談我的工作，那也未免太辜負這頓午餐了，不是嗎？」

里美笑起來，看來她想避重就輕的策略失敗了，只好說：

「不談你的工作，那麼，可以問你爲什麼回到台灣嗎？你在紐約有那麼好的工作，怎麼突然就把工作辭了回到台灣？你的父母沒有意見嗎？」

「我父母從來不干涉我的選擇，說起來他們是很開明的父母，而且他們也了解我的心情。我在美國出生，一次也沒有回來過台灣，總該回來看看自己父母的家鄉吧。你知道，第一代的移民往往是沒有什麼認同困擾的，因爲離開家鄉到異國去定居，是他們自己的選擇，但移民的第二代往往就會對自己的根源有些疑惑，我大概就是屬於這一型的吧。雖然這些疑問不到困擾我的地步，但總是想走在父母生長的土地上，用自己的眼睛好好的確認一下這個被父母稱作『家鄉』的地方。」

「這麼說來，我倒會建議你接受花旗的offer。」里美說，「回到台灣，要適應一個你從來沒有實際接觸的文化，應該是你眼前最大的挑戰吧。那麼在日常工作方面，還是選擇一個自己比較熟悉的吧。」

Key點點頭。「Hidegawa小姐，這話眞是相當有智慧。」

里美「嗤」的笑了出來。「Hidegawa不是我的姓，是我媽媽的名字，我們阿美族是母女聯名的。請你叫我Rimi吧。」

「啊？你是阿美族？」Key非常驚訝的看著里美，「你是我認識的第一個阿美族人哪！」

「你放心，阿美族是台灣原住民裡人數最多的，久了以後，你會遇到很多阿美族的，恐怕你想擺脫都擺脫不掉呢。」

這時服務生送上了餐點，兩人一邊用餐，談起了輕鬆的話題。

「啊？你想去蘭嶼？」

「是啊。」Key說，「台灣雖然是個島，但在島上要看到大海並不容易。像現在在台北，不要說海了，連河都見不到呢。我在地圖上看了，蘭嶼是個小島，想必在島上的任何地方都一定能夠看到大海吧，因此感覺很嚮往。」

「你不是在舊金山灣區長大的嗎？根本就住在太平洋的東岸，怎麼講得好像是住在內陸，沒見過大海似的？」

「我是在灣區長大的沒錯，不過從唸大學就離開了。你也看過我的履歷，大學在密西根，B-School在費城，工作在紐約……確實是有海灣、有大湖、有港口，但那跟被大洋環繞的感覺還是很不一樣吧。我也沒去過夏威夷，連邁阿密都沒去過。從小到大，在美國三十幾年，我對海洋其實一點都不熟悉。聽說阿美族是海洋民族，你一定很熟悉海洋吧？」

里美笑起來，「不不不，你誤會了。我不住在海邊，東海岸的阿美族或許會比較了解海吧。我住在東部的兩座山脈中間的平原上，要到太平洋，還得翻過一座山脈呢。其實我也不了解海洋。」

Key臉上突然露出了興奮的笑容。「不知道我有沒有這個榮幸邀請你一起去蘭嶼呢？」

「啊？」

「我想，我就接受你的建議，接受花旗的工作吧，但我要求一個條件。現在是九月底，嗯，我要求從接受工作的現在起到正式上班之間，至少要有十五到二十天的緩衝期，我在十一月正式上班。他們可以先跟我面談，也可以要求我在正式上班之前先去熟悉職務，但我希望這當中至少給我半個月到二十天，讓我可以去蘭嶼。」Key說著，很誠懇的看著里美，「我想邀你同行，希望你可以考慮。」

「這……」從來沒去過外島的里美，其實對蘭嶼也很感興趣，但是對於Key的邀約卻有些猶豫。她也在美國唸了兩年書，對於這段時間以來Key的態度，以及現在這樣的邀請，大概代表著什麼意思，其實心裡有數。Key顯然是個十分光明正向的人，給她相當的好感，但若不是也同樣的願意給人家機會，就這樣答應跟他去蘭嶼遊玩，似乎又有些太隨便了，若是引起對方的誤會，豈不是很不道德嗎？因此里美沉吟了片刻，回答說：「多謝你的邀請，但我有工作在身，不是說走就走得了的啊，我也沒辦法請那麼多天的假。」

「你有每年固定的休假吧？」Key還是很積極的遊說，「如果你不嫌我煩的話，或許你可以跟老闆溝通，把休假的時間調整一下？即使你沒辦法或不願意在蘭嶼待那麼久也沒關係，我送你回來台北，自己再過去。我只是很希望有這個機會跟你一起去蘭嶼探訪海洋。」

「就算老闆放人，我晚上還有接案子在做翻譯呢。」

「你可以帶著去啊。我只是希望邀你一起去蘭嶼走走，如果你在蘭嶼想要找個風景優美的地方安靜的工作，我絕對不會打擾你。你願意跟我一起去蘭嶼，我就已經非常高興了。」

被Key十分慇懃的說了這麼一大套，里美其實已經有點動心了，她自己也知道，若是她去跟老闆商量一下的話，對她那麼好的老闆一定會通融。一直以來，里美的工作績效都是公司裡最好的，也最獲得大客戶的肯定，老闆主動多放她幾天假都有可能，只是她心裡還是有些猶豫。又再想了一下，她笑著對Key說：「這樣吧，我先回公司，把你的案子結了，這樣對那三家公司有個交待，總不能把人家宕在那邊哪。至於你的邀請，請給我兩天的時間考慮，好嗎？」

Key聽了大喜過望：「那太好了！眞是太好了！請你鄭重的考慮我的提議吧！我是眞心誠意的想邀你一起去體驗海洋，眞的，我並沒有別的要求。」

里美笑了笑，側過頭去看窗外的景色。雖然因爲樓層很高，看不眞切，不過似乎城市裡的行道樹都在搖擺。或許是外面起風了吧。里美想著，果然是秋天到了啊。

## 5 第五回

前幾天，芎收到海樹兒寄來的email，談起在京都的狀況。他說安頓得很好，夏瑪很順利的找到中文教師的工作，他也開始跟關西地區的一些劇團接觸。大阪倒是有一個以前他曾經接觸過的劇團對於他的構想很好奇，願意展開初期的合作。他們和海樹兒簽了約，請海樹兒撰寫一部劇本。海樹兒在信中這樣寫著：

對方提供的條件不差。他們請我完全按照自己的意願去撰寫，等他們拿到劇本，再來洽談下一步。當然，或許他們根本就不會感興趣，但若是感興趣，不論他們是全盤接受，還是要求修改，我都有了一個起點。眞的必須說，至少到目前爲止，一切都還相當順利。我的劇本是以布農族的金葫蘆花傳說爲主軸，因爲這第一次的嘗試是在關西地區，我想讓這齣劇帶有一定程度的日本傳統風格。將布農族的傳說和音樂與狂言的某些元素做一定程度的結合，我相信不是辦不到的事情，不過具體的作法有些複雜，就不在信中詳述了。另外，我手寫了一封信，寄到學長家裡，希望學長幫我轉交給Rimi。最近若是有空，我們也可以視訊通個話。有時候還蠻希望跟學長聊一聊。不過最好是下午夏瑪去上課的時候，會比較方便。

看來，婚姻生活雖然沒有什麼不順遂的地方，但海樹兒內心還是相當煎熬。他上一次寫信給里美已經是五年多前的事了，現在才在京都安頓下來沒有多久，就又寫信給里美，不知信中會寫些什麼呢。想到這裡，芎不禁有些憂心。他簡短的回了海樹兒的email，一方面恭喜他有所進展，另一方面也提醒他，若是有任何財務上的需要，千萬不要不開口。此外也說一定會將給里美的信轉達。但當然，他完全沒有提起九月中里美在他家過的那一夜，不過這倒不是出於什麼罪惡感。

對於那天晚上終於接受了里美，芎並沒有任何罪惡或抱歉的感覺。他最後態度之所以會軟化下來，實在是因爲他不願意看到里美那樣痛苦，才會向里美伸出了接納的手。芎說的沒有錯，海樹兒並沒有拒絕里美，但里美沒有獲得自己想要的卻也是事實。在這樣的情形之下，他實在無法拒絕哭泣的里美。他小心翼翼的取下yamabuki的耳環和項鍊，其實正是基於對於他們感情的尊重。雖然那耳環和項鍊都是向他訂製的，但那以yamabuki爲象徵的世界，畢竟只屬於海樹兒和里美兩人。身爲他們兩人的多年好友，即使暫時的給了里美一點心情上的安慰，他也不願意踏進那個世界裡。在他的感覺裡，他就好像那個世界的守門人一樣。還有誰比他更能了解生意盎然、風姿萬千的花朵銘刻人心的力量呢？那種力量，簡直就像咒一樣啊！

幾天後，海樹兒寄給里美的信到了，於是芎約了里美在她公司附近的遠企碰面喝下午茶，里美也依約到了，不過裝扮得跟平常有些不同。通常里美都會穿白色的衣服，白色的套裝、白色的洋裝等等，不過這一天她穿著俐落的深灰色褲裝，裡面搭配著淺粉紅灰的碎花襯衫，那花樣倒有點像七月海樹兒回來時，兩人巧遇的那天海樹兒所穿的襯衫，只是質料與花的顏色不同而已。

「Rimi，怎麼換穿深灰色了？你要當New Yorker，打開衣櫃就只有黑白灰嗎？」芎打趣著說。

「Senpai沒認出來這條絲巾嗎？」里美拉起胸口一條粉紅灰色的絲巾，「這是senpai送我的二十歲生日禮物啊。爲了配這條絲巾，所以才穿這件襯衫的。襯衫顏色淺了，當然套裝就得穿深色一些了啊，再說也秋天了，也該有點秋裝的樣子吧。」

芎仔細一看，確實，那是他送的生日禮物。但被里美這麼一說，他也就留意了一下里美的耳環。今天里美沒有戴yamabuki的耳環，而是戴著與衣著很配的珍珠耳環，芎不禁心裡打了個結。這是怎麼回事？芎暗暗的想，我約她喝下午茶，她戴我送的絲巾，又沒戴yamabuki的耳環，這是什麼意思？該不會……欸，可是我要給她海樹兒的信哪！這怎麼辦……

里美看芎的表情不太自然，不禁笑了起來。「Senpai在想什麼我知道。Senpai在想，爲什麼今天刻意打扮成這樣，是不是因爲上次的事，我要轉而追求senpai，是這樣嗎？」

「啊！」芎被她說中心事，不禁有些臉紅，只覺得耳朵發熱，連忙否認，「沒有沒有，沒有的事……」

「Senpai放心吧。」里美輕輕嘆了一口氣，「我不會做這樣讓senpai爲難的事。事實上，senpai永遠都不可能接受我，而我呢，也沒必要因爲nīchan結了婚，就這樣看輕自己。如果我會因爲他結婚就自暴自棄的話，我就不值得他這樣記掛我，也不值得senpai這樣照顧我。」

芎點點頭。「Rimi眞是勇敢，眞的很勇敢。」

「我今天穿這樣來，是想要向senpai表達感謝的意思。」里美說，「而且我不希望假裝不提，反而讓那件事情成了心結。嗯，我知道senpai是不會記掛著那件事的，應該說，我不希望自己不把話講出來，反而讓它變成我的心結吧。這一點，我想senpai一定能夠理解的。」

「那當然。」芎十分理解的點點頭，又說：「我感覺你現在似乎對於海樹兒……比較放得開一些了？」

「放得開？」里美微微一笑，「當然還是非常放不開。怎麼可能放得開？上次在這裡看到他，我跑了，但最近我甚至有那個念頭，想要到京都去找他……。」說著里美抬起頭來，自我解嘲的說，「很好笑吧？等他結了婚，我又想見他了。不過我知道自己還是沒辦法好好面對他的，所以去京都的事情，當然也只是心裡想想罷了。」

「Whatever will be will be...」芎說，「人生那麼長，總有再見的一日。就算不再見，想必也有不再見的理由，現在也就不用想了。」然後他從西裝口袋裡拿出海樹兒的信，「我今天約你來，是因爲海樹兒寫信給你。」

里美驚訝的看著芎。「他寫信給我？」

芎將信遞給里美。里美將信拿在手中，猶豫著不知道該不該拆。

「你就拆了吧。」芎說，「不管他信裡寫什麼，你看了，有我在這裡，好歹有個人陪著你啊。」

里美「嗯」了一聲，卻還是不拆信，發了片刻呆才說：「Senpai，我還是回家再看吧。我不能永遠依靠senpai的支持，畢竟這些事情是我要去接受的。Senpai幫我夠多了，我也二十六歲了，應該要有能力處理這一切。」說著她就將信收進了皮包裡，抬起頭向芎勉強擠出了一個微笑。

芎若有所思的看著里美點頭，「Rimi眞了不起。」

「Senpai，我跟老闆講好了，休十天的假，明天就啓程跟一個朋友去蘭嶼散散心。」

「休這麼長的假去蘭嶼？這個季節去蘭嶼？」

「嗯，其實就是之前跟senpai提過的那個人，從美國回來的排灣族。我們幫他找到了花旗銀行的高階經理工作，他十一月才會onboard。這當中他想去蘭嶼走走，邀我一起去。」

「嗯，聽起來你對他也蠻有好感的？」

「當然不討厭這個人，不然就不會願意同行了。其實也考慮了幾天，想說，人家的意思蠻明顯的，要是隨便接受邀請，引起誤會就不好意思了。不過後來想想，也不用這麼拘泥。他基本上是個美國人，到時候我大可跟他明講，我想依他們的習性，他也不會見怪的。」

「排灣族的美國人？」芎笑了起來，「這倒好，直來直往的，很好說話。既然如此，我也不用替你操心了。你去蘭嶼好好的玩，回來再跟我聯絡吧。」

這天下班之後，里美獨自在外晚餐，然後回到自己的住處，將海樹兒的信拿出來放在桌上，呆望著信許久，卻沒有拆信的勇氣。她先去整理明日出發的行李，又故意跑去整理書櫃和衣櫃，瞎忙了半天之後去洗澡，直到夜深人靜，她準備要睡了，才用拆信刀小心的拆了信，坐到床上，將信拿出來展開。跟五年前一樣，還是手寫的日文信，連信紙都一模一樣。

里美

你一定已經知道了我結婚的事，若不是高洛洛姊姊，就是前輩告訴你的吧。我沒有機會親口跟你講，我大概也沒有勇氣親口跟你講，但無論如何我都希望你了解我的心情，即使你不原諒我也沒有關係。

里美，我對你的感情始終沒有改變。已經五年多了，即使已經結了婚，接受了現實，我還是跟以前一樣。上次在台北見到你，我幾乎沒辦法相信自己的眼睛，沒辦法相信窗外那個成熟美麗的女人，就是我日思夜想的里美。從第一次相見到今天，已經快十年了，這十年裡，我對你的感情只有隨著每一天的過去而越來越深，從來沒有淡去過。也許你會怪我，也許你想責問我，如果我對你的心意沒有改變，爲什麼要結婚？我不願意跟你說什麼理由，因爲任何理由聽來大概都是藉口。我也不敢要求你的原諒。我只想再重覆一次已經跟你說過的話：我心裡的山吹花，永遠都只有里美一個。這世界上沒有別人可以取代你，誰也不可能從我身上獲得我託付給你的感情。

上次在台北，我跟前輩說，希望里美幸福快樂，但如果里美因爲有了別人就忘了我，我也會很難過，我的心情很矛盾，不知該如何自處。這幾個月來我想了很多，如今我想跟里美說：如果有了好的對象，就算忘了我也沒有關係，只要里美過得快樂就好了。現在我住在京都，只要一有空，我就會去松尾大社，即使不是花季，看著山吹也使我感到安慰。而我期待著明年的春天，我將會在松尾大社的每一朵山吹裡看到里美的笑容。

里美是我心裡最貴重的、什麼都無法取代的寶物。我願意拿我擁有的一切來交換里美的笑容和幸福。如果里美怪我，那就怪我吧。如果里美不願意原諒我，那就不要原諒我吧。但是如果里美還有一點掛念著我們的過去，那麼請里美答應哥哥：請一定要找到自己的幸福。

海樹兒

里美坐在床上一邊讀信，一邊落淚。看完了信，她拿起放在床頭的手機，打了電話給芎。

「喂？Rimi？怎麼啦，這麼晚打電話來，發生什麼事嗎？」

里美一手拿著手機，一手拿著海樹兒的信，嗚咽的說：「Senpai，我讀了信。我有話想請senpai轉告給他……」

「好，你說，我明天就跟他講。」

「請senpai轉告他、轉告他……」里美說著，早已泣不成聲了。

## 6 第六回

里美和Key從台北搭飛機到台東，然後從台東出發，搭乘快艇前往蘭嶼。Key在舊金山坐過幾次船，但這卻是里美第一次搭船，她不清楚自己會不會暈船，因此在上船之前還是先吃了暈船藥。

雖然已經是十月初，坐在快艇上，海風吹來其實相當冷，但兩人還是選擇坐在船尾，看著船尾激高的浪花，享受冰涼的海水飄落在頭臉身上的感覺。等綠島都已經變成水平面上遙遠的小丘時，Key望著深色的海水說，「所謂的黑潮果然是黑色的啊。」

「這其實也是我第一次見到黑潮呢。」里美說，「我除了去美國讀書，沒有離開過台灣，也沒去過任何離島，連澎湖、綠島都沒有去過。」

「你大學不是唸日文嗎？我在你們公司聽說你的日文非常好，怎麼沒有去日本旅行呢？」

說到日本，里美的心情立刻暗淡下來，不過她拉了一下頭上的毛線帽，又拉高了外套的衣領，好像只是爲保暖似的，趁這時候調整了一下呼吸，假作沒事的回答：「當然會想去日本，不過就是沒那個機會。」

「日本離台灣這麼近，現在機票也很便宜吧，挑一個地方，比方說東京啊，去玩一個周末，多請一天的假，應該也可以盡興吧！如果我是你的話就這麼做。」

「噢，我還眞的沒想過這樣做呢。」里美愣了一下，「搭飛機只要三小時，確實，請個一兩天假，玩一個周末，也是不錯。不過我對東京的興趣不大。其實我並不喜歡現代化的大城市，倒是想去比較傳統的城市，比方說京都……」

「京都？是爲了賞櫻嗎？我聽說熟悉日本文化的人，都會對櫻花有特別的嚮往。據說京都也是日本賞櫻花的勝地。」

「嗯，日本賞櫻花的地方很多。而且京都也不是只有櫻花可以賞而已……」

「比方說？」

「比方說……」里美望著黑沉沉的海水，竟然說不出話來。

「對不起，你剛說……？」Key大概以爲里美回答了什麼而他沒聽到，又再問了一遍。

「啊，沒什麼，不好意思，被你這麼一問，我反而一時之間想不起來了。」說著里美就向台灣島的方向轉過頭去，綠島已經消失在水平線的另一邊了。

雖然乘著快艇，但要逆著強勁的黑潮往東南方前進，速度比兩人預期中要慢得多。等兩人終於在蘭嶼上了岸，終於到達名爲「野銀」的部落裡預定的民宿，天色都已經快黑了。到港口去接他們的民宿主人長得方臉大耳，膚色黝黑，一看就是慣常在海中活動的人。他開著一輛老爺車，蹦蹦跳跳的繞了大半個島，將兩人載到了他的民宿。里美和Key定睛一看，不由得大吃一驚，原來這間民宿竟是蘭嶼傳統的半穴居。

「這、裡面會不會很低？站得直嗎？」里美在半穴居略低於地面的入口處觀望了一下，又回頭看了一下人高馬大的Key，有點擔心兩人進去以後會不會撞到頭。

滿臉笑容，達悟口音非常重的民宿主人說：「不用擔心啦，這個是民宿嘛，當然有顧到客人那個方便，你們下去的時候，只要不要撞到頭，裡面其實夠高啦，這位帥哥……」說著他打量了一下Key，「排灣族嗎？怎麼長得這麼高？你是哪裡的混血？」

里美忍不住笑出來。「Ojisan，他是排灣族的沒錯，不過他是在美國長大的，跟美國人一樣，大概吃的東西不一樣吧，所以長這麼高。他的中文比較不靈光一點，不過排灣語講得很好。」

「排灣？我不會講吶！哪裡的排灣族？」

「牡丹。」Key倒是勉強都還能跟上民宿主人那十分濃的達悟腔中文，自己認眞的回答。

「南排啊？哎呀，南排的我也不太懂吶。意思是說，語言不通嗎？那我跟這位小姐講中文好啦！」說著他就領著兩人進了矮矮的半穴居，沒想到那階梯確實相當多階，相對而言，屋內的高度也就高了不少。主人開了燈，顯然這裡水電一應俱全，「有熱水哪，你們不用擔心，不會叫你們十月洗冷水澡啦！」說著他東指西指的，「那個浴室在那邊，這邊就是通鋪，你們愛怎麼鋪床就怎麼鋪床。反正現在是淡季，整間給你們住，就算兩個人的錢。你們放心啦，夏曼拉慕斯是很有良心的人啦，不會欺負你們外地人。」

「原來老闆是夏曼哪，眞是失禮了。」

「哪裡失禮？島上成年的男人差不多都是夏曼哪！」

里美笑著點點頭，「看來達悟對於延續命脈還是很重視。」

「那當然，要是我們沒有人，以後島給人家拿去吶！」

Key在旁邊拉了拉里美的袖子，「你等下可以解釋給我聽嗎？我眞的聽不太懂。」里美笑了笑，「沒問題，晚點我一一跟你解釋吧。」

夏曼拉慕斯又望著兩人一眼，「這位小姐，你是哪族混哪族的啊？怎麼看不太出來哪？一定是原住民沒有錯啦！」

「我是阿美、布農。」里美笑了笑，「我的名字是Rimi。」

「阿農混血，叫Rimi？日本人啊？台灣那邊的人取名字，我都不能了解吶！」

里美被老闆的幽默逗得連連發笑，一邊將自己的背包放在角落，一邊說，「夏曼，時間也不早了吧，是不是有什麼地方可以讓我們先吃點東西？我們搭飛機又搭船，還眞的累了一天呢！」

「當然有吃飯的啊，我還有開柑仔店呢！你們現在這個季節來是淡季啦，沒什麼客人，不過也好，也沒人打擾，我的餐廳小店就開在下面，不過厚，我看你們很累喔，我拿便當裝東西上來給你們吃好了啦！天都黑了，你們去屋頂上坐啦，等我拿吃的來。等一下喔，一邊吃，我一邊跟你們解釋這邊的地形，你們明天好出去玩。」

「我們上哪裡屋頂去坐？」里美莫名其妙的說。

「哎呀呀，阿農的小姐，你那個……沒有什麼認識齁？我們這個傳統的屋子上面，頂是斜的哪，方便排水，平常飯後，大家就坐在屋頂上看海、看星星哪。你上去就知道，有幾個那個啊，看海面的石頭，是用來當靠背的，很舒服吶。你們去那邊坐，看……啊！這裡沒有光害，看什麼都好啦！」說著夏曼拉慕斯拿了床上的兩張毛毯遞給他們，「屋頂上風大喔，你們披這個毛毯，看海才不會生病啦。」說著，熱心的主人就走了出去，留下他們自己找路上屋頂。

一旦眞的上了屋頂，里美和Key立刻感到眼界大開。雖然已經天黑了，看不清楚海面，但這石造半穴居斜坡式的屋頂確實十分舒適，還可以感覺得到白天日曬的餘溫。不過海風迎面吹來，倒也眞的相當冷。Key拿出毛毯，先把里美包裹在毛毯裡，自己披上毛毯之後，兩人就靠著民宿主人所說的望海的石頭「椅背」坐著，一邊享受自然，一邊有一搭沒一搭的閒聊。

「達悟族的命名方式可能是台灣最怪的了。他們的名字會隨著子孫而改變。」里美解釋著，「剛剛這位夏曼拉慕斯，單身的時候不知道是什麼名字，不過應該是叫做Si什麼的，Si就表示他沒有小孩。他一旦有了小孩，就會改以小孩命名，改成Shaman什麼的，夏曼就是爸爸的意思。剛剛他說他的名字是夏曼拉慕斯，意思就是說，他的第一個孩子叫做拉慕斯。叫他夏曼拉慕斯，就等於叫他拉慕斯的爸爸。」

「眞是一個相當有意思的命名方式啊，好像是充滿了希望向未來看齊！」Key很驚奇的說，「我第一次聽說這樣的命名方法！」

「是啊，等他們當了祖父母，還會再改名，改成某某人的祖父、某某人的祖母這樣呢。」

「啊，眞是太可惜了！」Key突然感嘆起來，「我在美國的時候，怎麼沒有想過要多去了解一些美國原住民的文化呢，一定跟你剛說的這些一樣迷人吧。可是我就跟一般的美國人一樣只追求成功。你知道，那種只要你努力，就一定會成功的想法。我不能否認自己一直以來都還做得不錯，但爲了在學校裡取得好成績、在工作上獲得肯定，我一定錯失了不少東西啊。」

里美靜靜的聽著，一方面她算是相當專注的聽著Key的話，試著誠心的去了解Key比較私人的一面，但她另有一部分的心思，卻已經飄到遙遠的京都去了。她有點神思不屬的想著，不知道芎把她的話轉達給海樹兒了沒有，不知道海樹兒聽了那樣的話以後，又是何反應呢？

不久，民宿主人的夏曼拉慕斯果然帶著幾盒便當回來了。他很俐落的爬上斜斜的屋頂，把便當都打開，只見是幾樣蔬菜、魚和炒飯。

「隨便吃啦，你們可以早點休息，明天天亮了我再帶你們四處去走。蘭嶼有好幾個部落，租輛機車，我可以當你們的嚮導，反正繞一圈也很快。只可惜這個季節不對，雖然人少，但是沒有辦法帶你們去潛水。」說著，夏曼拉慕斯就把筷子湯匙遞給兩人，自己拿了啤酒在旁邊喝。喝完兩瓶啤酒以後，兩人的晚餐也吃得差不多了，他把屋頂上的東西收拾一下，指著下面的一個矮屋說：「我的家屋就在下面，也是一半在地下的，有什麼事情到那邊叫我就是了。你們在這邊坐一坐，不過晚上還是進去裡面睡比較好，不然晚上海風眞的很涼。島上沒有醫院，生病了我沒辦法幫忙吶。」

里美和Key看著這友善的柑仔店、小吃店兼民宿主人下了屋頂，又靠在那「石椅背」上靠了許久。因爲沒有什麼光害，抬頭可以望見滿天星斗燦然生光。

里美看著夜空，聽著不遠處的海潮，漸漸的迷失在自己的思緒裡。她好像模模糊糊的聽到Key在輕聲叫她，不過平時工作累積的疲憊和一日的奔波讓她實在太睏了。這些日子以來的起起伏伏終於把她累倒了。她拉了一下裹在身上的毛毯，儘量往裡縮了一點，就在屋頂上落入了沉睡。等Key發現她早已睡熟了，又審度了一下這傾斜的屋頂，確定大概沒有辦法把里美挪到樓下又不驚醒她。於是他回到屋內，拿了枕頭和更多的棉被毛毯，讓里美能夠枕著枕頭舒適的睡覺，此外也把里美嚴實的用毯子棉被等包裹起來，希望能夠保護她不受夜露的侵襲。他自己則是包在兩層棉被裡，睡在里美旁邊，一手環抱著她。這當中里美一度轉向他，簡直就是把臉埋在他胸口熟睡著。Key觀察著月色與星光下的里美，感覺這雖然是個外表開朗且堅定的年輕女子，但不知內心藏著什麼秘密似的，在他的感覺裡就像一層謎團。他對里美的美貌、能力、個性和談吐都非常有好感，邀請她同來蘭嶼，當然也是在對她示好、表示追求之意。只是突然之間他變得不太確定自己是否真的有能力了解里美。在他的感覺裡，里美儘管友善，但似乎從一開始就把所有的門都對他關上了。

## 7 第七回

里美還在前往蘭嶼途中的時候，芎依約打了電話給海樹兒。

「學長怎麼打國際電話來？我們到電腦上聊吧，又不花錢。」海樹兒接了電話，非常驚訝。

「哎，沒關係，反正打都打了，就講吧。」芎說，「我是要替Rimi傳話。」

「Rimi？」電話另一端的海樹兒顯然是呆掉了。

「呃，夏瑪在嗎？你現在方便說話嗎？」

「她不在，沒有不方便。」

「昨天我拿你的信給Rimi，她說要回家再看。結果深夜她打電話來，說看了信，有話要我轉告你。」

苛聽到電話另一端海樹兒深深的吸了一口氣，顯然非常緊張。

「海樹兒，要請你包涵一下。Rimi這句話是用日文講的，所以我把它抄下來，我現在照著唸，可能唸得不太好。」

「用日文講的……」

「你大概又用日文寫信給她了吧？」苛嘆了一口氣，「我拿一下那張紙……。嗯，噢，好，Rimi說……」

*Nīchan wa watashi no koto wo misutenai kagari,*
*watashi mo nīchan kara hanarenaiwa.*

海樹兒聽了，在電話的另一頭沉默了下來。

「喂？海樹兒？我唸的對嗎？你聽得懂嗎？」

「嗯，我聽得懂。」海樹兒靜靜的說。

「這話的意思是？」

「她說，她說……」

只要哥哥不放棄我，我就不會放棄哥哥。

苛聽了先是吸了一口氣，然後又嘆了一口氣。

「海樹兒，Rimi今天去蘭嶼了。」

「蘭嶼？」

「嗯，她跟一個朋友去散心，要去十天。」

「這麼久？想必是請了假吧。那個朋友……」

「工作上認識的人，排灣族的，應該是在追求Rimi。」

海樹兒又沉默了一下。

「學長，我不懂。如果她願意跟追求她的人一起去蘭嶼十天，而且正是今天啓程，她爲什麼昨天三更半夜要打電話給你，請你轉達這樣的話給我？」

「這有什麼好不懂的？」苛不禁摸著自己的臉苦笑起來，「如果你對Rimi念念不忘，爲什麼又願意跟另一個人結婚？這不是一樣的意思嗎？」

「可是、可是我在信裡說，希望她幸福，只要她幸福，忘了我也沒關係。」

「你們兩個根本就是在講廢話。」苛嘆了更大一口氣，「你這樣寫，只是讓她更放不下你而已。你寫廢話，她回廢話。」

「學長……」

「你放心，我沒有要責怪你們的意思。你們的事是沒有辦法的，我早就做好跟你們兩個耗一輩子的準備了。對了，我等下還有個會，不能跟你多講，不過我很想知道你那個金葫蘆花劇的初步構想，如果你跟大阪的劇團有進一步的洽商時，記得跟我說一聲。我先去開會了，最近我們再找個時間在線上通個話吧。」

匆匆結束與海樹兒的談話以後，苛就又趕著去原民會了，這次他會面的對象倒不是他口中那「該死的卑南族主委」，而是跟排灣族的主秘碰面。雖然上次跟卑南族的主委不歡而散，排灣族的主秘私下倒是對於芎的提案很有興趣，因此特別以公出的名義，約了芎在原民會附近一敘。

「排灣粽？」芎聽了主秘的構想，略爲思索了一下，同意這是個有賣點的商品，「漢人也吃膩了一般的肉粽吧？你說的排灣粽是以小米做成？」

「也可以用芋頭和糯米來替代，就看要做成什麼樣子的。」主秘熱心的補充。

「所以裡面包的也是肉，豬肉？」

「芎總，照你說的，既然是商業化，在外面販售的商品，內容包什麼樣的肉，我倒覺得都是可以的。只要我們本身不失去自我，商場上的東西，我倒覺得不必太在意。」

「這倒是。」芎點點頭，「而且外面包的是野薑花葉，那想必香氣馥郁，讓人很難招架了。」

「月桃葉也是常見的。」

「用月桃葉的料理不算少，我看野薑花是個賣點。那麼，主秘，你希望把這個排灣粽，呃，你剛說是叫做cinavu，叫做什麼名稱？想要進軍什麼樣的市場？」

「這就是芎總的專長了，我想讓芎總決定，總比我們這些公務員有創意。」

「但這並不是某一個特定部落專有的食物，我還是得找個特定的部落來合作，就像我上次在你們會裡說的一樣，阿美族的野菜健康包是跟馬太鞍合作的，至於排灣族這邊，就請主秘多費心了。此外，我的條件還是一樣，希望合作的部落提供我一到兩樣傳統植物的商業使用授權，不要免費，只要給我一些優惠就好了，兩年續約一次，族人若是覺得合作得不滿意，可以不續約。」

「我看東排灣這邊可以談，我請我們排灣族的專委多跑幾趟，總希望在年底前能給芎總一個回覆。」

「那好。」芎說著，相當乾脆的站起身來，連點的咖啡都沒喝半口，就預備離去了，「主秘，你有公帳可報，我可不跟你客氣。我等你消息。再見了。」說著他就瀟灑的揮揮手，揚長而去。

走到戶外，芎發覺中午不到的天氣頗涼，就打電話叫司機不用來接他，索性花點時間漫步散散心。他邊走邊想著自己逐步進展中的生意，希望能為改善原住民部落經濟貢獻一點力量，另一方面，他心裡還在惦記著海樹兒和里美。

聽起來，海樹兒正為了將布農族的金葫蘆花故事與狂言結合，在京都費盡了心思，里美則是與一個不算很熟的人結伴去了蘭嶼。里美請他轉達給海樹兒的那段話讓他感慨萬千。要說了解這兩個人，恐怕除了荒木教授以外就是他了。他心裡清楚這兩人至死都不會放棄彼此，不管各自過著怎麼樣的生活，對方在心裡的位置都同樣無可取代。只是他也很清楚，海樹兒跟里美雖然相契合，但個性畢竟不同。海樹兒恐怕會抱著沉鬱的心情這樣把日子過下去，把一切的希望都寄託在他的藝術創作上。那里美呢？開朗、勇敢、堅定的里美，未來的路又將是怎樣呢？那一天里美繫著他送的絲巾來向他道謝，這麼些年來，少見的沒有戴著yamabuki的耳環，那自然不是已經將海樹兒拋諸腦後，而是將海樹兒珍藏進心裡的更深處了吧。

那是否意謂著她也將走上海樹兒所選擇的那條路了呢？

## 第八回

從蘭嶼回來以後，里美似乎變得開朗多了。跟芎見面的時候，有時她的穿著一如往常，戴著yamabuki的耳環，有的時候她穿著完全不一樣的服飾。不論她的內心如何，至少她的外表已經有了相當的改變。唯一不變的是她那小男生般俏麗的短髮，看來她一點也沒有把頭髮留長的打算。只是芎不禁默默的猜想，或許里美終究要與那個名字很奇怪的排灣族人交往，慢慢的發展出論及婚嫁的感情吧。

「Senpai，你跟原民會最近談得如何呢？」這一天里美又趁著午休時間，跟芎在遠企一樓的咖啡廳共進茶點。因爲已經時近十一月底，里美穿著黑色短外套，裡面是黑色的冬季套裝，繫著黑色金線的絲巾，把她的yamabuki耳環襯托得鮮豔奪目。

「沒什麼好談的，還是得靠我自己才行。」芎無可奈何的說，「裡面有幾個族人感興趣，不過當然也只好背著那個卑南族的傢伙跟我接洽了。」

「若是我能幫得上senpai的忙就好了。」

「Rimi若能過得好，就是幫了我大忙了。」

「怎麼，senpai認爲我過得不好嗎？」

芎細看了一下里美的表情，搖搖頭。「我想你現在過得不錯。你跟那位Key先生，應該交往得很順利吧？」

「沒有在交往中。」里美笑笑，「就維持著朋友關係罷了。」

「爲什麼這樣呢？難道Rimi不喜歡他嗎？」

「說眞的，他是個很有趣的美國人。除了對排灣族有相當的認識以外，對台灣的一切知道的很少，有時候聊天還蠻有意思的。也是個蠻有紳士風度的人。」

「Rimi打算這樣下去到什麼時候呢？」

里美沒有回答。

「又想起海樹兒了嗎？」芎單刀直入的問。

「明年Rimi就要二十七歲了。這樣多的人追求，就沒有一個看得上眼的嗎？你知道海樹兒是不可能的，海樹兒結婚的對象也是個跟你完全不一樣的人，你該不會想找個人來代替海樹兒吧？」

「Senpai知道那是不可能的。」

「還是你在等對海樹兒的感情過去？」

「Senpai知道那也是不可能的。」

芎前傾身體，雙臂靠在桌上，雙手合握著，認眞的盯著里美，「那到底是爲了什麼呢？」

「我也不知道⋯⋯。」

里美回想起在蘭嶼的那幾天，Key除了租了機車，邀她一起環島幾次以外，確實沒有打擾過她。那幾天裡天氣都不算太晴朗，因此坐在斜斜的半穴居屋頂上還相當舒服，既沒有豔陽，也沒有強風，天色微陰卻能夠看得到淡藍色的天空，感覺相當舒服。里美就坐在那裡，在自己的筆記型電腦上靜靜的進行翻譯的工作。有時候她居高臨下往下一看，會看到Key在不遠處的海岸邊向她揮手，她也會微笑的向他揮手致意，兩人之間既友好又相互尊重。

不過他們的民宿主人顯然認爲他們是一對戀人。有一天，里美又坐在屋頂上倚著望海石，將筆記型電腦放在膝上工作時，夏曼拉慕斯帶著一些水果也爬了上來。

「欸，阿農族的小姐！那麼認眞一直工作喔？要不要吃橘子？」

「謝謝你。」里美從他手中拿了一個橘子，剝了皮慢慢的吃，同時望著在海邊散步眺望海洋的Key。

「大老遠的跑過來，都不陪男朋友喔？」

「噢，他不是我的男朋友，我們是工作上認識的。因爲都沒來過蘭嶼，所以一起來玩。」

「哈哈哈哈哈哈！」夏曼拉慕斯大笑起來，「阿農族的小姐，你很愛開玩笑吶。有哪個男生那麼無聊，約自己不喜歡的女生跑這麼遠來玩哪？他明明就是在追你嘛。」

里美只是笑笑的說，「或許吧，不過這種事情勉強不來。他當朋友倒是很好。」

「哎呀，阿農族的小姐，你眞的一點都沒有幽默感吶。你明明就對他很有好感，說什麼當朋友你……」

「夏曼！」里美一邊吃著橘子，一邊轉過頭去看這位拉慕斯的爸爸，「有好感也不一定非得變成情人不可吧？」

「是不用啦，不過你跟他很適合嘛。夏曼說的不會錯啦。」夏曼拉慕斯看了一下里美的臉，「你的臉有心事，一看就知道。一定是有什麼舊情人忘不了。但是喔，人生不是只有舊情人而已吶。」

「也不是舊情人，」里美望著無盡的大洋，微微嘆了一口氣，「而是根本沒有辦法成爲情人的……」

「不管是什麼啦！」夏曼拉慕斯說，「你不要以爲夏曼都沒有看到吶。除了前兩天晚上下雨你們睡在屋子裡以外，每天晚上你們都睡在屋頂上……，數月亮、看星星吶。他都幫你把棉被毯子鋪得好好的，睡到半夜還抱著你。你不要跟夏曼說你都不知道嘿。你醒來的時候知道他抱著你吧，總應該啊？」

「……」這麼說，里美確實是知道的，而她沒有抗拒也是事實，只是她不太理解自己到底在想什麼。好像一方面接受Key帶給她的溫暖和關心，另一方面又把自己的心交付給遠方的海樹兒。她儘量不去想自己這幾天以來到底是什麼心態，不過現在被夏曼拉慕斯提起了，反倒使她無法迴避，只好發起呆來。

「阿農族的小姐，不用想那麼多了啦！你心裡有別人忘不了對不對？但是喔，看你這幾天這樣，夏曼很清楚，你其實是想要接受這位男朋友啦！」

「他不是我的男朋友啦！」

「那麼介意講話做什麼？」夏曼呵呵笑起來，「會變成你的男朋友嘛，遲早！兩個人在一起也不會突然發生，但是過一陣子就會發生了嘛！」

「遲早會變成男朋友……」里美自語著，突然想起在芎的家裡過夜的那一晚，她好像有點領悟過來。要對一個人抱有相當的好感、要喜歡一個人、要接受一個人，似乎並不那麼困難。如果不是芎的態度堅定，她跟芎現在會怎麼樣呢？

想到這裡，里美突然回過神來，注意到芎還在看著她。

「對不起，senpai，我忘記你剛剛說什麼……？」

「我沒說什麼，我是在等你回答，你到底爲了什麼還沒接受這位Key先生？」

想起跟芎在一起的那天晚上，里美突然明白過來，也許自己已經在無意間想通了吧？海樹兒始終是海樹兒，儘管相隔兩地，儘管沒有見面，但在她心裡的形象不曾改變過。就像珍惜著yamabuki的耳環、項鍊和手鍊那樣，她在心底珍惜著海樹兒，只是她或許也像海樹兒一樣，開始接受現實了。

「現實是如此，我就如此接受了現實。」

海樹兒曾經這樣在信裡寫過。如今自己是否也是同樣的心情呢。

「Senpai，在蘭嶼的時候，我們的民宿主人是個很有意思的人。我想他說的話給了我一些啓發。」

「怎麼說？」

「Senpai也去過蘭嶼的吧？那眞是個奇妙的地方。那才眞的是個島嶼啊。不像在台灣，有時候會忘了自己其實身在一個島上，反而有受困的感覺。人是生活在陸地上的沒錯，但是視野被陸地遮蔽的話，就會忘記自己其實是生活在島上。但蘭嶼就不一樣，不管走到哪裡，都看到無邊無際的大海，永遠不會忘記自己是被大海包圍著。海洋能夠帶給人的安慰……大概不是生活在廣大土地上的人可以眞心體會的吧。在那裡待了十天，我感覺自己的心好像被釋放了不少。」

芎用手托著下巴，靜靜的看著里美，聽她訴說心聲。

「Senpai，研究所畢業以後，我也工作了好一段時間了，雖然都有休假，但沒有一次休假讓我感覺到這麼放鬆，我想眞的是太平洋的關係。蘭嶼還只是西太平洋邊緣的島嶼呢，若是眞的去到南太平洋中間的島嶼，不管去哪裡都要幾千公里，又不知道又會怎麼樣呢？」說著里美微微一笑，「說不定有一天我會把工作辭掉了，去定居在什麼南太平洋的島嶼上呢。」

「這樣說起來，你在蘭嶼有不少新的體驗？」

「嗯。Senpai記得這些年來我們經歷過的事嗎？我覺得從十六歲起，阿浪哥哥死去以後，我就一直活在咒的陰影下。Nēchan終於擺脫了咒，跟阿維大哥一起過著幸福的生活，女兒取了一個平凡的名字，叫做格琉，其實就是她自己原來的名字。阿維大哥也很大方，並不在意太魯閣的父系傳統，願意入贅到她們家，好讓薩布叔叔的家業可以由nēchan繼承下去。這一切好像童話故事，happily ever after那樣的故事。我不知道自己是不是也能夠有那一天。」

「Rimi……」芎伸出手去，橫過桌子握住了里美的手，很誠懇的說，「我記得Rimi一直想要一個幸福快樂的人生。或許你曾經把這個夢想寄託在海樹兒身上，但即使不是海樹兒，你也一樣可以擁有快樂的生活。想想高洛洛吧，她曾經因爲阿浪的死受了多大的打擊哪，但是幾年過去，當機緣來的時候，她還是把握住了，才能夠擁有現在的生活。」

「Nīchan曾經說過，阿維大哥就是nēchan的博雅。只是我的生命裡也會有博雅嗎？」里美說著，低下頭來。

芎拍了拍里美的手背。「Rimi，Araki sensei曾經說，追尋咒的源頭或許要靠晴明，但是找到了咒的源頭之後，要將咒釋放，卻需要一顆寬大的心，像博雅那樣的男人。雖然我自始至終都覺得海樹兒和你才是眞正屬於彼此的，但我還是希望，博雅站在你面前的時候，你不要錯過了機會。」

里美腦中突然閃過五年多前，海樹兒第一次託芎轉信給她的時候，在信裡寫的一句話。

「我不需要晴明，也不需要博雅，我在這裡慢慢的解開我的心結。」

「Nīchan他眞的可以解開自己的心結嗎？」里美突然問。

「什麼意思？」

「他第一次從出雲寫信給我的時候說，他不要晴明，也不要博雅，他會慢慢解開自己的心結。」

「Rimi……」芎又拍了拍她的手背，「你知道海樹兒是個藝術家，他把一切都寄託在創作上，那就是他的方法。他現在正在寫他的第一齣正式的劇本，是要把布農族的金葫蘆花的故事跟狂言結合在一起，當然，裡面少不了布農族獨特的音樂。」

「金葫蘆花？」

「Rimi已經成了一個商業界的女強人，大概忘記了布農族金葫蘆花的故事吧？下次找點資料來看看就知道了。」

這天夜晚，里美在網路上查了一下布農族的金葫蘆花故事。有一半布農血統的她，自從知道自己的身世之後，因爲傷痛過度，從來也沒有試著去了解布農族的傳說。看了這個故事才知道，原來在布農族的傳說裡，男孩是由天上落下的金葫蘆花裡爬出的小蟲慢慢長成的，因爲在這世上感到寂寞，因此祈求天神給他一個溫柔的玩伴。於是天上掉下了陶鍋，男孩依天神的吩咐，每天燒熱陶鍋，每夜痴痴望著照映在陶鍋上美麗的山林景色，耐心的等待著。直到有一天，陶鍋破了，裡面走出一個女孩，成爲他的伴侶，兩人一起開墾山林，成爲布農的始祖。

坐在電腦前的里美心中感慨萬千。表面上看起來，這故事與阿美族洪水過後始祖亂倫以延續命脈的傳說很不一樣，而且這故事顯然在時序上發生在大洪水之前，大概表示布農族來到台灣定居的時間很早吧。但在這個故事裡，卻隱隱透露著男女一體的訊息。父系社會的布農族，以層層神話包裝著女人是男人所創造的念頭，就好像父權至上的基督宗教，宣稱女人是男人的肋骨一樣。但不論怎麼說，這背後的意思應該相當明顯，不就是在說男女同源嗎？被自己創造出來的伴侶，到底與明白直敘的亂倫傳說又有多大的不同呢？

# 9 第九回

坐在芎的辦公室裡，看著芎放在桌上的一張邀請卡，里美默不作聲。

「你眞的不要去嗎？」芎再三的問里美，「這是海樹兒的第一齣劇作，就能在大阪的大槻能樂堂演出，這是一個很大的成功啊。雖然狂言只是能劇的串場，但這是他的第一步，而且他成功的將布農族的音樂、金葫蘆花的傳說和狂言結合在一起……。Rimi，你想想這對他的意義啊。你不去他會很失望的！」

「我怎麼能去……」里美喃喃的說，「我確實很想看到他成功的踏出第一步，這是不容易的成就，可是，其實，senpai，我去了他也未見得會高興吧？」

「他很想見你。其實是你不想看到他太太吧？」

里美低下頭，沒有答話。

「你也跟Key交往了兩個多月了不是嗎？怎麼還是不願意見海樹兒？你可以帶著Key一起去看表演，這樣你身邊有人，就不會想太多了吧？」

里美嘆了一口氣。她確實從十二月中起就正式的和Key開始交往，她畢竟還是被Key的熱誠打動了。Key雖然對台灣了解不多，但對什麼事情都很感興趣，什麼事情都熱切的學習，除了本來就很上手的金融業工作之外，也很快就習慣了台北的生活，而在美國大小城市住過的經驗，使他不像許多台北人一樣總是在城市中打轉，卻喜歡四處遊歷，里美跟著他也去了一些以前從來沒去過的小鄉小鎮，通常都玩得相當愉快。但不論平常有多麼愉快，只要講起海樹兒，她的心就會抽緊。如今望著芎的桌上那張設計精美的邀請卡，她感到心裡十分空虛。那是海樹兒在日本的第一部作品，雖然他本人並不會在台上演出，但卻與大阪最出色的狂言師合作，對他的意義可想而知，想必他本人一定大喜過望吧。里美一方面希望能夠親自去到大槻能樂堂，她想知道海樹兒是以怎樣巧妙的手法，讓狂言師願意接受混合著日本庶民語言和布農族神話與音樂的喜劇，並且將之搬到這樣受矚目的舞台上。但另一方面，她卻難以想像自己怎麼能夠面對身邊站著別人的海樹兒，也無法想像海樹兒看到她身邊站著Key的時候會是怎樣的表情。

她又再低頭看了一下那張邀請卡。那上面是一個狂言師，擺出新奇的姿態，穿著帶有布農傳統風格的狂言服裝，背後是繪製得非常精巧的金葫蘆花和藤蔓。她伸出手輕輕的摸著那葫蘆花，低著頭說：「Senpai，你去吧。幫我向nīchan說，我衷心的恭喜他。」

「這次我不想幫你們傳話。」芎很乾脆的說。

「Senpai！」里美驚訝得抬起頭來，「senpai不會這樣爲難我的吧！」

「我什麼時候爲難過你，Rimi？」芎很認眞的說，「我只是希望你能夠去看海樹兒第一次的作品，這並不是在爲難你。而且，你後來應該也查過這金葫蘆花的傳說吧，你不好奇他在那裡面隱藏著什麼樣的故事嗎？」

里美搖搖頭。「我不需要看才知道。我大概看了一下那個傳說就已經知道nīchan在想什麼了。他用喜劇來包裝這個故事……」說著她勉強笑了一下，「那是在自我解嘲嗎？」

「沒有的事。他只是不想讓劇作過度沉重，讓人難以接受，這樣的話就不易獲得演出的機會。再者，有些事情自己心裡知道就已經足夠，不需要攤開讓所有人都明瞭，畢竟那是心底的秘密。我敢跟你保證，除了我們幾個人，一定沒有人會了解那劇作的深意。」

「Rimi，你真的不去？」芎又再問了一次。「二月下旬的演出，還有半個月的時間。這當中剛好是農曆新年，不用另外請假，你再考慮一下吧。」

從芎那裡知道里美不會到大阪來看演出，海樹兒並不太意外，但還是有一定程度的失落。

「我了解她不想見到我，而且，夏瑪也會在。」

「嗯。」在電腦上和海樹兒以視訊通話的芎說，「其實她身邊也有一個人。我想她也不願意你見到那個人吧。」

「是那個排灣族的嗎？」

「嗯，名字叫做Key。」

「Key？眞是個怪名字。他們……處得很好嗎？」

「看起來是的。那個人我也見過幾次了，一起吃過飯，是個不錯的人，又有好的工作，對事情的態度很開放，跟Rimi也蠻談得來的。不過他們要用英文溝通就是了，因爲他在美國長大，從父母那邊學了很好的排灣話，但中文就不太行了。」

「用英文溝通啊……」海樹兒想起他和里美的共通語言是中文和日文，如今里美卻跟另一個人快樂的講著英文。

「海樹兒，你還好嗎？」芎看著畫面上神思不屬的海樹兒，關心的問。

「還能怎麼樣呢，學長？」海樹兒苦笑著，「最痛苦的時候已經過了，現在不過是普通痛苦而已。」

「海樹兒，你不要這樣說。Rimi一直惦記著你的。她要我轉告你的話，你沒忘記吧？」

「嗯，我記得很清楚。可是，學長，你知道嗎，我可以忍受一輩子都是這樣的關係，但是你不知道我有多麼想見Rimi。就算她身邊有別人，我還是想見她，我還是想見她啊！」

「她說了她不會去，我想她大概真的不會去了。」芎嘆了口氣，「我的時程有點緊，事情多，沒辦法提早去，我跟你在大阪見好嗎？住宿的事情你不用煩心，我自己打點就好了。至少我和Araki sensei會去啊，打起精神來吧。」

畫面上的海樹兒神色十分寂寞，發呆似的點了點頭，說了聲「謝謝學長」，就切斷了通訊。

## 10 第十回

再度從芎那裡聽到海樹兒的消息，已經是六月底了。芎帶給里美的是個噩耗——海樹兒的太太，夏瑪，在六月底難產死了。跟里美同年的她才不過二十七歲而已。嬰兒是個健康的男嬰，算是不幸中的大幸，然而海樹兒卻經受不起這樣的打擊，在京都料理完妻子的喪事之後就帶著孩子前往出雲，回到荒木教授的家。雖然自從他的第一齣狂言上演以後，整體而言創作之路都還算順利，在短短數個月間，竟然已在關西地區小有發展，但在日本卻再也沒有一個地方，能像荒木教授的家這樣帶給他安慰了。他拖著疲憊的身心回到出雲，把他所有的痛苦都向七十二歲的荒木傾訴了。

「老師，如今我再也不能相信自己當初做了對的選擇。」海樹兒說，「我不該結婚的，是我把噩運帶給了夏瑪。我畢竟還是受詛咒的，受詛咒的我不應該假裝自己有一個不受詛咒的人生。」

「詛咒？什麼詛咒？」

「我不知道。」疲倦萬分的海樹兒說，「或許就是我和Rimi所受的黃金的詛咒吧。我曾經寫信給Rimi，說我不需要晴明，也不需要博雅，我可以自己解開心結，我可以把人生勇敢的過下去。我甚至說，我相信Rimi也做得到。但或許我錯了，或許我們眞的受了那黃金的詛咒……。啊，或許不只是我們，連哥哥也是一樣。也許早在追查賽夏族與矮人的關聯之前，哥哥就已經分擔了那黃金的詛咒。」

「海樹兒君，你說的話我一句也沒辦法替你下判斷。」荒木與海樹兒一起坐在鋪著細膩黑白圓石的庭院裡，院裡花草繁盛，其中一個角落種著一株高大的苦楝樹，兩人就坐在那枝繁葉茂的苦楝樹下的軟椅裡。「我只能跟你說，咒這個東西，往往不是別人下的，而是自己下的。是你不願意掙脫那個詛咒，所以你才覺得自己活在咒的陰影之下。」

「但我並不相信自己受了黃金的詛咒，也曾勸Rimi不要這樣想。」

「我指的不是黃金。」荒木靜靜的說，擎起手中的拐杖敲了敲腳下的圓石和草地，發出輕脆的聲音，現在他已經需要依靠拐杖來走路了。「我指的是你與Rimi chan之間的感情。那個你們始終放不下的，才是咒。」

海樹兒呆了許久才說：「我沒有辦法忘記Rimi，就算我想，我也沒辦法放棄我對她的感情。」

「其實不是這樣。」荒木慢慢的說，「其實是因爲你無論如何都不願意放棄對她的感情，所以這些年來你才會這麼掙扎。你選擇了一個好女人成家，在京都也相當順利，Siama chan懷孕了，你的父母很高興。你在必須離開Rimi chan之後，出於現實和夢想所做的所有選擇，都在逐一實現，只是人生不會盡如人意。Siama chan死了，你當然傷心難過，因爲你們畢竟是有感情的夫妻，但是——就容我這個風燭殘年之人實話實說吧——但是，Siama chan的死，也帶給了你一種解脫。」

「老師說什麼？」

「解脫，我說解脫。」荒木平靜的回答，「你有了孩子，你對父母有了交待，從今以後，你再也不必面對別人的期待了。我知道你的婚姻生活還不錯，但你始終還是非常痛苦，因爲你沒有一天不想著Rimi chan。」

「老師⋯⋯」海樹兒用手遮住了臉。

荒木伸手拍了拍海樹兒的肩膀。「孩子，我以前就跟你說過，你與Rimi chan之間的，是一種非常特殊的感情，不是如今這個人世的感情。你說你放不下，當然也有道理，但從咒的角度來說，只要是咒，就都可以解開，只是你們兩人都不願意解開而已。這我完全可以理解。你們的關係就是你們神話的反映，錯綜複雜，即使我已經研究了一輩子，還是認爲你們的神話，已經不是如今這個世界的人可以理解的了。我想這世界上能夠了悟，又能夠放得下這一切的人，應該很少很少吧。或許晴明做得到吧，又或許連晴明都做不到⋯⋯」

「海樹兒君，你是個很聰明的人，你選擇了藝術這條路。即使你一輩子都不願意將你和Rimi chan身上的咒解開，你還有一個最深切的寄託——噢，不，如今是兩個。一個是你的藝術創作，一個是你的兒子。兩者都是你生命的延續，也是你寄託熱望、消弭遺憾的方法。」

坐在苦楝樹的蔭影下，海樹兒呆呆的聽著荒木的話，本來痛苦的臉上漸漸的失去了哀悽的神色，就好像太陽落山一樣，他彷彿落入一個無聲無息的世界裡，就那樣靜靜的跟荒木坐在樹下，兩人良久都不再說話。

被芎邀到家裡通知這重大事件的里美，在聽了大概的情況以後，忍不住紅了眼眶。

「Nīchan、nīchan怎麼受得了這樣的打擊呢？他現在在Araki sensei家嗎？」

「嗯，其實Araki sensei的家才是他在日本眞正的家。Araki sensei曾經私下跟我說過，有一天他將會把出雲的屋子留給海樹兒。」

「爲什麼？」里美很驚訝的問。

「你也知道Araki sensei獨身很久了，既沒有再娶，跟過世的妻子也沒有小孩，更沒有什麼親友，他的財產要怎麼處理，就完全看他的意願了。他把海樹兒當作自己的兒子，除了房子以外，其他的財產也會留給海樹兒。」

「Araki sensei……」里美在心裡算了一下，「今年七十二歲吧，應該還有很長的日子才是。」

芎搖搖頭。「Sensei的身體其實並不好，有先天性的心臟病。」說到這裡，芎試探著問，「Rimi，你到今天都還不願意見海樹兒嗎？你知道上次他的劇演出的時候，我告訴他你不會去大阪，他是怎麼說的嗎？他說，就算你身邊有別人，他還是想見你。」

里美低下頭不說話，過了許久才抬起頭來望著芎：「Senpai，我跟Key已經分手一段時間了。」

「嘎？」芎大吃一驚，「什麼時候的事？你怎麼沒有告訴我？」

「就是我生日當天。」

「是誰提分手的？」

「是我。」

「你們不是相處得很好嗎？自從你跟他交往以後，我覺得你比過去幾年開朗了一些。難道你們有什麼地方合不來嗎？」

「其實沒有。」里美說，「他確實是個熱誠又穩定的人，對我也很好，我跟他相處很愉快。可是，senpai，我可以安心的接受他的關心，卻沒有辦法相應的付出什麼。Senpai，對於這一點，我甚至於沒有什麼罪惡感或過意不去的地方，我只是覺得生活奇怪的不平衡。所有追求我的人裡面，他是最慇懃體貼的一個，也是相處起來讓我覺得最輕鬆的一個。我到現在都還記得去年跟他去蘭嶼的時候那種輕鬆自在的感覺。後來跟他交往的那段時間裡，我們甚至於談到過，或許我們可以到南太平洋的什麼島國去生活，翡濟之類的，那種讓人不會忘記自己被大洋包圍的島嶼。我想我們都很嚮往那種開闊的感覺。」

「那麼，爲什麼沒有實行計畫，反而分手了呢？」

「就是我說的，我感覺自己的生活奇怪的不平衡。」

「意思是……？」

「意思是……，該怎麼形容呢……？我想，我終究不是那種可以把感情切割開來的人吧。抱著一段怎樣也放不了手的過去，然後過著一個所謂的『當下』的生活，我實在辦不到。我也嘗試了幾個月，這當中也有快樂的時候，但是那快樂不足以抵銷那種不平衡感。我沒有辦法再繼續抱著那不平衡感生活下去，眞的，senpai，我實在辦不到。」

「難道你……你不會打算就這樣一輩子獨身下去吧？」

「Senpai，坦白說，我沒有想那麼多。我只是跟Key說，我跟他在一起很快樂，但或許我對他的感情不夠，再這樣下去，只是浪費他的時間而已，我想跟他維持著朋友關係就好了。他也是個理智開明的人，所以我們和平的分手，現在依然是朋友。至於我自己……，我不知道，我還沒去想那些問題。」

「Rimi從十六歲起就希望有一個幸福的人生，怎麼會放棄了好的對象，就這樣又回到孤單的生活？」

「其實過去那幾年，我也沒有覺得特別孤單。」里美說，「我只是得不到我眞心想要的東西而已。仔細想一想，我眞心想要的東西，未見得就是好的。以前我那麼想知道自己的爸爸是誰，但等我知道了，帶來的是什麼呢？人人都說得不到的東西最美好，也許就是因爲這樣，在我心裡，nīchan才會永遠那麼美好吧。跟Key分手之前我就想過，所謂的幸福，或許不是有個伴侶、有個家庭，當然對有些人來說是這樣沒有錯，但或許每個人生的幸福都有不同的定義吧。說不定我想要的幸福，並不是我以爲的那個樣子。換了別種樣子的生活，不表示我不會幸福吧。」

「Rimi，你簡直是在跟我開玩笑啊。」芎說，「海樹兒現在孤單一個人，連你也打算這樣過，你們、你們……哎，我面對你們眞的不知道該說什麼好啊！」

「Senpai什麼也不用說，什麼也不用想吧，不是嗎？」里美從兩人坐著的沙發站起來，慢慢走到整個是座大型魚缸的吧檯前，伸手慢慢的摸著那玻璃檯面，怔怔的看著搖曳的各色水草和成群游動的綠蓮燈。過了許久，里美轉過身來，定定的望著坐在沙發上的芎。

「怎麼了嗎，Rimi？」

「Senpai……」里美直視著芎的眼睛，「senpai，你知道你下了咒嗎？」

「你說什麼？」

「我說senpai下了咒。」

「我？我什麼時候下了咒？我根本就不會下咒啊！」

「Senpai忘記Araki sensei是怎麼說的嗎？咒其實就是一個強大的意念。」

「我記得他這麼說過。但這跟我有什麼關係？」

里美走回沙發邊，在芎面前的人工草皮上坐了下來，幾乎是與芎貼膝而坐。她側過頭，讓芎看她戴著的yamabuki耳環。

「Senpai還不明白嗎？那時候，nīchan向senpai訂製了這副耳環，他說我是他的yamabuki。他對我表白的時候說，對他來說，我永遠都像yamabuki一樣美麗，像黃金一樣貴重。」然後她揚起自己的左腕，露出腕上繫著的yamabuki黃金手鍊，又低頭看了一下自己戴著的yamabuki項鍊，「Senpai，這黃金的yamabuki，被nīchan和我當作愛的信物，這些年來我們一直在心裡珍惜著，但這畢竟只是一個象徵不是嗎？眞正的愛，是存在於我和nīchan的心裡。可是在這黃金打造的yamabuki裡面，也有眞正的意念存在。」

里美望著芎：「Senpai，注入在這yamabuki裡的，是你的愛吧？」

芎十分震撼，但他動也不動，一言不發的看著里美。

「Senpai，記得我爲了nīchan結婚而在這裡喝酒大哭的那一天嗎？Senpai說了那麼多的理由來拒絕我，最後於心不忍，還是接受了我。那時候，senpai把我的項鍊跟耳環解下來了，還很小心的放在一邊。Senpai是出於尊重nīchan和我的感情而那麼做的吧？但senpai有沒有想過，正因爲如此，senpai注入在那裡面的強烈的意念，就持續了下來，沒有被打破？」

里美說著，環視著這寬大的屋子。「Senpai那麼喜歡植物，把自己對生命的熱愛和渴望全部都注入了這些植物裡。Senpai所設計的一切，都是senpai的生命的一部分。不只是植物而已，還包括了植物所承載的senpai的意念。」

「難道我做錯了什麼事情嗎？」

「沒有。」里美搖搖頭，「senpai沒有做錯任何事情。Senpai的心裡沒有一點惡念，所以注入在所有的設計和植物裡的，也沒有惡念。」她再度抬起手來，看著自己左腕上的yamabuki手鍊，「我在這些yamabuki裡感覺到的，是渴望和熱愛。那些不是來自於nīchan，而是來自於senpai。」

「愛你的是海樹兒啊！」芎說。

「我知道，這兩者並不衝突。」里美說，「nīchan對我，就像我對他一樣，這是當然的。我只是想說，senpai其實並不是不對誰懷抱著愛情，只是senpai把所有的愛情都灌注在所設計的植物裡，所以沒有多餘的愛可以分給任何人了。」

苪伸手摸了摸里美手鍊上那幾朵燦爛的yamabuki，「咒？我的意念？」他沉默了一陣子以後說，「也許Rimi說的很對。正如當年我對自己所做的預言一樣。我把一切的感情都投入在我的事業裡了。我還是會繼續做這些事，這些加入植物元素的設計，和一個泛台灣原住民的企業體。」

「即使senpai對原民會那麼失望？」

「做到如今，我相信沒有他們，我也一樣可以做下去。人生還長得很。」說著苪淡然一笑，「whatever will be will be...」

「Senpai眞了不起，雖然沒有部落生活的經驗，卻以自己的方式在爲原住民盡力，而且不管遇到什麼阻力都不放棄。」

苪和里美就這樣斷斷續續的聊天，直到天色都有些發白了，才各自躺倒在客廳的沙發上。

「Rimi以後要往哪裡去呢？」苪躺在一個長形的沙發上望著里美。

「我還記得去年在蘭嶼的感覺。」里美躺在另一個沙發上，不無感傷的看著苪，「這幾年我存的錢也夠我離開工作一段時間了。我想去遊歷我嚮往的島嶼群。我相信所有的咒都會在大洋上獲得化解，因爲海洋是那麼廣大，充滿了生機，是最有希望的地方。不過我會保留翻譯的工作，因爲那不需要在特定的地方也可以做，可以方便的靠email往返。我離開台灣以後，如果有新作品出版，我還是會請出版社寄幾本給senpai，就跟過去一樣。」

「什麼時候會回來呢？」

「我也不知道。等我想念台灣了，想家了，想念senpai了，我就會回來。」

「Rimi從十六歲那一年起到今天，走了好遠的路啊。」

「Senpai也一樣，從那時候面無表情的樣子，到今天支持著我們所有人，senpai也走了好遠的路，是我所敬佩的人哪。」

「那麼，海樹兒呢？你會去見他嗎？」

「Nīchan……」里美翻個身，仰躺了望著天花板上各色各樣的植物，想了許久。「會吧，只不知道會在什麼時候。也許有一天我還會去看他的表演，我想看他的創作，其實我眞的很想看他的創作。」過了一陣子，里美又說：「幾年前，Araki sensei剛退休的時候，說要搬回出雲，我還說，好期待去參拜出雲大社，想體會神在月的氣氛。也許終有一天我會去吧。」

芎點點頭，又望著里美一陣子，然後也轉而望向天花板。兩人都沉默了下來。

天花板上有各種各樣的植物，顏色深淺各不相同，有的攀著天花板上的橫隔，向四面八方蔓延，有的向下垂落，形成高高低低的自然吊飾，有的還開著細緻的小白花。

里美看著那些開著小白花的青綠藤蔓，突然想起十年前海樹兒帶著她和高洛洛到台北來找芎的時候，在那家台大附近的咖啡店裡，向她們介紹芎的情景。那時候海樹兒說，大家都叫他芎，芎是他的姓，賽夏族的他以九芎樹爲漢姓。九苳會在春天開細膩的小白花，而且香氣不輸給櫻花。這麼多年來，里美從來沒有留意過九苳樹，印象中似乎也沒見過九苳開了滿樹小白花的模樣。但「小白花」讓她想起了流蘇，想起曾經令她十分心碎的椰林大道口春日的流蘇樹下。因爲流蘇那美麗又在記憶中沾染著哀傷的形象，使本來就喜歡白色的她，在後來的許多年間都只穿著白色的衣服，也只戴海樹兒送給她的yamabuki耳環。現在想來，開了滿樹白色小花的九苳，似乎也十分貼近這麼多年來她一步一步活過來的黃金之咒。

里美心中一動，轉過臉去看躺在另一張沙發上的苳。只見苳的臉朝向她這邊，顯然已經睡著了。里美望著苳那安詳的睡臉。他的那雙大眼睛和長睫毛，曾經讓她在那個痛哭的秋夜想起海樹兒。現在看著他閉著的雙眼，被他擁抱著的那一夜的情景又浮現心頭。里美悄悄的坐起來，又望了苳許久，然後慢慢的起身，拿了皮包，穿上鞋子，悄聲的往門口的電梯移動。

她趁著苳熟睡的時候離開了他的豪華居所。她就要去太平洋上流浪了。被她叫做senpai的苳，再也不是當年那面無表情的人，早已成了她人生裡極重要的一部分。在這個離開的當下，里美似乎有點領悟到這些年來自己所接觸的一切，究竟有著什麼樣的意義。她已經被黃金之咒綑綁了多年。名字叫做Key的排灣族人解不開這個咒。將她抱在懷裡的時候，苳也沒有試著以自己注入黃金裡的愛念，去打破束縛著她和海樹兒的黃金之咒。這聽起來好像有些悲哀，但同一時間里美也感覺到她自己被愛念所擁抱。她不是不被愛，只是愛與禁忌之間存在著激烈的拉鋸，將人一一從她身邊扯開了。海樹兒也好、芎也好，包括她自己，全都在愛與禁忌之間承受著不斷的拉扯，因爲意念時時擺盪，他們大概都感覺十分昏眩了吧。

「Nīchan、senpai……」走出那棟有如五星級高級旅館的大樓，里美的心情既複雜又帶有沾染著失落感的那種輕鬆，「我就要踏上一個漫長的旅程了。希望再見的時候，我們都已經有了一顆自由的心，不再受任何詛咒的綑綁。」

## 11 第十一回

里美離開台灣浪跡天涯後兩年多，芎在原民會所盡的一切努力終於有了結果。雖然原民會仍舊因爲行政機關的身份，無法實際上做什麼事情，但會內有許多人都被芎所畫下的遠景和他的熱情感動，就像主秘一樣，開始私下去與部落裡的人接觸。就在這兩年間，各種各樣的產品和構想匯集，越來越多的原住民商品進入了主流的商業市場，獲利開始回饋到參與的部落裡。芎於是著手成立新的公司，訓練各族的人才，打算將一個新的事業體交到由各族人才組合成的團隊手上。

這一天，芎剛從原民會開完會回到公司，秘書小君就拿來一張明信片，正面顯然是復活節島，在高高低低的草叢裡佇立著望海的Moai巨石像。芎十分好奇，翻過來一看，竟是里美寫來的，但已經是近兩個月前寄出的了。

Senpai，太平洋多麼廣大。我在東太平洋最偏遠的復活節島上寫這張明信片給你。現在我跟這些Moai坐在一起，望著無盡的大海，心中非常平靜。遊歷了這麼久，我漸漸變得比較了解自己了。從去年起，我就已經開始將我的體驗和感想，以文字和攝影或圖畫的形式發表在日本的藝文雜誌上。我請日本出版社每期寄一份給senpai，都有收到嗎？Senpai是否一切都好？十分掛念著，希望很快能夠再相見。

Rimi

「Rimi竟然去了那麼遙遠的地方……」芎將明信片放在辦公桌上，慢慢踱步到寬大的落地窗前。從這麼高樓層的窗口望出去，可以清楚看出台北是個盆地，被群山環抱著，似乎不乏綠意。他想著這兩年多裡發生的種種情事，興起了去日本探望海樹兒的念頭。

芎抵達出雲的時候，七十五歲的荒木教授已經臥病在床相當時間了。過了沒幾日，他就在出雲的家裡平靜的過世，去世時身邊有海樹兒和芎，以及海樹兒才兩歲的兒子小阿浪。

荒木早在生前便立下遺囑，將包括房屋土地在內的所有財產都留給海樹兒，這當中自然也有他畢生研究台灣原住民神話傳說所累積的眾多書籍資料。在人生的最後幾日，他懇切的對海樹兒說，期待著他發揮天賦，將台灣原住民的文化與戲劇做密切的結合，不只在日本，更希望他能把成果帶回台灣。

「海樹兒……」已經相當虛弱的荒木握著坐在床沿的海樹兒的手，輕聲的說，「這一切就交給你了。芎君設計的這間屋子充滿了生氣與愛意，是你撫養孩子長大的好地方，也能帶給你無窮的靈感，你將會成爲一個出色的劇作家，這是我早就知道的事情。你就放心的去做吧。」

「Ojisan……」早已不再以sensei稱呼荒木的海樹兒握著老人的手，心中百感交集，不知道說什麼才好。

「這幾年來，我對你的期望、所有我想對你說的話，都已經對你說了，沒有必要再重覆。海樹兒，你不要忘記了我說的話啊。」

「Ojisan，我永遠都不會忘記的。」

荒木轉向芎，也向他伸出了手。「芎君，你是個了不起的男人。你把你的家族所背負的血債，以你自己的生命，以及充滿生意和愛念的植物來償還。這一切，遠古以前的矮人會知道的。」

「是。」芎感動的握著荒木的手，海樹兒卻低下了頭，眼中泛起淚光。這番話讓他想起十幾年前死去的哥哥阿浪，那也是他的人生出現奇異轉折的起點。

荒木又望著海樹兒說：「至於Rimi chan，你們還有再見之日。屆時你想說什麼、做什麼，就照著自己當下的心意去做吧。你們之間的一切，是你們島上的神話所造就。你所經歷的一切，就像你們島上住民的吟唱一樣，每一個落音之後，又會有新的起音，不斷的唱下去。就像草木年年重生一樣……」

兩人握著荒木的手，感覺到生命一點一滴的由老人的身上流逝。他們看著荒木慢慢閉上了眼睛，就像十幾年前初見時那般，臉上帶著溫和的微笑，就這樣靜靜辭別了人世。

那時正是初春四月，京都松尾大社已是一片yamabuki花海。一個戴著別緻的草帽、穿著白色連身洋裝及白色高跟涼鞋的年輕女子，已在社內逗留了相當時間，此時正向外走去。一陣風起，她用手輕輕的壓著帽緣，加快了腳步。時間不多了，她還要趕去京都車站，要去搭山陰線，前往她十多年前便曾說過要去造訪的出雲。

（第一部完）

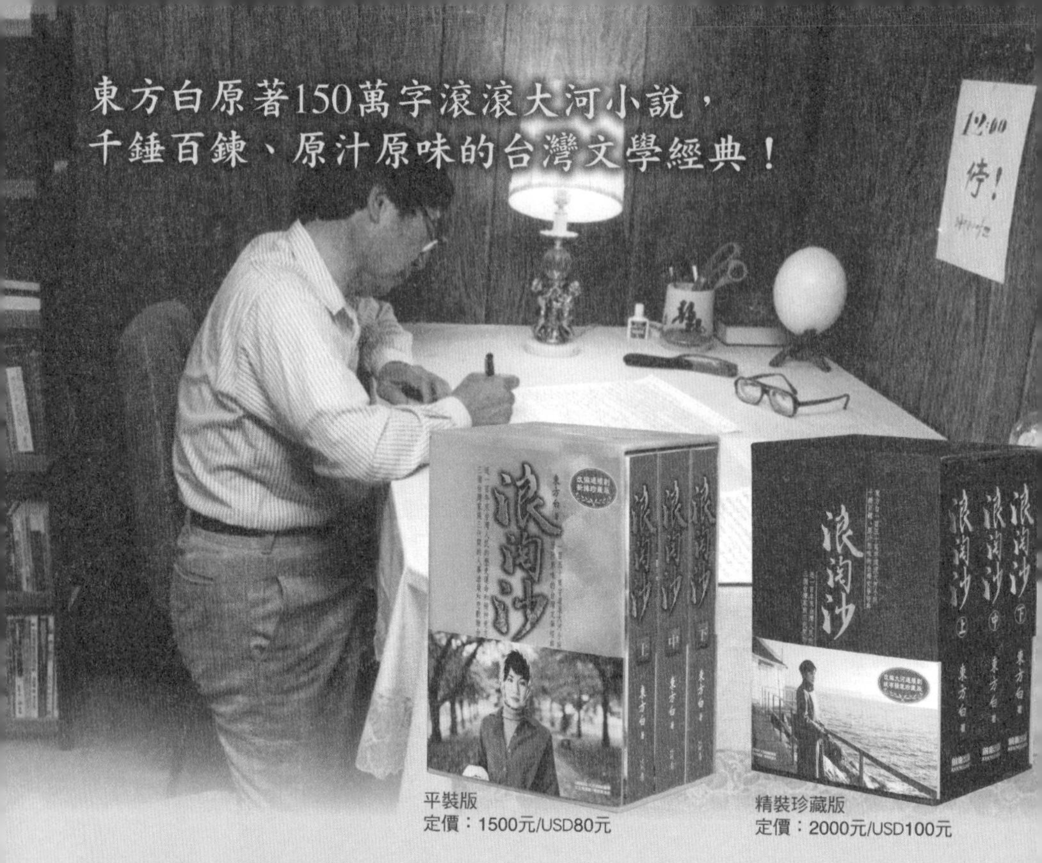


# 《浪淘沙》

三個台灣家族三代間的人事滄桑與悲歡離合
近一百年來台灣人民的歷史運命和精神意志

前英國首相邱吉爾說過：「一個人生下來，上天就注定要給他一個任務。」這個任務對東方白而言，就是《浪淘沙》。他用一生中最精壯的十年歲月，一筆一畫寫下這部一百五十萬字的大河小說，為台灣文學樹立了一座燦爛輝煌的金字塔。

《浪淘沙》以台灣歷史為證，以台灣鄉土為懷，描繪台灣自1895年割讓日本迄至當代，三個家族三代間的人事滄桑與悲歡離合的故事；空間背景涵蓋台灣本土、日本、中國大陸、南洋及太平洋彼岸的美國、加拿大等地，映現外在勢力(浪)不斷「淘」洗台灣人民(沙)的歷史風貌，呈顯台灣人民於時代巨輪運轉下不屈不撓的精神與意志，還有，永恆追尋的愛與光明。

《浪淘沙》三個台灣家族主角：
台灣第一個女醫生丘雅信(福佬系)
新竹中學、師大英文教授江東蘭(客家系)
成功中學、北醫英文教師周明德(福州系)

本名林文德，1938年生於台北大稻埕。1963年自台灣大學農業工程系水利組畢業，1965年獲加拿大莎省大學水文系獎學金赴加深造。1970年獲工程博士學位，即任職於莎省大學水文系。1974年移居亞伯大省愛蒙頓城，任亞伯大省政府水文工程師。現專事寫作。

東方白自大學時代起即陸續有小說、散

文發表。先後出版《臨死的基督徒》、《黃金夢》、《露意湖》、《東方寓言》、《盤古的腳印》、《十三生肖》、《夸父的腳印》、《浪淘沙》、《OK歪傳》、《父子情》、《芋仔蕃薯》、《迷夜》、《雅語雅文》有聲書、《真與美：東方白文學自傳》、《魂轎》、《小乖的世界》、《真美的百合》、《浪淘沙之誕生》等書。其中大河小說《浪淘沙》、大河文學自傳《真與美》分別執筆十年才完成。《浪淘沙》連獲大獎，並改編電視連續劇(民視)，允是台灣文學史上燦爛輝煌的一座金字塔。《真與美》則是他文學心靈的虔誠告白，人生的喜怒哀愁酸甜苦辣愛恨情仇悲歡離合盡在他的筆下昇華重現。

## 東方白受獎記事

1982 吳濁流文學獎小說正獎
1990 中國時報「開卷十大好書」
1991 吳三連文藝獎小說獎
1993 台美基金會人文成就獎
2003 台灣新文學貢獻獎
2013 台灣文學家牛津獎

## 浪淘沙相關著書

**《浪淘沙人文映像之旅》**
（浪淘沙大河連續劇寫真影像書）

**《浪淘沙之誕生》**
（東方白《浪淘沙》創作 12 年日記）

**《鴻爪雪跡浪淘沙：東方白 DVD》**
（黃明川導演錄製）

**《多少英雄浪淘盡》**
（《浪淘沙》研究與賞析，歐宗智校長著）

## 東方白兩個十年的文學苦旅

**/林鎮山**(加拿大亞伯大大學教授)

東方白以「十年辛苦不尋常」的皇皇鉅著《浪淘沙》，起用大河小說的形式，直若風起雲湧的殖民傷痕論述，呈現紀實性的台灣百年滄桑史，一如皓月當空，真實地映照他原鄉的悲劇命運擺盪，然後，又另一個十年，他依然「游於」白溪他鄉，行吟澤畔，以《真與美：東方白文學自傳》，訴說美學與心理的原鄉，飛揚愉悅，卻也不免沸沸揚揚，總是皓月當空/年華似水，還是一片虔敬的「觀注」襟懷。雖說離散(diaspora)去國，其實，又何嘗須臾遠離？然而「人生能有幾個二十年」？瀝心泣血二十年，終極完成的總是兩部鉅著：「大河小說」《浪淘沙》與「大河文學自傳」《真與美》，文本互涉、交相映照，終將是兩座矗立於台灣文學發展史上的里程碑。

## 《浪淘沙》電視連續劇特別版(共三冊)

「台灣阿信」！
亂世奇女子，台灣第一位女醫生的漂浪一生……

本書擷取《浪淘沙》三個家族中歷史感最濃烈、社會性最波瀾壯闊、人生際遇最蜿蜒曲折的福佬系家族部分，形塑台灣第一位女醫生丘雅信的一生傳奇屐痕。這亂世奇女子擁有許多的「台灣第一」，兼有不少顛覆舊傳統的革命特質，她冷靜、堅韌、自信、好學、專業，並成功地開創了台灣女性的一片天，然而婧人無婧命，多舛的命運之神似乎對她特別眷顧，她有兩個父親，兩任丈夫，她執意避開政治，但在那個政治支配人生的奇異年代，政治浪潮的沖激、擺盪，竟無端主宰著她輾轉流離的漂浪人生。

J138/18K/240頁全彩

# 《拋荒的故事》紹介

廖瑞銘（中山醫學大學台灣語文學系教授兼通識教育中心主任）

## 陳明仁——流浪的詩人，台語文界的武士。

自1980年代中期以來的台語文(母語復振)運動中，不認識阿仁的很少，連國外來台灣的記者、觀察家或研究台灣問題的專家學者，內行人都會指名找他訪問、聊兩句，甚至跟他學台語。

阿仁於1985年就開始改用母語寫作，並積極投入台語文運動，深入台灣各高中、大學擔任台文社團的指導老師，教台語、介紹台語文學，也擔任社區大學的台語教師，開設台語文基礎班/寫作班/播音班/歌謠班；在當時所謂的地下電台，像寶島新聲、淡水河、華語台等電台製作及主持台語廣播節目。

1992、1994、1996年，阿仁曾三度到北美洲美加各地巡迴演講，介紹台語文學、吟台語詩，結合當時在海外已經展開的台語文運動。1996年那一次回台灣以後，阿仁在台語文運動方面有一個大躍進，除了與台語文有志合力創辦一份台語文學專業雜誌《台文Bong報》，提供台語文作品發表的園地外；由匹茲堡的台灣鄉親林哲陽籌組成立「李江却台語文教基金會」，為台語文運動提供穩定的經濟來源與固定的行政中心；更浪漫的是，阿仁在台電大樓旁邊的小巷內，開一家以台語歌與講台語為特殊風格的「巢窟咖啡館」，讓民主運動、社會運動及台語文運動的兄弟朋友，在都市叢林裡有個聚會落腳的場所，《拋荒的故事》就是在「巢窟」裡寫出來的。

阿仁寫《拋荒的故事》這個系列，在文體上，是很想為台語文創造出一種獨特的散文小說風格，有別於中文的文學語的表達方式，他用口語式的書面語製造一種文學情境，專門寫境、寫情，讓口語也可以有美的境界，以此作地基，為台語文創造更多的書面語可以利用，建立我們自己的書面語文學。

在結構上，則是朝向以短篇連環故事構成長篇小說的形式，去再現台灣即將消失的那些人、那些事，最重要的是那些價值觀。所以，《拋荒的故事》分開看是一篇一篇各自獨立的散文故事，不過，如果把它們合起來看，可以發現當中有一些若有似無的牽連。首先，故事的場景大部分都是作者阿仁的故鄉彰化二林，所描述的景象都是五、六〇年代台灣農村社會熟悉的事物與情節，包括鄉下的人情世故、風俗習慣、農村光景及漸漸消失去的傳統產業，譬如：竹筒厝、乞丐的行頭、訂婚的禮數、尪姨收驚、照相、生活情趣、牛車、腳踏車、vespa……等等；對於傳統行業的細節有非常精細地描述，像「修指甲的」這個行業使用的器具、修指甲的過程，不但是一種歷史的記錄，描述本身就具有文學的趣味。小說中出現的人物大部分是台灣社會底層的人物，有乞丐、農夫農婦、漁夫、街市各行業的小百姓……等等，這些人物在他們的日常生活中一定都是講台語，用台語稱呼每一項事物，描述情景，及表達感情。將這些元素集合起來，正好就是五、六〇年代台灣農村社會的原始面貌，台灣人的生存圖像，那個時代、社會的縮影。這樣的圖像不但提供今日讀者懷舊的情趣，也提供我們重新思考臺灣人尊嚴與價值觀的歷史素材。所以，把寄託那個時代的語言與文化的《拋荒的故事》，看成是另類形式的台灣歷史大河小說，也不為過。

《拋荒的故事》系列創作，重現了台灣50、60年代，重現了被改變了的社會文化價值觀，更重要的是，同時也保存了幾乎要消失的那個年代的母語。阿仁想要達到兩項效果：一、重新找回台灣人的舊價值，擺脫腐朽的中國封建文化；二、重溫台灣人母語的趣味與智慧，發現生動的母語敘事模式。所以，《拋荒的故事》在那些浪漫懷舊、荒謬有趣的故事中，阿仁其實是暗藏了後殖民台灣文化改造工程的企圖。

《拋荒的故事》展現了台語文學的特色，不僅真實記錄了台灣人的生活面貌、文化價值，也保存了台灣人的母語心聲，請愛台灣的人們不要再說我們台語文學者是不倫不類，不要再說台語文學「只有語言，沒有文學」。

《拋荒的故事》的重新出版，至少見證了堅持用台語創作文學這件事情是對的。我們沒有傻傻地等那些語言文字學家研究確定一套文字，就大膽地進行文學創作也是對的。

《拋荒的故事》這次重新以紙本與 CD 有聲書的方式出版，是要讓台灣人的文學能夠以立體、多元的形式傳播出去。所以，讀者可以用任何的方式來親近台語文學。在此，誠懇建議大家將《拋荒的故事》當做文學讀物、台灣文化知識、散文範本、廣播節目、台語口語教材……，不管哪一種用途，都可以喚回那已經拋荒的價值，再見台灣文學傳統的青春。

國家圖書館出版品預行編目資料

絕島之咒：台灣原住民族當代傳說 | 第一部
/ Nakao Eki Pacidal著.
- - 初版.- - 台北市：前衛，2014.08
288面；15×21公分

ISBN 978-957-801-745-0(平裝)

863.857 103011346

# 絕島之咒

著　　者　Nakao Eki Pacidal
責任編輯　陳淑燕
美術編輯　宸遠彩藝
出 版 者　前衛出版社
10468 台北市中山區農安街153號4F之3
Tel：02-25865708　Fax：02-25863758
郵撥帳號：05625551
e-mail：a4791@ms15.hinet.net
http://www.avanguard.com.tw
出版總監　林文欽
法律顧問　南國春秋法律事務所林峰正律師
總 經 銷　紅螞蟻圖書有限公司
台北市內湖舊宗路二段121巷19號
Tel：02-27953656　Fax：02-27954100
出版日期　2014年8月初版一刷

定　　價　新台幣350元

Printed in Taiwan　ISBN 978-957-801-745-0